ब्यूटी टिप्स

ब्यूटी टिप्स

रीता ग्रोवर

प्रभात
पेपरबैक्स
www.prabhatbooks.com

प्रकाशक

प्रभात पेपरबैक्स

4/19 आसफ अली रोड, नई दिल्ली–110002

फोन : 23289777 • हेल्पलाइन नं. : 7827007777

इ–मेल : prabhatbooks@gmail.com ❖ वेब ठिकाना : www.prabhatbooks.com

संस्करण

प्रथम, 2019

मूल्य

एक सौ पचहत्तर रुपए

अ.मा.पु.स. 978-93-5322-239-0

मुद्रक

आर–टेक ऑफसेट प्रिंटर्स, दिल्ली

BEAUTY TIPS
by Smt. Reeta Grover

Published by **PRABHAT PAPERBACKS**
4/19 Asaf Ali Road, New Delhi-110002

ISBN 978-93-5322-239-0

₹ 175.00

भूमिका

आज के युग में महिला हो या पुरुष, बच्चा हो या बूढ़ा, गाँव हो या शहर, गँवार हो या शिक्षित, हर ओर सौंदर्य सजगता बढ़ती जा रही है। यह सजगता मात्र चेहरे की सुंदरता तक ही सीमित नहीं है, अपितु समस्त व्यक्तित्व के सौंदर्यवर्द्धन और निखार तक पहुँच चुकी है। सही भी है। अकेला चेहरा चाहे कितना भी सुंदर हो या सुंदर बना लिया जाए, समस्त व्यक्तित्व का प्रतिनिधित्व करने में सक्षम नहीं।

आज के सौंदर्य-सजग और कठिन प्रतियोगिता के युग में मामला नौकरी का हो या विवाह का, समाज में पहचान का हो या परिवार में मान का, शिक्षा और गुण के साथ सौंदर्य और सुंदर व्यक्तित्व भी अंकन में समान अंक रखते हैं। यही कारण है कि प्रत्येक व्यक्ति सौंदर्य-प्राप्ति और सौंदर्यवर्द्धन की होड़ में लगा है।

समय की माँग को देखते हुए स्थान-स्थान पर महिलाओं और पुरुषों, दोनों के ही अनेक ब्यूटी-पार्लर, ब्यूटी स्कूल और व्यक्तित्व निखार (Personality Grooming) केंद्र खुले हैं। प्रस्तुत पुस्तक में समय की इसी माँग को देखते हुए सौंदर्य-सजग लोगों के ज्ञानवर्द्धन और दिशा-निर्देशन हेतु आवश्यक सामग्री दी गई है। बेसिक जानकारी के साथ-साथ मैनिक्योर, पैडिक्योर, फेशियल, देह उपचार आदि की जानकारी भी दी गई है। प्रत्येक अध्याय लेखन और जानकारी, दोनों में उत्तम स्तर का है। यह पुस्तक प्रत्येक सौंदर्य-सजग महिला और पुरुष, सौंदर्य व सुंदर व्यक्तित्व से संबंधित कोर्स करनेवाले छात्र-छात्राओं अथवा इस कार्य-क्षेत्र में कार्य करने के इच्छुक लोगों, सभी के लिए उपयोगी है।

—रीता ग्रोवर

1, शक्ति विहार, पीतमपुरा, दिल्ली-34

दूरभाष : 8368127467

इ-मेल : grover.reeta@gmail.com

अनुक्रम

सौंदर्य क्या है?

Beauty

isn't about having a pretty face. It's about having a pretty mind, pretty heart and pretty soul.

सौंदर्य ने प्रत्येक युग में सदैव सबको आकर्षित और प्रभावित किया है। हमारा मन और हमारी दृष्टि सदैव से सौंदर्य के प्रति स्वाभाविक रूप से आकर्षित होते रहे हैं। आज के युग में भी हमारे जीवन और जीवन शैली में 'सौंदर्य' का बहुत महत्त्व है। वैसे तो कहा जाता है कि सौंदर्य देखनेवाले की आँख में होता है। दार्शनिक दृष्टिकोण से यह बहुत ही गहरी बात है। दर्शन की नहीं, वास्तविकता की बात करें तो सौंदर्य सुंदर चेहरे में भी हो सकता है, मासूम मुस्कराहट में भी और गहरी आँखों में भी। सौंदर्य सुंदर दृश्य में भी हो सकता है, सुंदर चित्र में भी और सुंदर कलाकृति में भी, सौंदर्य सुंदर गीत, गान और कविता में भी हो सकता है और सुंदर प्रस्तुति में भी, सौंदर्य सुंदर भाव, विचार और सुंदर कर्म में भी हो सकता है।

सौंदर्य की उपस्थिति, सौंदर्य के अस्तित्व और सौंदर्य के आकर्षण को तो

हमने स्वीकार कर लिया, पर वास्तव में सौंदर्य आखिर होता क्या है? व्यक्ति, वस्तु, दृश्य या भाव आदि किसी का भी सौंदर्य आँकने से पहले यह समझना अति आवश्यक है कि वास्तव में सौंदर्य क्या होता है? सच तो यह है कि सौंदर्य को किसी एक सीमा रेखा में नहीं बाँधा जा सकता। जो देखने में अच्छा लगे, वह सौंदर्य होता है। जो मन को प्रसन्नता दे, वह भी सौंदर्य ही होता है। जो आत्मा को शांति दे, वह तो सर्वोत्तम सौंदर्य कहलाएगा। सोचने की बात यह है कि जो इन सबका मिश्रित रूप होगा, वह क्या होगा? जो दृष्टि-सुखद भी हो, मन को प्रसन्नता भी दे और आत्मा तक को तृप्त कर दे, सौंदर्य का ऐसा सुंदर सामंजस्य दिव्य सौंदर्य के अतिरिक्त क्या कहला सकता है? अपने-अपने स्थान पर प्रत्येक श्रेणी का सौंदर्य सौंदर्य ही कहलाएगा, परंतु सबका मिश्रित सौंदर्य अर्थात् दिव्य सौंदर्य सर्वोपरि स्थान रखता है। इस सामंजस्य में कोरा या सतही सौंदर्य नहीं, सौंदर्य की दिव्यता प्रमुख हो जाती है। सौंदर्य में यह दिव्यता ही वास्तविक सौंदर्य है।

शारीरिक सौंदर्य को विषय बनाकर चर्चा करें तो कवियों ने इस विषय पर कई पृष्ठ वर्णित कर दिए, चित्रकारों ने अपनी कूची से अपरिमित सौंदर्य और सुंदर कोणों को सजीव साकार कर दिया, कलाकारों ने अपनी मूर्तियों में जैसे सौंदर्य को साकार गढ़कर बाँध दिया। सतही तौर पर देखा जाए तो शारीरिक सौंदर्य में चेहरे को ही सौंदर्य का पर्याय माना जाता है। चेहरे की सुंदरता का हमारे जीवन व व्यक्तित्व में विशेष महत्त्व होता भी है। चेहरा हमें पहचान देता है, भीड़ से अलग दर्शाता है, हमारे संपर्क में आनेवालों पर पहली छाप भी चेहरा ही छोड़ता है, परंतु आजकल चेहरे के साथ-साथ देह का नख से शिख तक सौंदर्य भी महत्त्वपूर्ण हो गया है, जैसे—सुंदर त्वचा, सुंदर बाल, सुंदर देहाकृति, सुंदर-सँवरे हाथ व पाँव आदि। कवियों, कलाकारों व चित्रकारों आदि ने तो पहले भी चेहरे के साथ नख शिख सौंदर्य को महत्त्व दिया है। आजकल स्थान-स्थान पर होनेवाली सौंदर्य प्रतियोगिताओं में भी चेहरे के साथ नख-शिख सौंदर्य को महत्त्व दिया जाता है। यह महत्त्व मिस ब्यूटीफुल हेयर, मिस ब्यूटीफूल आईज, मिस ब्यूटीफुल स्किन, मिस ब्यूटीफुल लेग्ज आदि पुरस्कारों में दृष्टिगत होता है।

चेहरे और नख-शिख सौंदर्य के महत्त्व को शत प्रतिशत स्वीकारने के पश्चात् भी यह सत्य है कि शारीरिक सौंदर्य सब प्रकार से तराशने और सँवारने के पश्चात् भी सुंदर व्यक्तित्व के बिना अधूरा होता है। व्यक्तित्व अर्थात् 'स्व-प्रस्तुति'। सुंदर चेहरा व सुंदर देह निर्विवाद रूप से महत्त्वपूर्ण होते हैं, परंतु आज के युग में सौंदर्य आँकने का अर्थ है—व्यक्तित्व के संपूर्ण व्यक्तित्व का अंकन। चाहे वह स्त्री हो

या पुरुष, उसका रंग साँवला हो या उजला, उसकी आँखें छोटी हों या मोटी, उसके बाल सीधे हों या घुँघराले, इन सबके अलग-अलग महत्त्व होते हुए भी कुछ विशेष मायने नहीं हैं। मायने हैं तो उनके व्यक्तित्व की समग्रता के। क्या उनका व्यक्तित्व गरिमामय, प्रभावशाली और आकर्षक है? क्या उनका व्यक्तित्व अपने संपर्क में आनेवालों पर अपनी छाप छोड़ने में समर्थ है? क्या उनकी समझ, उनका व्यवहार प्रभावित और आकर्षित करने में सक्षम है, या फिर वह केवल चेहरों की भीड़ में शामिल एक अन्य चेहरा है?

जब व्यक्तित्व की बात की जाती है तो उसमें सुंदर चेहरे व नख-शिख सौंदर्य और सुंदर देहाकृति के अतिरिक्त और भी बहुत कुछ शामिल हो जाता है, जैसे—हमारा पहनावा, हमारा सलीका, हमारा तैयार होने का ढंग, हमारा बोलने-चलने, उठने-बैठने व खाने-पीने का ढंग, हमारा व्यवहार, हमारा आत्मविश्वास, दृष्टिकोण व हमारी निर्णय शक्ति, हमारा ज्ञान आदि। इन सभी पक्षों में दक्षता व उत्तम प्रभावशाली स्वप्रस्तुति ही सुंदर व्यक्तित्व है। सुंदर व्यक्तित्व स्वयं अपने आपमें इतना प्रभावशाली होता है कि वह कभी भी सुंदर चेहरे का मोहताज नहीं होता। यह सत्य है कि कहीं एक साधारण चेहरा अथवा अति साधारण चेहरा भी सुंदर व्यक्तित्व का स्वामी हो सकता है और कहीं सुंदर व्यक्तित्व के अभाव में अति सुंदर चेहरा भी प्रभावहीन हो सकता है, परंतु यह और भी बड़ा सत्य है कि यदि चेहरा और व्यक्तित्व दोनों सुंदर हों तो एक-दूसरे के लिए सोने पर सुहागे का काम करते हैं।

सुहागे की बात से व्यक्ति और व्यक्तित्व दोनों के सुंदर होने का महत्त्व तो सिद्ध हो गया, परंतु फिर भी सत्य यह है कि यदि व्यक्ति और व्यक्तित्व के संदर्भ में सौंदर्य की पहचान या अंकन करना चाहते हैं, तो उपरोक्त सुहागे की प्राप्ति के बाद भी यह सौंदर्य अधूरा ही कहलाएगा। क्या केवल दृष्टि-सुखद सौंदर्य से ऊपर वर्णित सौंदर्य संबंधी दिव्यता की प्राप्ति हो सकती है? सौंदर्य चाहे दृश्य, भाव या विचार का हो अथवा व्यक्ति और व्यक्तित्व का, उसके अधूरेपन को पूर्णता तो वह दिव्यता ही दे सकती है, पर इस सौंदर्य में 'दिव्यता' का समावेश कैसे हो सकता है?

वास्तव में व्यक्ति और व्यक्तित्व के सौंदर्य से संबंधित एक अति आवश्यक पक्ष और भी होता है, जो अक्सर उपेक्षित रह जाता है। इस कमी को जब दूर कर लिया जाता है तो व्यक्ति और व्यक्तित्व के अधूरे सौंदर्य को भी पूर्णता प्राप्त हो जाती है। यह उपेक्षित पक्ष होता है—आंतरिक सौंदर्य का पक्ष अर्थात् आत्मिक व मानसिक पक्ष। आत्मिक व मानसिक पक्ष की सुंदरता से तात्पर्य है—भावों और

विचारों की शुद्धता और शुभता से। भावों और विचारों की सात्त्विकता व्यक्तित्व को प्राकृतिक सौम्यता देती है। यह प्राकृतिक सौम्यता व्यक्तित्व को निखारती है व चेहरे तथा निगाहों को एक अनोखी आभा देती है। यह आभा महँगे से महँगे मेकअप प्रसाधनों से भी प्राप्त नहीं की जा सकती। इसलिए शारीरिक सौंदर्य के साथ-साथ यह आवश्यक है कि हम मानसिक व आत्मिक सौंदर्य को भी पहचानें व निखारें। व्यक्ति और व्यक्तित्व के संदर्भ में बाह्य कौर आंतरिक सौंदर्य का सामंजस्य ही सौंदर्य का सर्वोत्तम रूप है। इस सामंजस्य में ऊपर वर्णित सौंदर्य की दिव्यता का समावेश स्वतः ही हो जाता है, जिससे ऊपर संभवतः इस संदर्भ में कोई परिभाषा हो नहीं सकती। इस सामंजस्य के बिना बाहरी या सतही सौंदर्य, चाहे कितना भी उत्तम हो, केवल साधारण पुस्तक का सुंदर आवरण मात्र है।

□

सौंदर्य के रखरखाव का महत्त्व

आज के कठिन प्रतियोगिता के युग में किसी भी क्षेत्र में सफलता पाने के लिए शैक्षणिक योग्यता, सूझबूझ, दक्षता व आर्थिक क्षमता आदि अति आवश्यक हैं, पर इन सबके साथ एक और आवश्यक और महत्त्वपूर्ण पक्ष है—एक प्रभावशाली व्यक्तित्व का होना। सौंदर्य का नियमित रखरखाव व्यक्तित्व को प्रभावशाली बनाने में बेहद सहायक होता है। यद्यपि एक प्रभावशाली व्यक्तित्व के लिए यह महत्त्वपूर्ण नहीं कि आप वास्तव में सुंदर हैं या नहीं, महत्त्वपूर्ण है कि आप जैसे भी हैं, गोरे या काले, लंबे या नाटे, मोटे या पतले, अपने रखरखाव के माध्यम से अपने दोषों को छुपाने और अच्छाइयों को उभारने की कला-कुशलता आपमें है या नहीं ? सौंदर्य का नियमित रखरखाव और सूझबूझ साधारण से साधारण सूरतवाले व्यक्ति को भी स्मार्ट दर्शा सकती है।

हमारे सौंदर्य का नियमित रखरखाव हमारे व्यक्तित्व को एक अनोखी आभा और गरिमा देता है। इस अनोखी आभा और गरिमा के कारण हमारी एक अलग पहचान बनती है, जो भीड़ में शामिल होते हुए भी हमें भीड़ से अलग दिखाती है।

सौंदर्य की नियमित देख-रेख हमें अनेकानेक अवसरों पर लज्जित होने से भी बचाती है। ऐसा कई बार हो जाता है कि पूर्व निश्चित न होने पर भी सहसा कहीं से न्योता आ गया, जहाँ जाना आप टाल नहीं सकते अथवा बिना किसी पूर्व सूचना के सहसा कुछ महत्त्वपूर्ण मेहमान आ टपके। ऐसे अवसरों पर बिना वैक्सिंग की बाँहें, टेढ़े-मेढ़े नाखून, फटी एड़ियाँ, उपेक्षित भवें—क्या-क्या छुपाएँगे और कैसे ? सौंदर्य की नियमित देख-रेख से हम ऐसी आकस्मिक स्थितियों के लिए भी तैयार रहते हैं।

आयु के प्रभाव को रोका तो नहीं जा सकता, परंतु सौंदर्य के नियमित रखरखाव से कम अवश्य किया जा सकता है। परिणामस्वरूप हमें मानसिक संतुष्टि

व प्रसन्नता प्राप्त होती है। इससे मित्रों में, समाज में हमारा सम्मान बढ़ता है व दांपत्य जीवन पर भी सुखद प्रभाव पड़ता है।

सौंदर्य का नियमित रखरखाव त्वचा, बालों व नाखूनों को नियमित पोषण देता है, जो उनके स्वास्थ्य व सौंदर्य के लिए उसी प्रकार आवश्यक होता है, जैसे पौधों के लिए खाद-पानी या स्वास्थ्य के लिए भोजन।

सौंदर्य का नियमित रखरखाव साधारण चेहरे को स्मार्ट व सुंदर चेहरे को और अधिक सुंदर व गरिमामय बना देता है। दुनिया में सजीव अथवा निर्जीव हर वस्तु नियमित देख-रेख माँगती है। उपेक्षित पड़ी वस्तुएँ धीरे-धीरे अपना रंग-रूप, आकर्षण, यहाँ तक कि आयु भी खो देती हैं। हमारे आस-पास बिखरी प्रकृति अपना सौंदर्य व जीवंतता बनाए रखने हेतु नियमित खाद-पानी माँगती है। हमारे घर की दीवारें व दरवाजे नियमित रंग-रोगन माँगते हैं, हमारे कपड़े नियमित धुलाई व इस्त्री माँगते हैं, घर की साज-सज्जा भी नियमित साफ-सफाई व झाड़-पोंछ माँगती है व हमें सुख-सुविधा देनेवाले विभिन्न मशीनी उपकरण भी नियमित साफ-सफाई व तेल माँगते हैं। जब हमारे जीवन में प्रयोग होनेवाली हर वस्तु अपने सौंदर्य व जीवंतता के लिए नियमित देख-रेख व रखरखाव की मोहताज है, तो विचार कीजिए कि हमारा शरीर, जिससे हमारा अस्तित्व है, उसकी देखभाल कितना महत्त्व रखती होगी। शरीर की देखभाल के दो पक्ष होते हैं—स्वास्थ्य व सौंदर्य। स्वास्थ्य की सुरक्षा का क्या महत्त्व है, यह तो सर्वविदित है ही। यहाँ हम इस बात पर चर्चा करेंगे कि सौंदर्य की नियमित देख-रेख व रखरखाव का हमारे जीवन में क्या महत्त्व है।

सौंदर्य का नियमित रखरखाव व्यक्ति को सदैव युवा अहसास से परिपूर्ण रखता है व मनोवैज्ञानिक रूप से व्यक्ति स्वयं को सदैव चुस्त और तरोताजा अनुभव करता है।

उपरोक्त कारणों से व्यक्ति की कार्यक्षमता बढ़ती है व अपना आत्मविश्वास भी बढ़ता व दृढ होता है।

इस प्रकार हम देखते हैं कि सौंदर्य का नियमित रखरखाव प्रत्यक्ष रूप में तो हमारे लिए शारीरिक, मानसिक और सामाजिक सभी रूपों में लाभदायक और महत्त्वपूर्ण है ही, परोक्ष रूप से यह हमारे जीवन में पाई जानेवाली अनेक सफलताओं का कारण भी होता है।

□

त्वचा

त्वचा हमारे शरीर का सबसे बड़ा और महत्त्वपूर्ण अंग व संस्थान है। शरीर की बाहरी परत होने के कारण सभी सौंदर्य उपचार परोक्ष अथवा अपरोक्ष रूप से त्वचा से ही जुड़े हैं। इसलिए त्वचा का इनसे प्रभावित होना और त्वचा की स्थिति का उनके परिणाम पर प्रभाव होना स्वाभाविक है। त्वचा कैसी होती है, कैसे कार्य करती है, क्या कार्य करती है, किस प्रसाधन पर वह कब, कैसी प्रतिक्रिया कर सकती है, किस उपचार को किस सीमा तक सहन कर सकती है, किस उपचार से वह आनंदित हो सकती है, अलग-अलग मौसम और आयु में उसकी आवश्यकताएँ क्या और क्यों होती हैं? आदि कई प्रश्न हैं, जिनकी जानकारी के बिना हम सही सौंदर्य उपचार देने में असमर्थ हो सकते हैं। अत: सौंदर्य उपचारों की विस्तृत विधियाँ जानने व उन्हें प्रयोग में लाने से पहले यह आवश्यक है कि हमें त्वचा की भीतरी रचना, कार्य व बाह्य सतह के विभिन्न प्रकारों की अच्छी जानकारी व पहचान हो। इसलिए अगले कुछ अध्यायों में हम त्वचा संबंधी जानकारी ग्रहण करेंगे।

□

त्वचा के कार्य

हमारी त्वचा हमारे कई कार्य करती है, जैसे हमारे शरीर का बाह्य आवरण होने के नाते त्वचा हमारे शरीर को आवरण, बाह्य सौंदर्य और आकृति देती है। इनके अतिरिक्त भी त्वचा अनेक कार्य करती है, जो निम्न हैं—

सुरक्षा देना—किसी भी प्रकार के दबाव, झटकों व रगड़ आदि से होनेवाली संभावित हानि से त्वचा हमारे आंतरिक और कोमल शरीर की रक्षा करती है। त्वचा की बाहरी सतह किसी भी प्रकार के कीटाणुओं, जीवाणुओं व रोगाणुओं को शरीर में प्रवेश करने से रोकती है। त्वचा की बाहरी सतह भीतर के कोमल तंतुओं को, सूर्य की तीव्र किरणों के हानिकारक प्रभाव से भी सुरक्षित रखती है। त्वचा की तैलीय ग्रंथियों से रिसनेवाला तेल त्वचा को नरम व कोमल रखने में सहायक होता है तथा तैलीय सतह कई प्रकार के हानिकारक पदार्थों से शरीर की रक्षा करके एक सुरक्षात्मक कवच का कार्य करती है।

तापमान नियंत्रण—त्वचा में विद्यमान पसीने की ग्रंथियाँ पसीने के रूप में हमारे शरीर के व्यर्थ व हानिकारक पदार्थों को शरीर से बाहर निकालती रहती हैं। पसीना-ग्रंथियों का यह कार्य व त्वचा में विद्यमान रक्त नलिकाओं का सिकुड़ना व फैलना हमारे शरीर के तापमान को सामान्य रखने में महत्त्वपूर्ण भूमिका निभाता है।

संवदेनशीलता—त्वचा में उपस्थित विभिन्न प्रकार की नसों के कारण त्वचा के माध्यम से हमें कई प्रकार की संवेदनाओं की अनुभूति होती है। नसों के अंतिम सिरे हमें स्पर्श, दर्द, ठंडा, गरम, दबाव, रगड़ आदि अनुभूतियों का अहसास देते हैं।

विसर्जन—त्वचा पसीने के रूप में शरीर से हानिकारक कार्बन-डाइ-ऑक्साइड, यूरिया, खारे पदार्थ व पानी आदि को बाहर निकालती है।

सोखना—त्वाचा की बाहरी सतह में कुछ विशेष (सब नहीं) पदार्थों को

सोख लेने की क्षमता का गुण होता है। इसी गुण व क्षमता के कारण त्वचा को बाहर से सौंदर्य चिकित्सा व रोग चिकित्सा देना संभव हो पाता है।

स्राव—त्वचा की तैलीय ग्रंथियों से तेल (सीबम) का स्राव होता है, जो त्वचा को नरम और मुलायम रखता है व अनेक रोगों से भी बचाने का कार्य करता है। यह तैलीयता अनेक प्रकार के हानिकारक विषैले पदार्थों को त्वचा में प्रवेश से रोकती है।

कैलोरीज बैंक—शरीर की आवश्यकता से अधिक जो कैलोरीज हमारे शरीर में पहुँच जाती हैं, त्वचा उन्हें अपनी परतों में चर्बी के रूप में किसी भी प्रकार की आपात स्थिति में शरीर की सहायता हेतु एक बचत खाते की भाँति सँभालकर रखती है।

देह गंध—हमारी त्वचा की स्वेद ग्रंथियाँ हमारे शरीर को एक गंध विशेष प्रदान करती हैं।

परिरक्षित रखना—अपनी तापमान नियंत्रण क्षमता के माध्यम से त्वचा शरीर को पानी की कमी से सुरक्षित रखती है। पानी के अतिरिक्त अन्य भी कई तरल द्रव्य (Body Fluids), जो शरीर के लिए आवश्यक होते हैं, त्वचा उनकी रक्षा करती है।

संचार व्यवस्था—यूँ तो शरीर के सभी अंगों को सभी निर्देश मस्तिष्क द्वारा ही दिए जाते हैं, परंतु मस्तिष्क के बहुत से निर्देश त्वचा की संवेदन सूचनाओं पर ही आधारित होते हैं। त्वचा की नाड़ियाँ मस्तिष्क को सूचना देती हैं, तभी मस्तिष्क विभिन्न अंगों को चोटों व खतरों से बचाव के निर्देश दे पाता है।

रक्त दबाव—त्वचा रक्त के दबाव को भी नियमित रखती है।

श्वास—नाक और मुँह के साथ-साथ त्वचा भी श्वास लेने का कार्य करती है। साफ और स्वच्छ त्वचा ऑक्सीजन ग्रहण करती है व विषैली गैसों का उत्सर्जन भी करती है।

त्वचा सूर्य की अल्ट्रावायलेट किरणों से शरीर में विटामिन 'डी' को उत्पन्न करती है।

नाखूनों व बालों के रूप में त्वचा हमारे शरीर का सौंदर्य बढ़ाने का कार्य भी करती है।

□

त्वचा की रचना

माना जाता है कि एक वयस्क व्यक्ति की त्वचा का वजन लगभग चार किलो होता है और मोटाई शरीर के अलग-अलग भागों में अलग-अलग। इसके तीन भाग होतें हैं—

1. बाहरी तुलनात्मक पतली परत, जो रक्त नलिकाओं से रहित होती है, एपिडर्मिस कहलाती है।
2. तुलनात्मक मोटी परत, जो रक्त नलिकाओं, तैलीय ग्रंथियों, स्वेद ग्रंथियों, संवेदनात्मक नसों व बालों की जड़ों से भरी होती है, डर्मिस कहलाती है।
3. डर्मिस को नीचे की मांसपेशियों से अलग करनेवाली सतह सबडर्मिस कहलाती है।

एपिडर्मिस— यह शरीर का सबसे बाहरी आवरण, जो हमें दिखाई देता है, वह होता है। यह त्वचा मृत सैलों की होती है। शरीर के अधिकतर भागों में उसकी मोटाई 0.1 एम.एम. मोटी होती है, परंतु पाँव के नीचे के हिस्से और हथेलियों में इसकी मोटाई 1 एम.एम. या अधिक हो सकती है। इसमें नसों के अंतिम सिरे तो होते हैं, परंतु रक्त नलिकाएँ नहीं होतीं। कभी-कभी हम कहीं न कहीं से त्वचा की एक पतली महीन-सी परत छील देते हैं, जो बिना किसी रक्तस्राव के निकल आती है, यह एपिडर्मिस ही होती है। एपिडर्मिस की भी पाँच सतह होती हैं। इसकी आखिरी सतह में लगातार एपिडर्मल सेल निर्मित होते रहते हैं। इसमें प्रतिदिन लाखों नए सेल बनते हैं, जो बाहरी परत की ओर धकेल दिए जाते हैं। नवनिर्मित एपिडर्मिल सेल जैली की भाँति होते हैं। एपिडर्मिस की तीसरी सतह तक के सफर में यह मृत हो जाते हैं और फिर मृत सेल के रूप में हॉर्नी सतह में यानी बिल्कुल बाहरी आवरण में आ जाते हैं। अंततः कुछ दिनों में बाहरी आवरण से भी झड़ जाते हैं। प्रतिदिन लाखों नए सेल बनते भी हैं और प्रतिदिन लाखों मृत सेल झड़ते भी हैं। हम जान भी नहीं पाते कि कब, कैसे नहाते समय, बदन रगड़ते

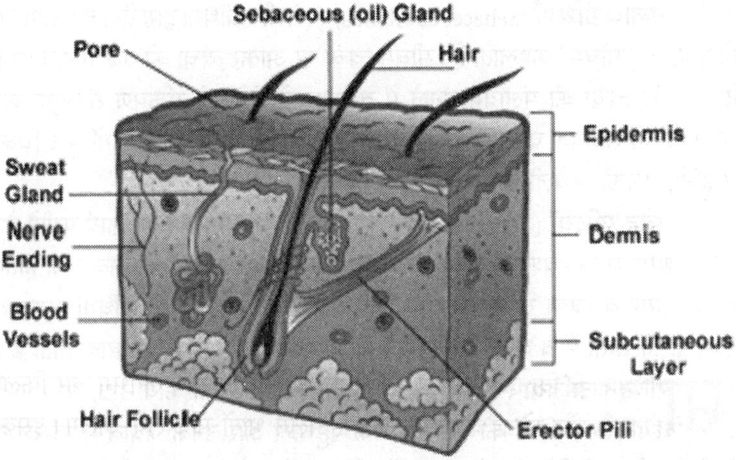

समय, कपड़े की रगड़ से या सोते समय तथा अन्य कई क्रियाओं से ये सेल झड़ जाते हैं। सेल बनने और झड़ने की क्रिया लगभग चार सप्ताह में पूरी होती है। ऐसा मान लें कि चार सप्ताह में हमारी त्वचा पूरी बदल जाती है। एपिडर्मिस में ही त्वचा; आँखों व बालों को रंगत देनेवाले सेल मेलैनोसाइटस भी होते हैं। मेलैनोसाइटस 'गेलैनिन' नाम का एक पदार्थ बनाते हैं और उसे आस-पास नवनिर्मित होनेवाले एपिडर्मल सेलों में पहुँचा देते हैं। हमारी त्वचा की रंगत गोरी, साँवली आदि कैसी भी हो, इसी मेलैनिन पर निर्भर होती है। वास्तव में मेलैनिन त्वचा को सूर्य की नुकसानदेह अल्ट्रावॉयलेट किरणों से सुरक्षा देनेवाला पदार्थ है। त्वचा पर झाँइयों का दिखना मेलैनिन का उस विशेष भाग में संयुक्त रूप में जमा जो जाना होता है।

डर्मिस—डर्मिस एपिडर्मिस की तुलना में दो या तीन गुना मोटी होती है। त्वचा को युवा रखनेवाले प्रमुख और महत्त्वपूर्ण पदार्थ कोलैजिन और इलास्टिन इसी डर्मिस में होते हैं। डर्मिस त्वचा एपिडर्मिस को भीतर से सहारा भी देती है व पोषण भी। स्वयं में यह एक लचकीली सतह है, जो अपने भीतर रक्त नलिकाओं, स्वेद ग्रंथियों, संवेदन नसों व बालों की जड़ों के जाल को सँभाले व समोए रखती है। यद्यपि यह जाल शरीर के विभिन्न भागों में अपना गठन भिन्न-भिन्न रखता है। साधारणत: 1 सेमी. स्थान में लगभग 4 मीटर नसें, 100 स्वेद ग्रंथियाँ, 10 बाल, 15 स्वेद ग्रंथियाँ और 1 मीटर रक्त नलिका तो होती ही है। डर्मिस सतह कनेक्टिव टिश्यू (Connective Tissue) की बनी होती है। इस सतह का लचकीलापन त्वचा के यौवन का मुख्य आधार होता है। डर्मिस के भीतर जो नसों व ग्रंथियों का जाल होता है, अब उसकी जानकारी लेते हैं—

तैलीय ग्रंथियाँ (Sebaceous Glands)—तैलीय ग्रंथियों द्वारा तेल का उत्पादन होता है, जो 'सीबम' कहलाता है। सीबम त्वचा पर आकर त्वचा को एक तैलीय परत देता है, जो त्वचा को मुलायम बनाने में व बाहर से होनेवाले संक्रमण से त्वचा को सुरक्षा देने में सहायता करता है। ये ग्रंथियाँ चेहरे, सिर व कमर आदि भागों में अधिक व होंठों, पलकों, हथेली व तलवों में अनुपस्थित होती हैं।

स्वेद ग्रंथियाँ (Eccrine Sweat Glands)—इन ग्रंथियों का कार्य पसीने के रूप में शरीर से अनावश्यक यूरिया, नमक व अन्य विषैले पदार्थों को निकालना होता है, जो शरीर व त्वचा के स्वास्थ्य के लिए आवश्यक होता है। ये ग्रंथियाँ लगातार काम करती रहती हैं व शरीर के तापमान को सामान्य बनाने में भी सहायक होती हैं।

संवेदन नाड़िया (Vital Nerve Endings)—इनका कार्य ठंडा, गरम, दर्द आदि विभिन्न अनुभूतियों को मस्तिष्क तक पहुँचाना और उनके जवाब में मस्तिष्क के निर्देश लेकर विभिन्न भागों तक उन्हें पहुँचाना होता है। यह एक सेमी. स्थान पर हजारों की मात्रा में होती हैं।

बालों की जड़ें (Hair Follicles)—ये ट्यूब जैसे आकार की होती हैं, इन्हीं से निकलकर बाल त्वचा पर आते हैं। प्रत्येक बाल की जड़ (Hair Follicles) की साइड पर एक छोटी ग्रंथि जुड़ी होती है, जो तैलीय प्रकार का पसीना उत्पन्न करती है। यह पदार्थ बालों को कवरिंग देता है।

रक्त नलिकाएँ (Cappillary Blood Vessels)—त्वचा के भीतर रक्त नलिकाओं का जाल होता है, जो रक्त के माध्यम से त्वचा को ऑक्सीजन व अन्य पोषण पहुँचाता है।

लसीका ग्रंथियाँ (Lymphatic Vessels)—लसीका ग्रंथियाँ शरीर के लसीका संस्थान का भाग होती हैं। यह शरीर के प्रतिरक्षक संस्थान से संबंधित होती हैं। लसीका नॉडस के कुछ समूह छोटे और किडनी आकार के नरम तंतु समूह होते हैं, जो शरीर में सफाई कोशिकाओं का कार्य करते हैं। कभी-कभी लसीका नॉड में सूजन आ जाती है हो इंफेक्शन का संकेत करती है।

सबडर्मिस—यह डर्मिस के नीचे स्थित होती है व डर्मिस को मांसपेशियों से अलग करती है। इसमें रक्तनलिकाएँ, संवेदन नसें, लसीका ग्रंथियाँ आदि पाई जाती हैं। विशेष रूप से चर्बी पाई जाती है, जो शरीर के विभिन्न भागों को आकार देती है। अधिक चर्बी शरीर के कई भागों को बेडोल बना देती है। यह त्वचा शरीर के भीतरी हिस्सों को बाहरी झटकों आदि से बचाने व शरीर के तापमान का नियमन करने में सहायक होती है। □

त्वचा को प्रभावित करनेवाले कारण

इस तथ्य से सभी परिचित हैं कि हमारी त्वचा सदा एक सी नहीं रहती। कभी तो एकदम नरम, मुलायम, साफ और चमकदार रहती है तो कभी एकदम खुश्क अथवा तैलीय हो जाती है। कभी झाँइयों की समस्या खड़ी हो जाती है तो कभी मुँहासों की। युवावस्था में कसावदार होती है तो बुढ़ापे में झुर्रियों भरी। इन सब समस्याओं से निपटने के लिए हमारी त्वचा नियमित देखभाल माँगती है। वैसे तो सुंदर और प्रभावशाली व्यक्तित्व के लिए संपूर्ण शरीर की त्वचा देखभाल माँगती है, परंतु चेहरे की त्वचा सबसे अधिक ध्यान माँगती है। चेहरे की त्वचा हमारे सौंदर्य व स्वास्थ्य का दर्पण होती है, इसलिए इसकी उपेक्षा कतई नहीं करनी चाहिए। त्वचा की देखभाल करने के लिए यह अति आवश्यक है कि हमें उन सबकारणों की जानकारी हो, जिनसे त्वचा अच्छे या बुरे, प्रत्यक्ष अथवा अप्रत्यक्ष किसी भी रूप में प्रभावित होती है। त्वचा को प्रभावित करनेवाले बाहरी व भीतरी कई कारण होते हैं।

बाहरी कारण

मौसम—बार-बार बदलते मौसम हमारी त्वचा को कभी अच्छे व कभी बुरे रूप में प्रभावित करते रहते हैं। शीतकालीन सर्द हवाएँ त्वचा की नमी सोखकर उसे शुष्क बना देती हैं। ग्रीष्मकालीन लू के थपेड़ों से त्वचा में स्वेद व तैलीय ग्रंथियाँ अधिक क्रियाशील हो उठती हैं। इससे त्वचा अधिक तैलीय हो जाती है।

धूप—धूप की अधिकता अथवा शरीर के किसी विशेष भाग पर केंद्रित होकर धूप का लगना कोमल त्वचा को झुलसा देता है, जिससे उस पर झाँइयाँ पैदा हो जाती हैं। धूप से त्वचा में स्थित 'मेलैनोसाइटस' आवश्यकता से अधिक

क्रियाशील हो उठता है। मेलैनोसाइटस से उत्पन्न 'मेलैनिन' ही हमारी त्वचा को श्याम या गौर वर्ण देता है। जब धूप के कारण मेलैनिन की उत्पत्ति बढ़ जाती है तो हमारी त्वचा भी साँवली अथवा श्याम वर्ण की हो जाती है।

तापमान में परिवर्तन—वातावरण में तापमान का परिवर्तन भी त्वचा को प्रभावित करता है। तापमान परिवर्तन किसी भी कारण से हो सकता है, जैसे—मौसम का परिवर्तन, स्थानांतरण, कूलर, एयरकंडीशनर आदि। तापमान का परिवर्तन रक्त नलिकाओं में रक्त के दबाव, तैलीय व स्वेद ग्रंथियों की क्रियाशीलता सबको प्रभावित करता है। फलतः यह त्वचा की बाह्य सतह में भी सिकुड़न अथवा फैलाव लाता है।

प्रदूषण—आज के युग में प्रदूषण एक ऐसा कारण है, जो त्वचा को गंभीर रूप से प्रभावित कर रहा है। वायु में सम्मिलित धुआँ, धूल और मिट्टी की अधिकता हमारे स्वास्थ्य पर तो अपना दुष्प्रभाव डाल ही रही है, साथ ही हमारी त्वचा के सौंदर्य व कोमलता का भी हनन कर रही है। प्रदूषित वातावरण से त्वचा पर धूल और मिट्टी की परत जम जाती है, जिससे त्वचा के पोर बंद हो जाते हैं और फलतः मुँहासे और एक्ने जैसी बीमारियाँ जन्म लेती हैं।

रासायनिक पदार्थ—बाजार में सौंदर्य बढ़ाने के लिए अनेक प्रकार के सौंदर्य प्रसाधनों का बहुत बड़ा व्यापार है। प्रत्येक व्यक्ति में सौंदर्य प्रसाधनों के प्रति एक स्वाभाविक ललक होती है। जब इन प्रसाधनों का आकर्षक विज्ञापनों द्वारा मार्केटिंग किया जाता है तो यह आम व्यक्ति की भावना, बुद्धि और निगाहों पर छा जाते हैं। इनमें से अधिकांश प्रसाधन ऐसे रासायनिक पदार्थों से बने होते हैं, जिनका अधिक लंबे समय तक का प्रयोग त्वचा के लिए हानिकारक होता है, जैसे—ब्लीच, कई मेकअप प्रसाधन, हेअर कलर, पर्म लोशन आदि।

त्वचा को प्रभावित करनेवाले बाहरी कारणों में कुछ अन्य कारण भी होते हैं, जैसे—तेज गरम पानी द्वारा स्नान, तैराकी, समुद्र में स्नान आदि। यह सबकारण भी त्वचा की नमी को कम करते हैं।

भीतरी कारण

खुराक—हम क्या भोजन खाते हैं, कितना खाते हैं, किस प्रकार का खाते हैं? इन सबका हमारे स्वास्थ्य के साथ-साथ त्वचा पर भी प्रभाव पड़ता है। तली चीजें अधिक खाने से व घी-मक्खन आदि का अधिक प्रयोग त्वचा को तैलीय व चर्बीयुक्त बनाता है। हरी सब्जियों व सलाद आदि का प्रयोग व दिन में

कम से कम आठ से दस गिलास पानी का सेवन त्वचा को साफ व सुंदर रखने में सहायक होता है। संतुलित त्वचा के लिए संतुलित भोजन उपयुक्त रहता है।

स्वास्थ्य—व्यक्ति विशेष का स्वास्थ्य कैसा है, यह भी त्वचा को प्रभावित करता है। रोगमुक्त शरीर की त्वचा स्वस्थ व सुंदर होती है, जबकि रोगग्रस्त शरीर की त्वचा शरीर के रोग व विभिन्न दवाइयों के कुप्रभाव से वंचित नहीं रह पाती। स्वास्थ्य की दृष्टि से शरीर का हृष्ट-पुष्ट अथवा निर्बल होना भी त्वचा को प्रभावित करता है।

आयु—हमारी त्वचा को प्रभावित करनेवाले कारणों में हमारी आयु एक महत्त्वपूर्ण कारण है। जिस प्रकार हमारा शरीर विभिन्न अवस्थाओं को प्राप्त होता है, उसी प्रकार हमारी त्वचा भी आयु के साथ युवा और वृद्ध होती जाती है। बचपन की त्वचा नरम, कोमल व ताजगी से परिपूर्ण होती है। युवावस्था की त्वचा में यौवन का कसाव व चमक होती है। जैसे-जैसे आयु वृद्धावस्था की ओर बढ़ने लगती है, त्वचा में प्राकृतिक चिकनाई व नमी कम होने लगती है। फलत: मांसपेशियों में कोमलता व लचीलापन कम होने लगता है। मांसपेशियाँ ढीली पड़ने लगती हैं, त्वचा पर झुर्रियाँ दिखने लगती हैं। त्वचा पर उपरोक्त सभी स्थितियाँ सभी देखते व भोगते हैं, परंतु प्रश्न यह है कि ऐसा होता क्यों है?

वास्तव में हमारी त्वचा की बाहरी सतह, जो हमें दिखाई देती है, इसकी मृत कोशिकाएँ झड़ती रहती हैं और उनका स्थान सदैव नई कोशिकाएँ लेती हैं। यह क्रम सदैव चलता रहता है। लगभग हर चार सप्ताह में हमारी त्वचा की बाहरी सतह बदल जाती है। बचपन व युवावस्था में यह प्रक्रिया सामान्य रूप से चलते रहने के कारण त्वचा सामान्य रहती है, पर जैसे-जैसे आयु अधिक होती जाती है, इस क्रम में शिथिलता आती जाती है। इस क्रम में शिथिलता के कारण नई कोशिकाएँ अपने समय पर मृत कोशिकाओं का स्थान नहीं ले पातीं। फलत: आयु बढ़ने पर त्वचा ढीली, पतली, बूढ़ी, रूखी व झुर्रियोंवाली दिखने लगती है।

किशोरावस्था में त्वचा पर मुँहासे भी आयु का ही प्रभाव होते हैं। इस आयु में आंतरिक शारीरिक परिवर्तनों से तैलीय ग्रंथियाँ अधिक क्रियाशील हो उठती हैं, जो मुँहासों के जन्म का कारण बन जाती हैं।

आनुवंशिक—जिस प्रकार कई रोग, आदतें, बुद्धि, शारीरिक ढाँचा, नैन-नक्श, कद, रंग-रूप आदि आनुवंशिक होते हैं, उस प्रकार त्वचा पर कुछ प्रभाव भी अनुवंशिक होते हैं। यदि पारिवारिक इतिहास देखा जाए तो यह तथ्य

सत्य सिद्ध होता है। त्वचा की कई समस्याएँ, जिनका बहुत इलाज कराने पर भी कोई निदान न निकल रहा हो, अक्सर पारिवारिक इतिहास देखने पर उनका कारण ज्ञात हो जाता है। त्वचा का रंग, प्रकार, बालों का छोटा/बड़ा, घुँघराला/सीधा, घना/ हल्का अथवा काला/भूरा होना, नाखूनों का छोटा या बड़ा होना आदि प्राकृतिक भी हो सकता है व आनुवंशिक भी।

आंतरिक शारीरिक परिवर्तन—आयु के साथ होनेवाले आंतरिक शारीरिक परिवर्तन भी त्वचा को प्रभावित करते हैं। यह आंतरिक शारीरिक परिवर्तन विभिन्न अवस्थाओं में होते रहते हैं, जैसे—बचपन से तरुणावस्था में प्रवेश करते समय आंतरिक परिवर्तनों के कारण गुप्तांगों में बाल उग आना, छातियों में उभार आना, लड़कों की दाढ़ी-मूँछें उग आना आदि। इस आयु में शरीर की तैलीय ग्रंथियाँ अधिक क्रियाशील हो उठने के कारण अक्सर किशोर/किशोरियों के चेहरों पर मुँहासे निकल आते हैं।

विवाह होने पर स्त्री-पुरुष संबंधों के कारण आंतरिक हारमोनल परिवर्तन। विवाह के पश्चात् अक्सर महिलाओं के चेहरे अधिक निखर जाते हैं व शरीर में भराव आ जाता है।

गर्भावस्था में आंतरिक परिवर्तनों के कारण कई महिलाएँ अत्यधिक निखर उठती हैं व कइयों के चेहरे झाँइयों से भर उठते हैं। इसका कारण गर्भावस्था में होने वाले हारमोनल परिवर्तन से मेलैनिन का बढ़ जाना होता है। इस स्थिति को क्लोस्मा (Chlosma) कहते हैं। इस कारण कई महिलाओं के पेट व कमर पर लकीरें जैसे निशान पड़ जाते हैं।

मेनोपाज—मेनोपाज से भी शरीर में आंतरिक परिवर्तन होते हैं। इन परिवर्तनों के कारण कई महिलाओं के चेहरे पर बाल उग आते हैं, कइयों के अंगों व त्वचा में सिकुड़न पैदा होने लगती है, कई मानसिक अवसाद से घिर जाती हैं, जिसका त्वचा पर बुरा असर पड़ता है।

मानसिक स्थिति—हमारी त्वचा को, विशेष रूप से चेहरे की त्वचा को हमारी मानसिक स्थिति का दर्पण भी कह सकते हैं। यदि हम प्रसन्न व चिंतामुक्त हैं तो चेहरे पर एक तरोताजगी का भाव रहता है। यदि अवसाद में घिरे हैं तो चेहरा उदास-मुरझाया सा दिखता है, आँखों के नीचे काले दायरे बन जाते हैं। भयग्रस्त हों तो रोम खड़े हो जाते हैं, स्वेद ग्रंथियाँ अधिक क्रियाशील हों तो अधिक पसीना उगलने लगती हैं।

क्रोध, चिंता व चिड़चिड़ेपन की मानसिक स्थिति चेहरे की त्वचा के

लिए विशेष रूप से हानिकारक होती है। इस मानसिक स्थिति में सुंदर चेहरा भी कुरूप दृष्टिगत होता है। यदि ऐसी मानसिक स्थिति लगातार चलती रहे, तो चेहरे की मांसपेशियों पर इनके दुष्प्रभाव का असर माथे पर बल व गालों की गहरी लकीरों तथा आँखों के आस-पास की स्थायी लकीरों व झुर्रियों के रूप में दृष्टिगत होता है।

□

त्वचा के प्रकार

साफ-सुथरी, नरम और चमकदार त्वचा सौंदर्य के प्रति पहला कदम होती है। त्वचा की देखभाल के प्रति उपेक्षा बरतने से त्वचा से संबंधित ऐसी कई समस्याएँ उत्पन्न हो जाती हैं, जिनसे न केवल सौंदर्य पर बुरा प्रभाव पड़ता है, अपितु हमारा स्वास्थ्य भी उनके दुष्प्रभाव से अछूता नहीं रह पाता। जिस प्रकार उपेक्षित त्वचा स्वास्थ्य व सौंदर्य संबंधी समस्याएँ उत्पन्न करती है, उसी प्रकार त्वचा को दिया गया गलत उपचार या देखभाल भी समस्याएँ उत्पन्न कर सकता है। त्वचा कई प्रकार की होती है और प्रत्येक प्रकार की त्वचा की देखभाल व रखरखाव के भिन्न-भिन्न उपचार व नियम होते हैं। ऐसा इसलिए होता है कि प्रत्येक प्रकार की त्वचा की आवश्यकताएँ भिन्न-भिन्न होती हैं। यदि एक प्रकार की त्वचा को दूसरी प्रकार की त्वचा का उपचार दे दिया जाए तो उससे लाभ तो कुछ नहीं होगा, हाँ हानि बहुत अधिक हो सकती है। इसलिए यह आवश्यक है कि त्वचा को कुछ भी उपचार देने से पहले हमें यह ज्ञान प्राप्त करना आवश्यक होता है कि त्वचा किस-किस प्रकार की होती है, उसकी पहचान क्या होती है व प्रत्येक प्रकार की त्वचा की देख-रेख कैसे की जाती है। यह जानकारी अति आवश्यक होती है, क्योंकि इसके बिना त्वचा की सही देख-रेख असंभव है।

मुख्य रूप से त्वचा पाँच प्रकार की होती है—

1. मध्यम अथवा प्राकृतिक
2. खुश्क
3. तैलीय
4. मिली-जुली
5. संवेदनशील

मध्यम अथवा प्राकृतिक—इस प्रकार की त्वचा को हम आदर्श त्वचा

कह सकते हैं। नरम, मुलायम, चमकदार, मुँहासेरहित, खुश्कीरहित। इस त्वचा पर नमी और तैलीयता संतुलित मात्रा में रहती है।

सामान्यत: त्वचा के इस प्रकार पर बचपन व पर्याप्त सीमा तक युवावस्था का विशेष अधिकार रहता है। उसके पश्चात् किन्हीं बहुत ही भाग्यशाली लोगों को अथवा त्वचा का अत्यधिक रखरखाव रखनेवालों को ही इसका स्वामित्व प्राप्त हो पाता है। इस प्रकार की त्वचा में विशेष रूप से कोई समस्या नहीं होती, पर फिर भी नियमित देख-रेख आवश्यक होती है। इसकी उपेक्षा प्राय: इसे खुश्क त्वचा में परिवर्तित कर देती है।

खुश्क त्वचा—त्वचा में खुश्की का कारण त्वचा में उपस्थित तैलीय ग्रंथियों द्वारा उत्पादित तेल 'सीबम' का कम उत्पादन या उनका शिथिल हो जाना होता है। इस प्रकार की त्वचा की बाहरी सतह अत्यंत कोमल, नाजुक व पारदर्शी होती है। इस त्वचा की ऊपरी सतह में झड़ने की प्रवृत्ति होती है। यह अतिशीघ्र लाल होती है। धूप और साबुन से भी अतिशीघ्र प्रभावित होती है। इस त्वचा पर समय से पूर्व और अति सरलता से झुर्रियाँ पड़ जाती हैं। खुश्क त्वचा के भी तीन प्रकार होते हैं—

1. साधारण खुश्क त्वचा—यह त्वचा साधारण रूप से तैलीयता के अभाव के कारण खुश्क रहती है। इसे यदि नियमित क्रीम व मॉइस्चराइजर का पोषण मिलता रहे तो सामान्य रहती है।
2. अति खुश्क त्वचा—इस प्रकार में त्वचा की बाहरी परत बहुत ही पतली और बहुत ही खुश्क भुरभुरी सी होती है। अत्यधिक अम्लीयता (Acidity) खुश्क व अति खुश्क दोनों त्वचाओं की शत्रु होती है, पर अति खुश्क त्वचा के लिए और भी अधिक सावधान रहना चाहिए।
3. असाधारण खुश्क त्वचा—लगभग मुरझाई सी त्वचा जिसमें नमी न के बराबर हो। नमी की इतनी अधिक कमी कुछ आंतरिक समस्या से भी हो सकती है, जैसे—ग्रंथियों से संबंधित समस्या व बाह्य कारणों से भी, जैसे—धूप, गर्मी, हवा आदि से भी। इस त्वचा में खुश्की से दरारें तक पड़ जाती हैं।

तैलीय त्वचा—त्वचा में अधिक तैलीयता का कारण तैलीय ग्रंथियों का आवश्यकता से अधिक क्रियाशील होना और अधिक सीबम उत्पन्न करना होता है।

तैलीय त्वचा आमतौर पर चमकदार होती है, जिस पर रोम छिद्रों व ब्लैकहैडस की अधिकता होती है। यह चमड़े की भाँति मोटी होती है व इस पर आसानी से झुर्रियाँ नहीं पड़तीं। त्वचा की तैलीय ग्रंथियों (Sebaceous Glands)

के कारण इस त्वचा की ऊपरी परत चिकनी रहती है। इस त्वचा को मुँहासों और एक्ने का सर्वाधिक खतरा होता है। यह त्वचा एक व्यक्ति से दूसरे व्यक्ति को तो संक्रमित नहीं करती, परंतु स्वयं अपने लिए अति संक्रमणशील (Infections) होती है। यह त्वचा खुश्क त्वचा की तुलना में अधिक समय तक युवा रहती है।

मिली-जुली त्वचा—कुछ लोगों के चेहरे की त्वचा ऐसी होती है, जिसे हम न तो पूर्णरूपेण खुश्क कह सकते हैं, न ही तैलीय। इनमें चेहरे का कुछ भाग खुश्क होता है व कुछ तैलीय। ऐसे चेहरों की त्वचा ही मिली-जुली त्वचा कहलाती है। ऐसी त्वचा को टी जोन (T Zon) भी कहते हैं। टी अर्थात् माथा, नाक व ठोड़ी तैलीय व गाल खुश्क, परंतु मिली-जुली त्वचा में ऐसा ही होना आवश्यक नहीं है। गाल तैलीय व दूसरे भाग खुश्क भी हो सकते हैं।

संवेदनशील त्वचा—यह त्वचा खुश्क, तैलीय या प्राकृतिक किसी भी प्रकार की हो सकती है, परंतु इसे संवेदनशील त्वचा इसलिए कहा जाता है, क्योंकि यह वातावरण और विभिन्न प्रसाधनों पर अक्सर अतिशीघ्र नकारात्मक प्रतिक्रिया देती है। अत: इस प्रकार की त्वचा के साथ पर्याप्त सावधानी बरतनी पड़ती है। अक्सर रासायनिक और तीखे प्रसाधन इसे रास नहीं आते। प्राकृतिक, हर्बल या मिनरल प्रसाधन इस त्वचा के लिए उत्तम हैं। तीखी धूप, अति ठंडी हवाएँ आदि भी इसे रास नहीं आते।

□

त्वचा की देख-रेख

त्वचा खुश्क, तैलीय, मध्यम अथवा मिली-जुली किसी भी प्रकार की हो, उसकी नियमित देख-रेख आवश्यक है। त्वचा की देख-रेख के कई पक्ष होते हैं व प्रत्येक प्रकार की त्वचा की देख-रेख के कुछ विशेष नियम भी। इन विशेष नियमों पर हम बाद में चर्चा करेंगे। पहले हम उन चार सामान्य, परंतु आवश्यक नियमों का वर्णन करेंगे, जो नियमित देख-रेख के लिए प्रत्येक प्रकार की त्वचा के लिए आवश्यक हैं। त्वचा की उत्तम देख-रेख के लिए सौंदर्य विशेषज्ञा द्वारा भी यह चार कार्य अवश्य किए जाते हैं। यह चार कार्य इस प्रकार हैं—

1. त्वचा की सफाई
2. त्वचा का पोषण
3. नसों व मांसपेशियों को उत्तेजित करना
4. त्वचा का संरक्षण (Protection)

त्वचा की सफाई—त्वचा को स्वस्थ और सुंदर रखने के लिए उसकी नियमित सफाई इस दिशा में पहला कदम है। इस कदम में त्वचा की केवल सतही सफाई मात्र पर्याप्त नहीं होती, अपितु उसके पोरों की गहरी सफाई भी आवश्यक होती है। हम सबके लिए यह जानना अति आवश्यक है कि जैसे हमारी नाक साँस लेती है, वैसे ही हमारी त्वचा भी साँस लेती है। त्वचा तभी साँस ले पाती है, जब वह साफ-सुथरी होगी। जिस त्वचा के पोर बंद हों, वह वैसे ही छटपटाती है, जैसे नाक बंद करने पर हमारा शरीर छटपटाता है। अत: स्पष्ट है कि त्वचा की सतही सफाई के साथ उसकी गहरी पोर सफाई भी आवश्यक है। यद्यपि नियमित स्नान त्वचा की सफाई के लिए अत्यंत महत्त्व रखता है, परंतु यह त्वचा को केवल सतही सफाई दे पाने में समर्थ होता है। त्वचा की विशेष सफाई, विशेष रूप से चेहरे की त्वचा की सफाई स्नान के अतिरिक्त और भी बहुत कुछ माँगती है। त्वचा की

सफाई के लिए आजकल कई प्रकार के लोशन, क्रीम, फेस पैक व फेस स्कर्ब, बॉडी स्कर्ब, द्रव्यरूपी साबुन आदि उपलब्ध हैं, जो पर्याप्त लाभदायक हैं। त्वचा का प्रकार और अपनी आवश्यकता देखते हुए इनमें से समझदारी से अपने प्रयोग के सामान का चुनाव करना चाहिए।

त्वचा की सफाई के लिए बहुत से घरेलू नुस्खे भी अपनाए जा सकते हैं। कच्चा दूध, दही, अंडा, नीबू, संतरा, बंदगोभी, खीरे आदि का रस, बेसन, चोकर ऐसी बहुत सी चीजें हैं, जो हर रसोईघर में सरलतापूर्वक उपलब्ध भी होती हैं व सस्ती भी पड़ती हैं।

त्वचा के पोरों की गहरी सफाई करने के लिए भाप थेरैपी बहुत उपयोगी होती है। त्वचा को भाप देने से गहरी जमी धूल-मिट्टी तो निकल ही जाती है, सख्ती से जमे ब्लैकहेड्स व वाइटहेड्स भी सरलतापूर्वक निकाले जा सकते हैं। भाप लेते समय कुछ बातों का ध्यान अवश्य रखना चाहिए—

- भाप लेने से पहले क्लींजिंग लोशन से चेहरा साफ करें।
- भाप लेने के बाद त्वचा पर गंदे हाथ या गंदा तौलिया प्रयोग न करें। साफ हाथों से केवल रुई ही प्रयोग करें।
- यदि ब्लैकहेड रिमूवर का प्रयोग करें तो वह निष्कीटित (Sterlised) हो।
- भाप लिये चेहरे पर सफाई के बाद फेस पैक अवश्य लगाएँ और उसे सूखने तक अवश्य रखें।

त्वचा की ऊपरी परत से निर्जीव कोशों की सफाई के लिए आजकल बाजार में दानेदार क्रीम या पाउडर, जिन्हें फेस स्कर्ब कहते हैं, बहुत लाभदायक रहते हैं। इन्हें चेहरे पर लगाकर नीचे से ऊपर की दिशा में हल्के हाथों से गोल-गोल मसाज करते हुए कुछ समय तक मलने से या फ्रिमेटर प्रयोग करने से त्वचा के निर्जीव कोश झड़ जाते हैं व रुआँ भी कम हो जाता है।

त्वचा की सफाई की उपरोक्त विधियों के अतिरिक्त कुछ विशेष नियम भी होते हैं, जिनका पालन अवश्य करना चाहिए—

- दिन में दो-तीन बार चेहरा अवश्य साफ करें।
- जब कभी बाहर से आएँ तो चेहरा धोकर त्वचा को धूल-मिट्टी से मुक्ति दिलाएँ।
- चेहरा साफ करने के लिए कौन सा साबुन, क्रीम या लोशन प्रयोग किया जाए, यह त्वचा की किस्म देखते हुए चयन करें।

- रात को सोते समय मेकअप अवश्य उतारें।

सदैव स्मरण रखें कि त्वचा की नियमित सफाई आपकी त्वचा की जीवंतता व ताजगी की आयु बढ़ाने में सबसे बड़ा योगदान रखती है। मेकअप तो केवल एक आवरण है, जो दोषों को छुपाकर आपको कृत्रिम सौंदर्य प्रदान करता है। सफाई त्वचा को प्राकृतिक सौंदर्य व स्वास्थ्य दोनों में रोगी के लिए डॉक्टर के समान कार्य करती है।

त्वचा का पोषण—सफाई के पश्चात् त्वचा की नियमित देख-रेख का दूसरा महत्त्वपूर्ण पक्ष है—त्वचा का पोषण। त्वचा को स्वस्थ और तरोताजा बनाए रखने के लिए पोषण उतना ही आवश्यक है, जितना हमारे शरीर के लिए भोजन। जैसे-जैसे आयु बढ़ती है, त्वचा में प्राकृतिक तेल और नमी की कमी होती जाती है। इस कमी के कारण शरीर के साथ-साथ त्वचा भी वृद्धावस्था को प्राप्त हो जाती है। उसके यौवन को अधिक समय तक बनाए रखने में पोषण वैसे ही सहायक होता है, जैसे पौधों के लिए खाद, पानी व धूप। उदाहरण के लिए आप तीन गमले लें। एक में प्रतिदिन नियमित खाद-पानी डालें, दूसरे में कभी-कभी व तीसरे को छोड़ दें उसके भाग्य पर। कुछ माह के बाद क्या परिणाम होगा? नियमित खाद-पानी प्राप्त करनेवाले पौधे के पत्ते हरे-भरे चमकदार होंगे अर्थात् एक जीवंत तरोताजा पौधा। दूसरे में जीवन तो होगा, पर ताजगी व मन मोहनेवाली हरियाली नहीं, जो उसका विशेष आकर्षण होना चाहिए। तीसरा तो एकदम मुरझाया होगा, न आकर्षण, न प्राण अर्थात् केवल नियमित पोषण प्राप्त करनेवाला पौधा ही अपनी जीवंतता और आकर्षण बनाए रखने में समर्थ रहा। इसी प्रकार नियमित पोषण प्राप्त त्वचा भी अधिक समय तक युवा व स्वस्थ रह सकती है।

त्वचा को पोषण देने के लिए हम त्वचा के प्रकार के अनुसार कोल्ड क्रीम, नर्शिंग (Nurshing) क्रीम, बादाम रोगन, जैतून का तेल, मॉइस्चराइजर, फेस पैक आदि प्रयोग कर सकते हैं। इस कार्य के लिए ताजी क्रीम, सब्जी व फलों का रस अथवा गूदा, दही, अंडा आदि चीजें भी प्रयोग की जा सकती हैं।

रात को चेहरा भली-भाँति साफ कर के क्रीम की परत चेहरे पर लगाकर सोने से त्वचा रात भर में अपना पोषण अच्छे से प्राप्त कर लेती है।

दिन में आप चेहरे पर फलों का गूदा अथवा कोई पोषण देनेवाला पैक लगा कर 30 मिनट तक रखें, फिर धो दें। इससे भी त्वचा को पोषण मिलता है।

त्वचा को पोषण देनेवाले पदार्थ बदल-बदलकर या मिलाकर लगाने चाहिए ताकि विभिन्न पदार्थों के विभिन्न पोषक तत्त्व त्वचा को प्राप्त होते रहें।

साफ चेहरे पर खूब सारा मॉइस्चराइजर और क्रीम लगाकर चेहरे की 10 से 15 मिनट तक मालिश करने से त्वचा को उत्तम पोषण प्राप्त होता है।

मसाज करते समय क्रीम के साथ फल व सब्जियों का रस मिला लें तो पौष्टिकता बढ़ जाती है।

ध्यान रखें कि मुँहासों व एक्नेवाली त्वचा पर क्रीम का पोषण प्रयोग न करें।

यद्यपि चेहरे की त्वचा के पोषण का अधिक व नियमित ध्यान हम सभी रखते हैं व रखना भी चाहिए, परंतु इसकी आवश्यकता शरीर के शेष भागों की त्वचा को भी होती है। कभी-कभी नहाने से पूर्व संपूर्ण शरीर पर तेल या क्रीम की मालिश करना अति लाभदायक होता है। चेहरे पर किए जानेवाले सभी उपचार देह पर भी किए जा सकते हैं, हाँ समयाभाव के कारण उनकी फ्रीक्वेंसी चेहरे से कम हो सकती है।

नसों व मांसपेशियों को उत्तेजित करना—हम देखते हैं कि एक बच्चे अथवा युवा में जो चुस्ती-फुर्ती और जोश होता है, वह वृद्ध व्यक्ति में नहीं होता। ऐसा क्यों होता है? इसलिए कि आयु के साथ-साथ हमारे शरीर की मांसपेशियाँ शिथिल पड़ती जाती हैं। शिथिलता के कारण उनकी कार्यक्षमता भी कम होती जाती है। पहले भी कहा गया है कि आयु के साथ-साथ हमारे शरीर के साथ हमारी त्वचा भी वृद्धावस्था को प्राप्त होने लगती है। त्वचा की तैलीय ग्रंथियाँ व दूसरी ग्रंथियाँ, प्रमुख रूप से त्वचा को यौवन और लचकीलापन देनेवाली कोलैजिन व इलास्टिन ग्रंथियाँ शिथिल होने लगती हैं। फलतः उनकी क्रियाशीलता में पहले सी क्षमता नहीं रहती। इस कारण त्वचा में प्राकृतिक तैलीयता व नमी, जो त्वचा की कोमलता व ताजगी बनाए रखने के लिए आवश्यक होती है, व कोलैजिन, इलास्टिन कम होने लगती है।

इस शैथिल्य के कारण त्वचा के भीतर नए कोश बनने की प्रक्रिया भी धीमी पड़ने लगती है। नियमानुसार 3 से चार सप्ताह में त्वचा के भीतर से नए कोशों को बाहरी सतह पर पुराने निर्जीव कोशों को हटाकर उनका स्थान ले लेना चाहिए। बच्चों व युवाओं में यह क्रिया सामान्य रूप से चलती भी रहती है, परंतु आयु के प्रभाव से जो शिथिलता आती है, वह इस नियमित क्रम को भी शिथिल कर देती है। फलतः त्वचा की बाहरी सतह पर कोश परिवर्तन का क्रम भी शिथिल पड़ जाता है।

त्वचा की ग्रंथियों व कोश परिवर्तन की प्रक्रिया में शिथिलता न आने पाए, इसके लिए जैसे-जैसे आयु बढ़ती है, वैसे-वैसे हमें त्वचा की नसों व मांसपेशियों

को उत्तेजित करते रहना चाहिए, जैसे किसी को सोते से जगाने की प्रक्रिया। मान लीजिए कि त्वचा के भीतर कार्य करनेवाली ग्रंथियाँ थककर सोती जा रही हैं और आपको बराबर उन्हें जगाते रहना है ताकि वे अपना कार्य नियमपूर्वक करती रहें। उसके लिए कभी-कभी त्वचा से छेड़छाड़, त्वचा पर प्रकंपन (Vibration) पैदा करना, थपथपाहट करना, घर्षण करना, ये सब प्रक्रियाएँ करते रहना चाहिए। ये उत्तेजित करनेवाली क्रियाएँ त्वचा में नए कोश बनाने व निर्जीव कोशों को हटाकर उनका स्थान नए कोशों द्वारा ग्रहण किए जाने की प्रक्रिया को तीव्र करती हैं। रक्त नलिकाओं व अन्य ग्रंथियों की क्रियाशीलता पर भी सुप्रभाव डालती हैं।

त्वचा का संरक्षण—त्वचा शरीर का बाहरी आवरण है, इसलिए बाह्य जगत् में मित्र हो अथवा शत्रु, उससे सबसे पहला सामना त्वचा का ही होता है। ठंडी हवाएँ, लू, धूप, सर्दी, गर्मी, धूल-मिट्टी, इन सबके आक्रमण से शरीर की रक्षा करने के लिए त्वचा इनका आक्रमण स्वयं पर झेलती है। इन सबसे जूझने में कभी त्वचा के रोम छिद्र बंद हो जाते हैं तो कभी उसकी नमी निचुड़ जाती है। कभी वह झुलस जाती है तो कभी सिकुड़ जाती है। इन सब आपदाओं से त्वचा को सुरक्षित रखने के लिए त्वचा को विशेष संरक्षण की आवश्यकता होती है। जिस प्रकार सीमा पर शत्रु का सामना करने के लिए सैनिक को हथियारों से लैस कर के भेजा जाता है, वैसे ही त्वचा को भी शत्रुओं का सामना करने के लिए हथियारों की आवश्यकता होती है। त्वचा के संरक्षण हथियार होते हैं विभिन्न प्रकार की क्रीमें, लोशन व फेस पैक आदि। जैसे धूप की तीखी किरणों से बचाने के लिए सनटैन लोशन, नमी कायम रखने के लिए मॉइस्चराइजर, खुले पोरों को सिकुड़ने में सहायता देने व धूल-मिट्टी से बचाने हेतु एस्ट्रिजेंट आदि। धूप में यदि एक बार त्वचा झुलस गई तो उस झुलसाहट को समाप्त करना टेढ़ी खीर है, परंतु यदि धूप में जाने से पहले त्वचा को सनटैन लोशन के हथियार से लैस कर लें, छाता प्रयोग कर लें तो त्वचा की झुलसने से रक्षा कर सकते हैं। इसी प्रकार ठंडे मौसम में यदि चेहरे पर प्रतिदिन सुबह खुली मात्रा में क्रीम लगाकर एक घंटा छोड़ दें व नहाने से पहले शरीर की भली-भाँति तेल मालिश कर लें तो मौसम के दुष्प्रभाव से दिनभर में होनेवाली चिकनाई की कमी को रोक सकते हैं।

प्रतिदिन चेहरे पर आवश्यकतानुसार विभिन्न फेस पैक का प्रयोग करें। ये भी त्वचा को संरक्षण देते हैं।

आँखों के पास की त्वचा बहुत ही कोमल होती है। उसकी रक्षा के लिए आँखों के नीचे लगाने की विशेष क्रीम व पैक मिलते हैं, उनका प्रयोग करना

चाहिए। धूप में जाते समय आँखों पर काला चश्मा लगा लेने से भी आँखों के पास की कोमल त्वचा का सरंक्षण होता है।

नाखूनों को बार-बार टूटने से बचाने के लिए उन्हें जिलेटिन व जैतून के तेल का नियमित पोषण दें। एड़ियों को फटने से बचाने के लिए प्रति रात उन्हें साफ करके मॉइस्चराइजर व क्रीम की मसाज दें। खुले सैंडल के स्थान पर बैली या शूज पहनें व नियमित पैडिक्योर करें।

□

विभिन्न प्रकार की त्वचाओं की विशेष देख-रेख

विभिन्न प्रकार की त्वचाओं की विशेष देख-रेख संबंधी जानकारी से पहले किसी भी प्रकार की त्वचा की स्वस्थता बनाए रखने के लिए कुछ सामान्य, परंतु महत्त्वपूर्ण आवश्यकताओं के बारे में जानकारी प्राप्त करना आवश्यक है। यह ज्ञान पढ़ने या सुनने में साधारण लग सकता है, परंतु यदि इन आवश्यकताओं को नियमित रूप से पूर्ण किया जाए तो त्वचा की स्वस्थता बनाए रखना बहुत सीमा तक सरल हो जाता है। ये आवश्यकताएँ इस प्रकार हैं—

स्वस्थ त्वचा—साधारण परंतु महत्त्वपूर्ण आवश्यकताएँ—

1. शुद्ध व ताजी हवा का प्रतिदिन सेवन
2. प्रतिदिन कम से कम पाँच से सात गिलास पानी का सेवन
3. नियमित व्यायाम
4. संतुलित आहार
5. प्रतिदिन छह से आठ घंटे की नियमित नींद
6. त्वचा और बालों की नियमित सफाई
7. ड्रग्स आदि का निषेध
8. शराब आदि का निषेध
9. शारीरिक संबंधों में सीमा में रहना
10. स्वस्थ मानसिक स्थिति को बनाए रखना

स्वस्थ त्वचा की महत्त्वपूर्ण आवश्यकताओं के पश्चात् अब हम विभिन्न प्रकार की त्वचाओं की विशेष देख-रेख की जानकारी प्राप्त करते हैं।

तैलीय त्वचा—सुबह उठकर चेहरा धोने से पहले टिश्यू पेपर से चेहरा पोंछे। यदि उस पर तेल की अधिकता दिखे तो त्वचा तैलीय है। इस प्रकार की त्वचा को तुलनात्मक सर्वाधिक सुरक्षा की आवश्यकता होती है।

देख-रेख—

- दिन में कम से कम तीन-चार बार अपना चेहरा हल्के गरम पानी से अवश्य धोए।
- त्वचा अधिक तैलीय हो तो उस पर साबुन भी मेडिकेटेड प्रयोग करना चाहिए।
- इस त्वचा पर ग्लिसरीनयुक्त साबुन कभी भी प्रयोग न करें।
- जहाँ तक संभव हो, तैलीय क्रीमों का प्रयोग न करें। केवल वाटरबेस्ड प्रसाधन ही प्रयोग करें।
- एस्ट्रिंजेंट लोशन (Astringent Lotion) का प्रयोग अवश्य करें।
- प्राकृतिक एस्ट्रिंजेंट (Astringent), जैसे—खीरा, नींबू आदि का प्रयोग भी पर्याप्त लाभदायक होता है।
- रात को सोने से पहले मेकअप अवश्य उतारें।
- यदि मुँहासे हों तो उनसे छेड़छाड़ कतई न करें।
- तली वस्तुओं का सेवन न करें या कम करें।
- दिन में सात-आठ गिलास पानी अवश्य पिएँ।
- त्वचा अधिक तैलीय हो तो सप्ताह में एक बार नरम रेशेवाले ब्रश को गुनगुने पानी में और भी नरम बनाकर, उसकी सहायता से पूरे चेहरे पर भली-भाँति साबुन का झाग बनाएँ। कुछ समय ब्रश को त्वचा पर गोल-गोल घुमाते रहें, फिर चेहरा धो लें। आवश्यकता अनुभव करें तो यह उपचार पूरे शरीर की त्वचा को भी दे सकते हैं।
- चेहरे को नियमित भाप दें, कम से कम सप्ताह में एक बार तो अवश्य ही।
- भाप के पश्चात् फेस पैक अवश्य लगाएँ।
- तैलीय त्वचा के लिए क्ले पैक (Clay Pack), खीरा पैक, नीम पैक आदि उत्तम होते हैं।
- अधिक तैलीय त्वचा पर सप्ताह में दो-तीन बार पैक प्रयोग कर लेना चाहिए।
- इस त्वचा को मसाज की अधिक आवश्यकता नहीं होती। हाँ, माह से डेढ़ माह में एक बार हल्का फेशियल दे सकते हैं या सप्ताह से 15 दिन में त्वचा की सफाई उपचार (Face Cleansing) कर लें।
- इस त्वचा के लिए अंडे का सफेद भाग, नींबू रस, खीरे का रस, संतरे

का रस आदि पर्याप्त लाभदायक होते हैं।

- ऐसी त्वचा के लिए ओजोन उपचार (High Frequency Treatment) लाभदायक होता है।
- यदि अधिक तैलीयता के कारण एक्ने की समस्या हो तो रात को एंटी एक्ने (Anti Acne) क्रीम लगा कर सोएँ और प्रातः उसे एंटी एक्ने लोशन से साफ करें।
- लोशन को धोएँ नहीं, सूखने दें।

खुश्क त्वचा—खुश्क त्वचा को भी देख-रेख की पर्याप्त आवश्यकता होती है। इस त्वचा में नमी की कमी होती है, अतः इसे अत्यधिक मॉइस्चराइजर की आवश्यकता होती है। इसमें तैलीयता भी कम होती है और इस पर झुर्रियाँ भी शीघ्र पड़ती हैं, अतः इसे नियमित पोषण की अत्यधिक आवश्यकता होती है।

देख-रेख—

- चेहरा बार-बार न धोएँ वरना नमी और भी कम हो जाएगी।
- मेकअप उतारने के लिए साबुन के स्थान पर क्रीम अथवा लोशन का प्रयोग करना बेहतर है।
- यदि साबुन प्रयोग करना है तो ग्लिसरीनयुक्त साबुन प्रयोग करें। औषधियुक्त (Medicated) साबुन तो कतई प्रयोग न करें।
- मॉइस्चराइजर अधिकता में प्रयोग करें, एस्ट्रिंजेंट कतई नहीं।
- रात को सोने से पहले चेहरे पर मॉइस्चराइजर और क्रीम लगाकर सोएँ।
- अति खुश्क त्वचा की मसाज के लिए अधिक चिकनाईयुक्त क्रीम का प्रयोग करें।
- असाधारण खुश्क त्वचा पर मॉइस्चराइजर पर्याप्त अधिकता में प्रयोग करें और प्रतिदिन बादाम रोगन की मसाज करें।
- दिन में कम से कम आठ से दस गिलास पानी अवश्य पिएँ, ताकि त्वचा को आंतरिक नमी भी प्राप्त हो।
- कोरी मुल्तानी मिट्टी का पैक न लगाएँ।
- पील ऑफ मास्क का प्रयोग बेहतर है।
- अंडे की जर्दी, दही, कच्चा दूध, केले का गूदा, दूध की क्रीम, पाउडर दूध, पिसी बादाम गिरी, शहद आदि पदार्थ अकेले या मिलाकर त्वचा पर लगाना लाभदायक है।
- असाधारण खुश्क त्वचा के लिए साप्ताहिक, अति खुश्क के लिए 15

दिन में व खुश्क के लिए 15 दिन से एक माह में फेशियल अवश्य लें।

- त्वचा का नियमित पोषण अवश्य करें।

प्राकृतिक—तैलीय त्वचा की भाँति इसे भी प्रात: चेहरा धोने से पहले टिश्यू पेपर से पोंछकर देखें। यदि टिश्यू पेपर पर तेल या खुश्की कुछ न दिखे तो त्वचा प्राकृतिक है। ऐसी त्वचा कुछ भाग्यशाली लोगों को ही प्राप्त होती है।

देख-रेख—

- इस त्वचा की देखभाल खुश्क त्वचा की भाँति ही करनी चाहिए।
- रात को सोने से पहले क्लीजिंग मिल्क से मेकअप भली-भाँति उतार देना चाहिए।
- चेहरा साफ करने के बाद कोई अच्छा स्किन टॉनिक लगा लेना चाहिए।
- स्किन टॉनिक को चेहरे पर 15 से 20 मिनट रखकर अच्छा पोषण देनेवाली नर्शिंग क्रीम (Nurishing Cream) लगाएँ।
- सर्दियों में मॉइस्चराइजर का प्रयोग भी करें और सदैव प्रयोग होनेवाली क्रीम से थोड़ी अधिक चिकनाईयुक्त क्रीम प्रयोग करें।
- माह में एक बार फेशियल कराना उत्तम रहेगा।

मिली-जुली त्वचा—इस त्वचा के कुछ भाग तैलीय होते हैं और कुछ खुश्क।

सबसे पहले यह परखना आवश्यक होता है कि त्वचा के कौन-कौन से भाग तैलीय हैं और कौन से खुश्क।

तैलीय भागों को ऊपर बताए गए तैलीय त्वचा के उपचार दें व खुश्क भागों को खुश्क त्वचा के।

ऐसा करने में थोड़ी कठिनाई अवश्य होती है, पर आदत डाल लें तो ऐसा करना संभव हो जाता है।

संवेदनशील त्वचा—यह त्वचा धूल, धूप, मैल और अधिकतर प्रसाधनों, क्रीमों, साबुनों व लोशनों के प्रति संवेदनशील होती है। इस त्वचा पर खुजली, लाली, पैच आदि अति शीघ्र पड़ते हैं। इस त्वचा पर प्राकृतिक और हल्के प्रसाधन ही प्रयोग करने चाहिए। प्रसाधन, फेसवाश, पैक, मॉइस्चराइजर जो भी प्रयोग करें, वही करें, जो विशेष रूप से संवेदनशील त्वचा के लिए निर्मित हों। सुगंधित साबुन और लोशन आदि तो इस त्वचा से बिल्कुल दूर ही रखें। □

त्वचा की समस्याएँ

त्वचा हमारे शरीर का बाह्य आवरण होती है। बहुत से भागों में यह ढकी–छिपी रहती है, परंतु बहुत से भागों में उजागर भी होती है। सुंदर व्यक्तित्व के लिए त्वचा का सुंदर होना अति महत्त्वपूर्ण होता है। चेहरा तो ऐसा भाग है, जिसे कभी छिपाना संभव ही नहीं और आज के वातावरण में जब कपड़े छोटे होते जा रहे हैं तो चेहरे के अतिरिक्त शरीर के अन्य अनेक भागों की त्वचा का सौंदर्य भी सुंदर व्यक्तित्व के लिए बहुत मायने रखता है। त्वचा से जुड़ी अनेकानेक समस्याएँ हैं। कई तो ऐसी हैं, जो चिकित्साशास्त्र के अंतर्गत ही आती हैं, परंतु कई ऐसी भी हैं जो सौंदर्य की दृष्टि से समस्या हैं और सुंदर व्यक्तित्व पाने के रास्ते में बाधा बनती हैं। त्वचा का सौंदर्य नष्ट करनेवाली समस्याएँ हमें अक्सर समाज में शर्मिंदगी का अहसास कराती हैं, हमारे आत्मविश्वास को कम करती हैं और हमारे दुःख,

चिंता व परेशानी का कारण बनती हैं। विशेष रूप से जब ऐसी समस्याएँ त्वचा के उन भागों में हों, जहाँ उन्हें छिपाया भी न जा सके तो चिंता और भी अधिक बढ़ जाती है। यहाँ हम इसी प्रकार की समस्याओं की चर्चा करेंगे। आमतौर पर ऐसी समस्याओं का निदान घर अथवा ब्यूटी पार्लर में संभव होता है।

ब्लैकहेड्स—त्वचा के विकारों में ब्लैक हेड एक प्रमुख समस्या है। इन्हें Comedone भी कहते हैं। ब्लैकहेड चेहरे की त्वचा पर, विशेष रूप से नाक की नोक और उसके आस-पास व ठोड़ी और गालों पर सर्वाधिक पाए जाते हैं। यह पीले या काले रंग के Bump or Plug के रूप में त्वचा पर दिखाई देते हैं। जब चेहरे पर इनकी संख्या बढ़ जाती है तो चेहरा भद्दा लगने लगता है। भद्देपन का अहसास व्यक्ति को मानसिक रूप से भी परेशान करता है।

अधिकांश लोग ब्लैकहेड का कारण हाइजीन की कमी या अभाव को मानते हैं, पर इसका वास्तविक कारण होता है, त्वचा में उपस्थित तैलीय ग्रंथियों में उनके द्वारा उत्पादित तैलीय पदार्थ की अधिकता और अधिक उत्पादन के फलस्वरूप उसका तैलीय ग्रंथियों की नलिकाओं में जमा हो जाना। तैलीय ग्रंथियों (Sebacious Glands) से उत्पन्न होनेवाला तैलीय पदार्थ 'सीबम' कहलाता है और इसका कार्य त्वचा और बालों को नमी प्रदान करना है। कभी-कभी सीबम की अधिकता रोम छिद्रों को बड़ा भी कर देती है और सीबम त्वचा की मृत कोशिकाएँ और बाहरी धूल-मिट्टी मिलकर छिद्रों पर मैल के रूप में जमा हो जाते हैं। जब मैल और हवा का संपर्क होता है तो इसमें रासायनिक परिवर्तन होता है और उसकी रंगत गहरी हो जाती है। इसी को ब्लैकहेड कहते हैं। यह समस्या अधिकतर तैलीय त्वचा पर ही अधिक होती है।

यदि ब्लैकहैड्स की सफाई में उपेक्षा अथवा अनियमितता बरती जाए तो ये बढ़ भी सकते हैं। इनकी संख्या अधिक हो जाने से चेहरे का सौंदर्य और व्यक्तित्व दोनों हीन हो जाते हैं और चेहरे के अतिरिक्त अन्य भागों पर भी इनकी उपस्थिति को रोकना कठिन हो जाता है।

यद्यपि तैलीय ग्रंथियों की अधिक क्रियाशीलता इनके होने का मुख्य कारण है, परंतु यदि इस कारण में प्रदूषित वातावरण भी शामिल हो तो समस्या गंभीर हो जाती है। निर्बल व रोगी शरीर की त्वचा पर भी ब्लैकहेड्स की समस्या होती है।

उपचार—इस समस्या का निदान दो प्रकार से किया जा सकता है—

1. (क) आंतरिक हारमोनल समस्या का निदान करना, जो तैलीय ग्रंथियों की क्रियाशीलता के बढ़ने का कारण हो सकती है।

(ख) त्वचा की गहरे पोरों तक नियमित सफाई करते रहना ताकि छिद्रों पर मैल जमा ही न हो सके।

(ग) भोजन में अधिक तैलीय वस्तुओं से परहेज।

2. ब्लैकहेड्स को त्वचा से हटाना। इसके लिए त्वचा को भाप देकर ब्लैकहेड्स को नरम करके ब्लैकहेड रिमूवर से या Suction से उन्हें बाहर निकाल सकते हैं।

सावधानियाँ—

- त्वचा पर एस्ट्रिंजेंट लोशन का नियमित प्रयोग करना चाहिए, विशेष रूप से ब्लैकहेड निकालने के बाद तो अति आवश्यक है।
- पोरों को वापस बंद करने के लिए त्वचा पर फेस पैक का प्रयोग भी अवश्य करना चाहिए।
- हाइजीन का पूरा ध्यान रखना चाहिए, जैसे—ब्लैकहेड रिमूवर को निष्कीटित करना, साफ रुई का प्रयोग, त्वचा व हाथ साफ करना आदि।
- यदि ब्लैकहेड की संख्या बहुत अधिक हो तो एक ही स्थान से एक साथ बहुत अधिक ब्लैकहेड भी नहीं निकालने चाहिए। उत्तम होगा कि कार्य को दो-तीन सिटिंग में विभक्त कर लें।

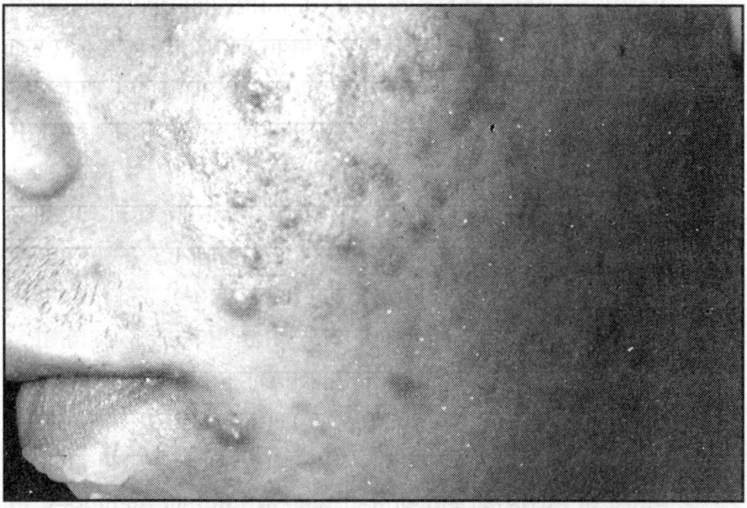

मुँहासे/एक्ने—मुँहासे और एक्ने त्वचा की एक आम समस्या है, जिससे अनेक लोगों को जूझना पड़ता है। कई लोगों को तो इसके हल्के-फुल्के रूप का

सामना करना पड़ता है, परंतु कई लोगों के लिए यह समस्या अति गंभीर भी हो जाती है। इस समस्या में जान का खतरा तो नहीं होता, परंतु इसकी गंभीर समस्या शारीरिक, मानसिक और भावनात्मक सभी रूपों से व्यक्ति को हिलाकर रख देती है।

जब त्वचा में उपस्थित तैलीय ग्रंथियों की असाधारण क्रियाशीलता 'सीबम' का निर्माण इतना अधिक कर देती है कि उसका निष्कासन करनेवाली नलिकाएँ उसे पूर्ण रूप से बाहर निकालने में असमर्थ हो जाती हैं या कभी-कभी नलिकाओं का निकास द्वार किन्हीं भी कारणों से अवरुद्ध हो जाता है और सीबम बाहर नहीं निकल पाता तो दोनों ही स्थितियों में सीबम ग्रंथियों में इकट्ठा होता चला जाता है। परिणामस्वरूप तैलीय ग्रंथियाँ फूल जाती हैं और फुंसियों जैसी दिखने लगती हैं। इसी स्थिति को मुँहासे या पिंपल कहते हैं।

मुँहासों की समस्या आमतौर पर तरुणावस्था में आरंभ होती है। तरुणावस्था में शरीर में एंड्रोजन नामक सेक्स हारमोन का उत्पादन प्रारंभ होता है, जो सीबम के अधिक बनने और वसा ग्रंथियों के विकास का मुख्य कारण होता है। जब मुँहासे और ब्लैकहेड्स दोनों ही पर्याप्त मात्रा में त्वचा पर आक्रमण कर देते हैं तो त्वचा की उस स्थिति को एक्ने कहते हैं। एक्ने की यह स्थिति साधारण भी हो सकती है और गंभीर भी।

मुँहासे/एक्ने चेहरे, गर्दन, छाती, पीठ, कंधे और बाँहों आदि स्थानों पर हो सकते हैं। त्वचा पर व्हाइटहेड्स, ब्लैकहेड्स, पैप्यूलस (White Heads, Black Heads, Papules) (पिंपल की वह स्थिति, जो सख्त व उभरी तो होती है, परंतु पसरहित हो), पसट्यूल्स (Pustules) (ऐसा पेप्यूल जो पस से भरा हो), नोड्यूल (Nodules) (छोटा गोल उभार) या सिस्ट (Cysts) दिखें तो उन्हें एक्ने के लक्षण मानकर सावधान हो जाना चाहिए। यदि इस स्थिति का समय रहते उपचार कर लिया जाए और यह स्थिति काबू में आ जाए तो उत्तम होता है। ऐसा न होने की स्थिति में यह त्वचा पर अपने निशान छोड़ जाते हैं।

यह समस्या महिलाओं और पुरुषों, दोनों को हो सकती है और किसी भी आयु में हो सकती है। आमतौर पर तरुणावस्था में आरंभ होकर पाँच से दस वर्ष तक रहती है। तरुणावस्था वह स्थिति होती है, जब त्वचा की तैलीय ग्रंथियाँ अधिक मात्रा में तेल का निर्माण करने लगती हैं।

मुँहासों के उपचार के लिए या उन्हें काबू करने के लिए आवश्यक है कि त्वचा की तैलीयता को काबू किया जाए। इसके लिए चिकनाईरहित व औषधियुक्त साबुन का नियमित प्रयोग करना चाहिए। त्वचा की भाप द्वारा नियमित सफाई

करनी चाहिए। त्वचा पर एस्ट्रिंजेंट लोशन का नियमित प्रयोग आवश्यक है। भाप के पश्चात् फेस पैक व एस्ट्रिंजेंट लोशन का प्रयोग भी अवश्य होना चाहिए। फेस पैक त्वचा की स्थिति के अनुरूप क्लव पैक (Clove Pack) या एंटी एक्ने पैक प्रयोग किया जा सकता है। त्वचा के लिए नियमित ओजोन उपचार अति लाभदायक होता है। दालचीनी पाउडर में कुछ बूँद नींबू का रस मिलाकर मुँहासों पर लगाना भी लाभदायक होता है।

मुँहासों को कभी छीलना नहीं चाहिए। ऐसा करने से वे ठीक होने के पश्चात् त्वचा पर अपने निशान छोड़ जाते हैं। छीलने के अतिरिक्त खुजलाने, सहलाने या छेड़ने से भी बचना चाहिए। ऐसा करना उनकी संख्या को बढ़ा सकता है, क्योंकि मुँहासों को स्पर्श किए हाथ त्वचा को जहाँ भी अन्य स्थान पर छुएँगे, वहाँ मुँहासे हो सकते हैं अर्थात् मुँहासे एक व्यक्ति से दूसरे व्यक्ति के लिए संक्रमणशील न होते हुए भी स्वयं अपनी त्वचा के लिए संक्रमणशील होते हैं। इन सावधानियों के अतिरिक्त त्वचा को उपचार देते समय त्वचा और हाथ दोनों साफ रखें, हाइजीन का पूरा ध्यान रखें। मेकअप से भी बचें। केवल आँखों का मेकअप व लिपस्टिक तक सीमित रहा जाए तो उचित है। आवश्यक हो तो कभी-कभी तेलरहित मेकअप प्रसाधन ही प्रयोग करें। रात को सोने से पहले चेहरा अवश्य साफ करें।

भूरे दाग और झाँइयाँ (Frecles & Blemishes)—त्वचा पर हल्के-हल्के भूरे से निशान, जो अक्सर धूप लगने पर रंगत में और गहरा जाते हैं, फ्रेकल्स (Frecles) कहलाते हैं। ये निशान अक्सर गर्मियों में बढ़ जाते हैं और सर्दियों में कम हो जाते हैं।

इसी प्रकार कभी-कभी त्वचा की एकसार रंगत को बिगाड़ते हुए कुछ विशेष भागों की त्वचा शेष रंगत से कुछ अधिक साँवली या काली दिखने लगती है। इस बिगड़ी रंगत को (Blemishes) झाँइयाँ कहते हैं। ये अधिकतर गोरी रंगत पर अधिक दृष्टिगत होती हैं। अधिक कोमल त्वचा जब धूप के ताप को नहीं सह सकती तो उसकी रंगत लाल हो जाती है। यह लालिमा कुछ समय पश्चात् हट जाती हैं, परंतु जाते-जाते झाँइयों के रूप में गहरे निशान छोड़ जाती है।

उपरोक्त दोनों समस्याओं में उपचार से अधिक महत्त्व सुरक्षा का है। त्वचा की सुरक्षा हेतु उसे धूप से बचाना आवश्यक है। बाहर जाने से पहले सन स्क्रीन अवश्य प्रयोग करनी चाहिए। धूप लगते ही स्वाभाविक रूप से त्वचा का मेलैनिन उत्पादन आरंभ हो जाता है। यह उत्पादन त्वचा को धूप से सुरक्षा देने हेतु ही होता है, परंतु फिर अधिकता के कारण त्वचा की सतह पर जमा होकर रह जाता है

और त्वचा का सौंदर्य नष्ट कर देता है। सन स्क्रीन का प्रयोग त्वचा की धूप से सुरक्षा करता है और परिणामस्वरूप त्वचा को अधिक मेलैनिन उत्पादन नहीं करना पड़ता। यदि इस सुरक्षा नियम का पालन नियमित किया जाए तो इस समस्या से बचा जा सकता है।

समस्या हल्की हो तो मेकअप से छुपाई जा सकती है। इसमें मेकअप कंसीलर (Makeup Concealer) पर्याप्त सहायक होता है। नींबू का रस, फल व सब्जियों का मास्क, दही, खट्टी क्रीम, पार्सले रस आदि इस समस्या के प्राकृतिक उपचार हैं। 'वेजपील' उपचार भी सहायक होता है।

समस्या गंभीर हो तो 'बायोपील' उपचार सहायक होता है। समस्या अति गंभीर हो तो अल्फा हाइड्रॉक्सी एसिडस (Alpha Hydroxy Acids) का उपचार भी लिया जा सकता है, पर इस उपचार से जुड़े सुरक्षा नियमों का पालन सख्ती से करना चाहिए।

विटामिन 'सी' युक्त पदार्थों जैसे साइट्रस फल (Citrus Fruits) सेब, हरी प्याज आदि का सेवन त्वचा को धूप के प्रति कम संवेदनशील बनाने में सहायक होता है।

झुर्रियाँ—बढ़ती आयु के साथ त्वचा में जो ढीलापन आ जाता है, उसी को झुर्रियों के नाम से जाना जाता है। खुश्क त्वचा पर ये झुर्रियाँ तैलीय त्वचा की तुलना में शीघ्र पड़ती हैं। झुर्रियों को पड़ने से रोकना तो संभव नहीं है, परंतु सतर्कता बरतने से पीछे अवश्य धकेला जा सकता है। जब त्वचा की नई कोशिकाएँ बनाने की क्रिया शिथिल होने लगती है और त्वचा में कोलैजिन इलास्टिन, जो त्वचा के

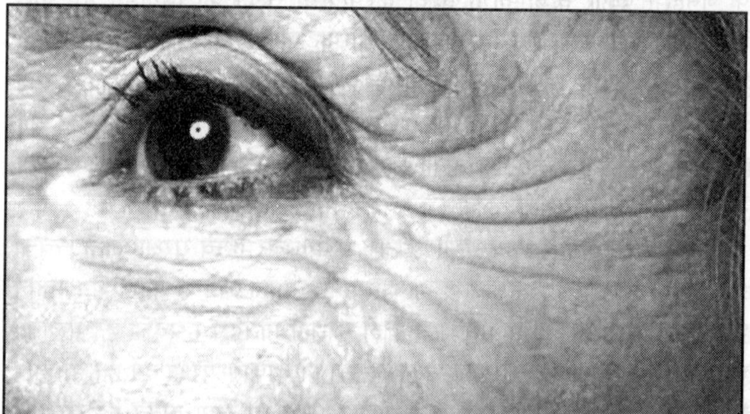

यौवन के प्रमुख कारण होते हैं, की कमी होने लगती है तो ही त्वचा ढीली पड़नी आरंभ होती है। यह समस्या और भी गंभीर हो जाती है, जब चेहरा आयु से पहले ही बुढ़ाने लग जाए। धूप भी एक बड़ा कारण है इस समस्या का। धूप त्वचा से प्राकृतिक नमी को सोख लेती है। इसके अतिरिक्त स्मोकिंग भी बहुत हानिकारक होती है। यह त्वचा के ऑक्सीजन ग्रहण करने में बाधा बनती है, जिससे त्वचा सुस्त हो जाती है। इसके कारण होंठों के आस-पास फाइनलाइन और झुरियाँ पड़ जाती हैं। त्वचा का नियमित पोषण और नियमित फेशियल पार्याप्त सीमा तक त्वचा को सुरक्षा देता है। सप्ताह में एक बार थर्मोहर्ब मास्क भी त्वचा को कसाव देने में समर्थ है। अंडा पैक भी पर्याप्त सहायक होता है। त्वचा को कठोर प्रसाधनों के प्रयोग से बचाएँ।

आजकल वैज्ञानिक उन्नति ने घरेलू उपचारों से आगे भी अनेक सुविधाएँ दे दी हैं। बोटोक्स, माइक्रो बाई लिफ्टिंग, प्लास्टिक सर्जरी आदि अनेक उपचारों की खोज इस दिशा में हो चुकी है और यह उपचार पर्याप्त प्रचलन में भी हैं।

चेहरे के अतिरिक्त हाथों की त्वचा में भी ढीलापन भद्दा लगने लगता है। इसके लिए हाथों की त्वचा को भी मसाज, पैक, पोषण, थर्मोहर्ब आदि उपचार दे सकते हैं।

स्पाइडर नसें (Spider Veins)—अनेक लोगों की त्वचा पर लाल और नीली रंगत की नसें पर्याप्त दृष्टिगत होती हैं। ये जंघाओं, पिंडलियों, टखनों और चेहरे, नाक व गालों पर अधिकतर दिखाई देती हैं। चेहरे पर उनका दिखना तो सौंदर्य की दृष्टि से समस्या है ही, परंतु आजकल के स्कर्ट्स और मिनी स्कर्ट्स के जमाने में टाँगों पर इनका दिखना भी एक बड़ी सौंदर्य समस्या है। बढ़ती उम्र, आनुवंशिकता, किशोरावस्था, मेनोपाज, बर्थ कंट्रोल गोलियाँ, मोटापा, लंबे समय तक बैठना या खड़े रहना, धूप का अधिक सामना आदि इसके कई कारण हैं।

इनसे बचने हेतु धूप से सुरक्षा, नियमित व्यायाम, वजन कंट्रोल आदि सहायता कर सकते हैं। पौष्टिक भोजन लें। टाँगों को क्रॉस करके बैठने से बचें और सोते समय उन्हें थोड़ा ऊँचा रखने का प्रयत्न करें। इससे भी सहायता मिलेगी।

थकी त्वचा—जिस प्रकार हमारा शरीर और हमारा दिमाग कभी-कभी थक जाते हैं, उसी प्रकार हमारी त्वचा भी थक जाती है। त्वचा पर थकान के लक्षण उसका सौंदर्य सोख लेते हैं और वह बेजान मुरझाई सी दिखने लगती है। त्वचा पर तरोताजगी का अभाव और मुरझाएपन का भाव ही त्वचा का थकापन कहलाता है। यह थकापन कभी झुर्रियों के रूप में दिखता है तो कभी रंगहीन, आभारहित त्वचा

के रूप में। त्वचा की थकान किसी भी रूप में दिखे, परंतु यह शत-प्रतिशत सत्य है कि थकी त्वचा हमें आयु से अधिक बूढ़ा दर्शाती है।

थकी त्वचा शरीर के कई भागों में दृष्टिगत होती है, जैसे—बाँहों के ऊपरी भाग का भीतरी हिस्सा, जंघाएँ, चेहरा, गर्दन आदि। वैसे तो सौंदर्य और सुंदर व्यक्तित्व की दृष्टि से शरीर के प्रत्येक भाग की त्वचा सुंदर और तरोताजा दिखनी चाहिए, पर चेहरे और गर्दन की त्वचा का विशेष ही महत्त्व होता है। चेहरे की त्वचा के सौंदर्य के लिए आजकल अनेक प्रकार के उपचार प्रचलन में हैं। अनेक प्रकार के प्रसाधन, फेस पेक, फेस मास्क आदि। कुछ सीमा तक यह त्वचा को सुंदर दर्शा भी देते हैं, परंतु यदि त्वचा थकी हो तो इनके परिणामों में भी वह बात नहीं आ पाती, जो वांछित होती है। आजकल बोटेक्स इंजेक्शन का भी बहुत चलन है। जहाँ बोटेक्स का प्रयोग किया जाए, वहाँ की त्वचा को कुछ समय के लिए तुलनात्मक रूप से युवा रूप प्राप्त भी होता है, परंतु त्वचा में आंतरिक चमक तभी झलकती है, जब उसका थकापन या मुरझायापन दूर हो। यह किसी इंजेक्शन से इंजेक्ट करना संभव नहीं होता। रासायनिक पील, लेजर रीसर्फेसिंग, माइक्रोडर्माब्रेजन आदि परिष्कृत उपचार भी त्वचा की मृत कोशिकाओं को हटाकर त्वचा को नया रूप तो दे देते हैं, पर आंतरिक चमक नहीं दे पाते।

जिस प्रकार शारीरिक और मानसिक थकान दूर करने के लिए नई स्फूर्ति की आवश्यकता होती है, वैसे ही त्वचा की थकान दूर करने के लिए उसे भी नई स्फूर्ति की आवश्यकता होती है। महँगे प्रसाधन और महँगे उपचार त्वचा को जो स्फूर्ति देने में असमर्थ रहते हैं, उन्हें हम कुछ सस्ते और साधारण पक्षों पर ध्यान देकर त्वचा को सुलभ करा सकते हैं, जैसे—

- प्रतिदिन कम से कम आठ-नौ घंटे की नियमित आरामदायक नींद।
- मानसिक रूप से शांत और प्रसन्न रहना।
- कभी-कभी कुछ समय के लिए व्यवहार और सोच में बच्चे बन जाना।
- त्वचा की नियमित मसाज व पोषण करना, विशेष रूप से चेहरे की त्वचा का।
- चेहरे के व्यायाम करना।
- शारीरिक व्यायाम करना।
- प्रतिदिन कम से कम दस गिलास पानी अवश्य पीना।
- कभी-कभी अपनी व्यस्त दिनचर्या से अवकाश पाकर शरीर को पर्याप्त आराम दें।

- कभी-कभी शरीर की त्वचा को लाड़ करें, जैसे—मसाज, सहलाना, स्पंदन देना आदि।
- सौंदर्य प्रसाधनों के प्रयोग में त्वचा को कभी-कभी बदलाव दें।
- त्वचा पर कभी भी कोई भी कठोर प्रसाधन प्रयोग न करें।
- कभी-कभी त्वचा को खुली और ताजी हवा में मेकअपरहित रूप में श्वास लेने दें।
- जब भी त्वचा थकी लगे, उस पर ठंडे पानी के छींटे लगाएँ।
- प्रतिदिन फल-रस का सेवन करें।
- त्वचा टाइप के अनुरूप त्वचा को भी फल रस का सेवन करवाएँ।
- प्रतिदिन शवासन और प्राणायाम करें।

अब उपरोक्त समस्याओं का निदान घर में किया जाए या ब्यूटी पॉर्लर में, यह सबकी अपनी-अपनी सुविधा है, परंतु यह निश्चित है कि सौंदर्य और सुंदर व्यक्तित्व के लिए इन समस्याओं का निदान अति आवश्यक है। ऐसा नहीं होता है कि सभी लोगों को सभी समस्याएँ घेर लेती हैं, परंतु फिर भी इस तथ्य की उपेक्षा नहीं की जा सकती कि प्रत्येक व्यक्ति को जीवन में कभी न कभी किसी न किसी समस्या से तो जूझना ही पड़ता है। उपरोक्त समस्याओं के अतिरिक्त भी त्वचा से संबंधित कई समस्याएँ होती हैं, जिनसे कभी-कभी कई लोगों को जूझना पड़ता है, जैसे—त्वचा का लाल हो जाना, होंठों का फट जाना, घमौरियाँ, तैलीयता या खुश्की की अधिकता। त्वचा पर कई प्रकार के दाग-धब्बे आदि। प्रयत्न यह होना चाहिए कि सदा सतर्कता बरतें ताकि समस्या प्रारंभ ही न होने पाए, परंतु यदि किसी कारणवश कोई समस्या हो ही गई तो उसे प्रारंभिक अवस्था में ही खदेड़ दें ताकि उसे अधिक पनपने का अवसर ही न मिले। अब उपेक्षा से या सतर्कता के बावजूद भी समस्या दोनों स्थितियों से आगे बढ़ ही जाए तो सौंदर्य और सुंदर व्यक्तित्व के लिए खतरे का अलार्म है। अपनी सौंदर्य विशेषज्ञा या डॉक्टर, जिसकी भी सहायता अपेक्षित हो, अविलंब लें।

□

सौंदर्य उपचार–संक्षिप्त परिचय

आजकल सौंदर्य उपचारों के नाम और काम से अधिकांश जनता भली-भाँति परिचित हो चुकी है। ब्यूटी पॉर्लर्स की संख्या शहरों में ही नहीं, गाँवों में भी काफी बढ़ चुकी है, पर फिर भी कई महिलाएँ व पुरुष तथा किशोर युवक-युवतियाँ ऐसे हैं, जो अभी भी इन उपचारों से या तो पूर्णत: अनभिज्ञ हैं अथवा केवल आधी-अधूरी जानकारी रखते हैं। दूसरे आजकल सौंदर्य उपचारों में भी बहुत विविधता आ गई है। प्रतिदिन नई-नई खोजों और नए उपचारों का आविष्कार हो रहा है। स्वयं को सौंदर्य-सजग और जानकार माननेवाले लोग भी अक्सर इतनी विविधता की उपलब्धि से स्वयं को निर्णय लेने में असमर्थ अनुभव करते हैं। इस अध्याय में हम इसी विषय पर चर्चा करेंगे कि सौंदर्य उपचार कौन-कौन से हैं, उनका कार्य क्या होता है, उनमें क्या-क्या विविधता उपलब्ध हैं, इनके लाभ क्या हैं और इनमें क्या-क्या ध्यान रखना आवश्यक होता है।

हमारे शरीर के प्रत्येक भाग को एक विशेष प्रकार के रखरखाव की नियमित आवश्यकता होती है। यह आवश्यकता साधारण सफाई से बहुत अलग होती है। साधारण सफाई में हम केवल नहा-धोकर शरीर की सफाई करते हैं। नहाना हाइजीन की दृष्टि से आवश्यक भी है और उत्तम भी, परंतु शरीर के प्रत्येक भाग की विशेष सफाई और सौंदर्यवर्द्धन के लिए पर्याप्त नहीं होता। इस कार्य हेतु जो विशेष सौंदर्य उपचार होते हैं, उनमें प्रमुख हैं—मैनिक्योर, पैडिक्योर, ब्लीच, फेशियल, वैक्सिंग, थ्रेडिंग, मसाज व भाप, वैजपील, हिना, पर्म, डाई, कलरिंग आदि। ये उपचार ब्यूटी पार्लर में करवाए जा सकते हैं। ध्यान रखने की आवश्यकता यह है कि पॉर्लर अच्छे स्तर का हो, वहाँ का वातावरण हाइजीनिक हो और आप का थैरैपिस्ट प्रशिक्षित और अनुभवी हो। इन उपचारों से संबंधित सही ज्ञान प्राप्त करके इनमें से अधिकांश उपचार स्वयं घर में भी किए जा सकते हैं। □

मैनिक्योर

साधारणतः हाथों व हाथ के नाखूनों की सफाई, सौंदर्यवर्द्धन व रखरखाव को मैनिक्योर कहते हैं। मैनिक्योर शब्द लैटिन भाषा से लिया गया मैनस (Manus) अर्थात् 'हाथ' और क्यूरा (Cura) अर्थात् रखरखाव (Care), मैनिक्योर का प्रचलन लगभग 5000 वर्ष पूर्व अरब में आरंभ हुआ था। उस समय मैनिक्योर के लिए हिना का प्रयोग होता था।

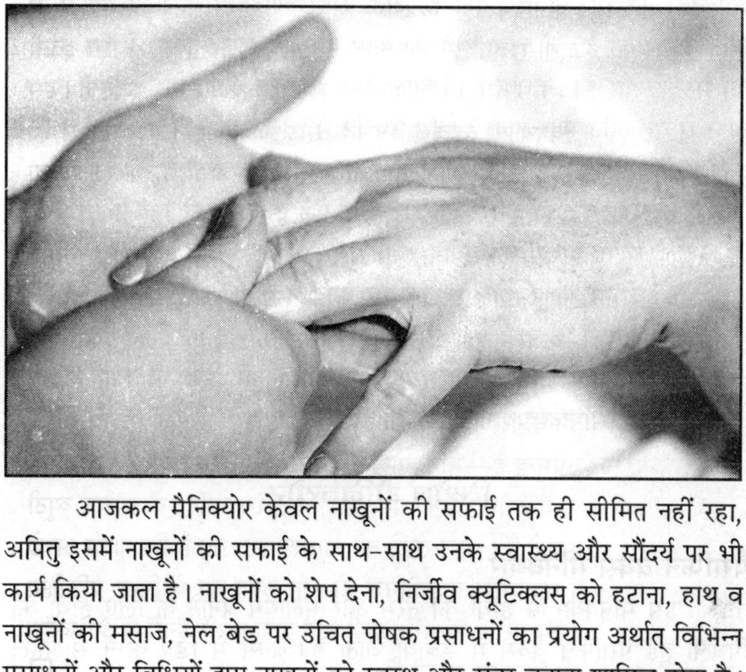

आजकल मैनिक्योर केवल नाखूनों की सफाई तक ही सीमित नहीं रहा, अपितु इसमें नाखूनों की सफाई के साथ-साथ उनके स्वास्थ्य और सौंदर्य पर भी कार्य किया जाता है। नाखूनों को शेप देना, निर्जीव क्यूटिक्लस को हटाना, हाथ व नाखूनों की मसाज, नेल बेड पर उचित पोषक प्रसाधनों का प्रयोग अर्थात् विभिन्न प्रसाधनों और विधियों द्वारा नाखूनों को स्वस्थ और सुंदर बनाना शामिल होता है।

नाखूनों को सुंदर रूप देने के लिए विशेष मैनिक्योर में नाखूनों को विभिन्न प्रकार के डिजाइनों व सुंदर पत्थर, नग आदि (Jewels) से सजाना (नाखून सजाने की कला) (Nail Art) भी शामिल होता है। आवश्यकता होने पर आर्टिफिशियल नाखून भी प्रयोग किए जाते हैं।

मैनिक्योर करने में आधे से एक घंटे तक का समय लग जाता है। यह उपचार महिलाओं व पुरुषों; दोनों के लिए उपयोगी होता है। आजकल साधारण मैनिक्योर उपचार के साथ-साथ विविध प्रकार के विशेष मैनिक्योर उपचार, जैसे—फ्रेंच मैनिक्योर, पैराफिन वैक्स मैनिक्योर, हॉट आयल मैनिक्योर आदि भी पर्याप्त प्रचलन में हैं। इन सभी उपचारों में ही डिपिंग, शेपिंग, क्लीनिंग, मसाज आदि शामिल होते हैं, बस प्रसाधनों और उनके प्रयोग में क्रम का अंतर होता है।

नियमित मैनिक्योर करने से यह लाभ होता है कि नाखून सदैव स्वस्थ रहते हैं और सदैव सुंदर दिखते हैं। हाथों की त्वचा भी नरम और मुलायम रहती है। फलस्वरूप विभिन्न अवसरों पर हाथ छिपाने नहीं पड़ते। सुंदर हाथ हमारे व्यक्तित्व का अभिन्न अंग होते हैं, अतः सुंदर व्यक्तित्व के लिए यह उपचार अति आवश्यक है। जो लोग हाथ का काम करते हैं, उनके लिए तो इस उपचार का महत्त्व और भी अधिक है। रिसेप्शनिस्ट, मॉडल्स आदि के लिए सौंदर्य की दृष्टि से यह अति महत्त्वपूर्ण है। इस उपचार में त्वचा पर कार्य होता है, इसलिए कुछ पक्षों पर अतिरिक्त सर्तकता बरतनी भी आवश्यक होती है, जैसे—

- हाइजीन का पूरा ध्यान रखना, जैसे—औजारों को निष्कीटित करना, साफ तौलिए का प्रयोग आदि।
- बीमार या पसवाले नाखूनों पर कार्य न करें।
- नाखूनों के नीचे कोई तीखा उपकरण प्रयोग न करें।
- सतर्क रहें कि त्वचा पर कट न पड़े। यदि पड़ भी जाए तो तुरंत एंटीसेप्टिक प्रयोग करना चाहिए।

विशेष मैनिक्योर

पैराफिन वैक्स मैनिक्योर

इस मैनिक्योर में हाथों को नरम और मुलायम बनाने के लिए हाथों को पिघली हुई पैराफिन वैक्स में डुबोया जाता है। वैक्स में डिप करने से पहले

अक्सर हाथों पर लोशन लगाया जाता है। वैक्स की मोटी तह हाथों पर पाने के लिए हाथों को एक से अधिक बार वैक्स में डुबोना बेहतर होता है। इससे हाथों को वैक्स की गर्मी अधिक देर तक प्राप्त होती है और वैक्स में शीघ्र दरारें भी नहीं पड़तीं। हाथों पर आवश्यकता के मुताबिक वैक्स की तह लग जाने के बाद उन्हें प्लास्टिक या अल्युमीनियम फॉयल से कवर कर देते हैं या प्लास्टिक बैग या दस्तानों से। इसके बाद उन पर तौलिया लपेट देते हैं।

अब कुछ समय के लिए हाथों को छोड़ देते हैं। इस समय में हाथों पर वैक्स ठंडी हो जाती है और सूख जाती है।

वैक्स में हाथ डुबोने से पहले यदि उसमें अलोवेरा, टी ट्री ऑयल, केमिकल आदि मिला लें तो परिणाम और भी बेहतर पाए जा सकते हैं।

कई लोग उसके लिए कई प्रकार की फ्रूट वैक्स, जैसे—एपल, पीच, स्ट्राबेरी आदि का प्रयोग करते हैं।

लाभ—इस मैनिक्योर का लाभ यह है कि इसमें हाथों को जलने का नुकसान दिए बिना हाथों को वैक्स की गर्मी प्रदान की जा सकती है। वैक्स की तीव्र गर्मी हाथों की त्वचा को गहराई तक पोषक पदार्थों को सोखने की क्षमता प्रदान करती है। इस क्षमता के कारण वैक्स में मिश्रित पोषक पदार्थों को भी त्वचा गहराई तक सोख लेती है और मसाज में लगाई गई क्रीम, मॉइस्चराइजर आदि को भी। इस प्रकार त्वचा और नाखून दोनों सुंदर और स्वस्थ हो जाते हैं।

हॉट ऑयल मैनिक्योर

यह मैनिक्योर खुश्क त्वचा और रूखे-सूखे भुरभुरे प्रकार के नाखूनों के लिए अति उत्तम होता है। यह एक विशेष प्रकार का मैनिक्योर होता है, जिसमें क्यूटिक्लस को ऑयल से साफ और नरम किया जाता है। यह मैनिक्योर त्वचा को नरम और मुलायम बनाता है तथा नाखूनों को भी नवजीवन तथा पोषण देता है। इस मैनिक्योर के लिए ऑलिव ऑयल या मिनरल ऑयल का प्रयोग किया जा सकता है। चाहें तो बाजार में उपलब्ध तैयार तेल (जो इस कार्य के लिए ही तैयार किया जाता है) भी प्रयोग कर सकते हैं। इस मैनिक्योर के लिए इलेक्ट्रिक हीटर प्रयोग किया जा सकता है।

फ्रेंच मैनिक्योर

इस मैनिक्योर का प्रारंभ 18वीं शताब्दी के आस-पास पेरिस में माना जाता है। सन् 1920-30 में यह पर्याप्त प्रचलित थे। आज भी बहुत लोग इन्हें पसंद करते हैं। इस मैनिक्योर में नाखूनों के सौंदर्य को बनावटी रूप देने के स्थान पर उनके प्राकृतिक रूप को उभारकर बेहतर बनाया जाता है। नाखूनों को अधिकतर प्राकृतिक गुलाबी रंगत दी जाती है और नाखूनों की टिप्स को सफेद रंगत। नाखूनों का यह रूप सुंदर और सौम्य लगता है। इसमें नाखूनों को गोल या अंडाकार शेप के स्थान पर सीधा रखा जाता है।

□

पैडिक्योर

पाँव के नाखूनों व एड़ियों की सफाई, रखरखाव, सौंदर्यवर्द्धन और त्वचा की मसाज आदि के कार्य को पैडिक्योर कहते हैं। पाँव हमारे शरीर का वह भाग होते हैं, जिन पर पूरे शरीर का बोझ पड़ता है, कहीं भी आने-जाने में सर्वप्रथम और सर्वाधिक धूल-मिट्टी से उन्हें ही जूझना होता है। इस कारण पाँव की त्वचा, एड़ियाँ व नाखून सर्वाधिक गंदे होते हैं और सर्वाधिक सफाई की आवश्यकता रखते हैं। पाँव हमारे व्यक्तित्व का अभिन्न अंग होते हैं, इसलिए इनकी उपेक्षा कतई नहीं होनी चाहिए। वास्तव में सफाई-पसंद उन्हीं को कहा जाता है, जिनके पाँव साफ हों। वास्तविक सौंदर्य सजग भी उन्हीं को कहा जाता है, जिनके पाँव सुंदर हों। चेहरे को तो सभी महत्त्व देते हैं, पर पाँव को सच्चे सौंदर्य-सजग और सच्चे सफाई-पसंद ही महत्त्व देते हैं। आजकल के फैशनेबल पहनावे के साथ तो पैडिक्योर एक जरूरत भी है।

पैडिक्योर शब्द भी मैनिक्योर की भाँति लैटिन भाषा से लिया गया है। पैस (Pes) अर्थात् पाँव और क्यूरा (Cura) अर्थात् देख-रेख (Care)। नियमित और सही पैडिक्योर पाँव की त्वचा और नाखूनों को अनेक प्रकार की समस्याओं से मुक्त रखता है, जैसे—मृत त्वचा, फटी एड़ियाँ, त्वचा के भीतर बढ़नेवाले नाखून (In growing toe nails) खुश्की, नाखूनों का भुरभुरा होना व इनसे जुड़े कई प्रकार के इन्फेक्शन आदि।

उत्तम पैडिक्योर हमें सुखद और आरामदायक अहसास देता है। पाँव की त्वचा की सफाई के पश्चात् जो मसाज मिलती है, उसमें जो उपचारात्मक स्पर्श (Healing Touch) होता है, उससे मिले हल्केपन के कारण ऐसा अनुभव होता है, जैसे व्यक्ति हवा में उड़ रहा है।

पैडिक्योर पर्याप्त सीमा तक हमें आत्मविश्वास देता है, हमारी मुद्रा

(Posture) को सही रखने में सहायक होता है और इस प्रकार हमारे व्यक्तित्व को उभारता है। उपेक्षित पाँव तो बार-बार शर्मिंदगी का अहसास देते हैं।

आजकल साधारण पैडिक्योर के साथ कई विशेष पैडिक्योर भी उपलब्ध हैं, जैसे—स्पा पैडिक्योर, फिश पैडिक्योर, पैराफिन वैक्स पैडिक्योर, डीलक्स पैडिक्योर आदि।

यद्यपि पैडिक्योर मेडिकल विधा नहीं है, परंतु फिर भी इसमें हाइजीन का पूरा ध्यान रखा जाना चाहिए। सभी औजार निष्कीटित होने चाहिए, हाथ भी साफ हों। फंगल या संक्रमित (Foot Infection) पैर में इसे न करें। पैडिक्योर थैरैपिस्ट भी अनुभवी और प्रशिक्षित होना चाहिए। प्रशिक्षित थैरैपिस्ट एक्यूप्रेशर और रिफ्लेक्सोलॉजी पर आधारित मसाज देने में भी सक्षम होते हैं, जो बहुत लाभदायक होती है।

पैडिक्योर में डिपिंग, क्यूटिकल पुशिंग, क्लीजिंग, मसाज आदि सभी शामिल होते हैं। कुछ प्रसाधन या स्टेप ग्राहक और थैरैपिस्ट की आवश्यकता के अनुरूप शामिल किए या हटाए जा सकते हैं।

पैडिक्योर प्रक्रिया में लगभग डेढ़ घंटे का समय लग जाता है। यह महिलाओं और पुरुषों; दोनों के लिए उपयोगी होता है। पॉर्लर में भी करवा सकते हैं और घर में भी किया जा सकता है।

स्पा पैडिक्योर—साधारण पैडिक्योर के अतिरिक्त जो अन्य पैडिक्योर आजकल प्रचलन में हैं, उनमें 'स्पा पैडिक्योर' सर्वाधिक प्रचलित है। स्पा पार्लर्स में इसकी पर्याप्त माँग है। साधारण पैडिक्योर में पाँव और नाखून की सफाई होती है, पर स्पा पैडिक्योर सफाई और सौंदर्यवर्द्धन के साथ पाँव और नाखूनों को स्वास्थ्य संबंधी उपचार भी देता है। स्पा पैडिक्योर में प्रयोग होनेवाले प्रसाधन साधारण के स्थान पर स्पा प्रसाधन होते हैं। स्पा प्रसाधन सागर में उपस्थित वानस्पतिक और अन्य प्राकृतिक पदार्थों से प्राप्त किए जाते हैं।

साधारण पैडिक्योर और स्पा पैडिक्योर में सबसे बड़ा अंतर प्रमुखतः प्रयोग होनेवाले अलग प्रसाधनों का होता है और स्पा पॉर्लर में बनाए गए सुंदर, मधुर, आरामदायक, सुगंधित और हाइजीनिक माहौल का होता है। बनाने को तो साधारण पैडिक्योर के लिए भी ऐसा माहौल बनाया जा सकता है, परंतु आमतौर पर आर्थिक कारणों से ऐसा संभव नहीं होता। स्पा उपचारों के दाम ऊँचे होते हैं, इसलिए वहाँ ग्राहकों को हर संभव सुविधा देकर प्रसन्न व प्रभावित किया जाता है।

स्पा पैडिक्योर प्रसाधनों में प्रमुख हैं—

फोमिंग सी सोक (Foaming Sea Soak)—यह सी वीड का होता है, जो पानी में फोम पैदा करता है। यह फोम पाँव की त्वचा को साफ व निष्कीटित करती है।

सी रॉक (Sea Rocks)—यह फोमिंग सी सोक के साथ वाइब्रेटिंग यूनिट में प्रयोग होता है। यह पाँव की त्वचा को नरम बनाता है व उसे नमी (Hyclrate) प्रदान करता है। यह भी फोम उत्पन्न करता है व टी ट्री (Tea Tree) और यूक्लिप्टिस अरोमा तेलों की सुगंध से वातावरण को सुगंधित करता है। इसमें पैरों को 5 मिनट डुबोकर रखते हैं।

आहा सी स्क्रब (Aha Sea Scrub)—यह अरोमा सुगंधित स्क्रब विशेष रूप से पाँव के लिए बनाया जाता है। इसे पाँव के तलवे और एड़ी में ही प्रयोग किया जाता है, ऊपर की संवेदनशील त्वचा पर नहीं। इससे दो-तीन मिनट की मसाज करके पाँव धो लेते हैं।

सी सीरम (Sea Serum)—इसे मृत कोशिकाओं को झाड़ने (Exfoliation) के बाद पाँव के तले पर कड़ी त्वचा (Calluses) और खुश्क स्थानों (Dry Spots) पर रुई (Cottenpad) या गाज (Gauge) के साथ लगाया जाता है। इसे लगाकर पाँव को साफ तौलिए में लपेट देते हैं।

थैरेपी आ हा क्यूटिकल इरेजर (Therapy A.H.A. Cutical Eraser)—सी सीरम (Sea Serum) उपचार के बाद पाँव को दोबारा पानी में भिगोए बिना इस प्रसाधन को नाखूनों के गिर्द की कठोर निर्जीव तत्त्व पर लगाते हैं, ताकि उन्हें नरम करके हटाया जा सके।

मैरीन मास्क (Marine Masque)—यह एक अरोमा रोगोपचारक मास्क (Aroma the rapeutic Masque) होता है, जो पाँव को नरम व मुलायम बनाता है और उसे नमी देता है। यह सागर से प्राप्त नमी देनेवाले पदार्थों, मिनरल चिकनी मिट्टी (Clay) और शांतिदायक वनस्पतियों से प्रभावपूर्ण बनाया जाता है। जब थैरेपी आहा क्यूटिकल इरेजर (Therapy A.H.A. Cuticla Eraser) प्रयोग के पश्चात् पूरे पाँव पर इसे लगाकर साफ तौलिए (Terry Towel) से कुछ समय के लिए पाँव को लपेट दिया जाता है तो पाँव खोलने और साफ करने के बाद उसके प्रभाव से पाँव में घंटों तक अर्थात् लंबे समय तक अत्यंत सुखद अहसास होता है।

मसाज तेल (Massage Oil)—यह अंत में मसाज के लिए प्रयोग होता है। स्पा पैडिक्योर में हाइजीन पर अत्यधिक ध्यान दिया जाता है। स्थान, सामान,

त्वचा, सबकुछ निष्कीटित किया जाता है। इसमें साधारण टब के स्थान पर प्रकंपन टब (Vibrating Tub) का प्रयोग होता है। स्पा पैडिक्योर के लिए विशेष थेरैपिस्ट होते हैं। पैरों में Cut इन्फेक्शन आदि हो तो स्पा पैडिक्योर नहीं किया जाता।

फिश पैडिक्योर (Fish Pedicure)—एक अन्य प्रकार का पैडिक्योर, जो आजकल प्रचलन में आ रहा है, वह है मछली पैडिक्योर (Fish Pedicure)। इस पैडिक्योर में ग्राहक के पाँव एक पानी से भरे ऐसे टैंक में डिप करवाए जाते हैं, जो छोटी-छोटी गारा रूफा मछलियों (Gara Rufa Fishes) से भरा होता है। जब ग्राहक इस टैंक में पैर डुबोते हैं तो गारा रूफा मछलियाँ उनके पाँव के तलवों से मृत त्वचा को कुतर-कुतरकर अपना भोजन प्राप्त करने लगती हैं। इस प्रकार मछलियों को अपना भोजन प्राप्त होता है और ग्राहक को मृत त्वचा से मुक्ति।

ये मछलियाँ दंतहीन होती हैं, अत: चोट लगने का कोई खतरा नहीं होता। हाँ, पाँव में गुदगुदी और हल्के स्पंदन का अहसास अवश्य होता है। यह प्रक्रिया लगभग बीस मिनट तक चलती है।

ऐसा कहा जाता है कि मछली पैडिक्योर (Fish Pedicure) पैरों के रक्त संचार में सुधार करता है। बदबूदार पाँवों के लिए भी इसे अच्छा माना जाता है, क्योंकि मछलियाँ बदबूदार बैक्टीरिया से पाँव को मुक्ति दिला देती हैं। कुछ लोग इसे एग्जीमा और सोरिएसिस (Psoriasis) में भी लाभदायक मानते हैं, पर इस धारणा में मतभेद हैं।

इस पैडिक्योर में टैंक का पानी नियमित रूप से बदलते व फिल्टर करते रहना चाहिए, वरना इन्फेक्शन का खतरा है। टैंक में पाँव डुबोने से पहले पैर भी साफ होने चाहिए। कई स्थानों पर लोगों को इसे न कराने की सलाह भी दी जाती है, क्योंकि अभी यह खोज निश्चित रूप से निश्चित नहीं की पाई कि इसके कराने में किसी प्रकार के इन्फेक्शन का खतरा है या नहीं। कई देशों में इस पैडिक्योर के नए-नए सेंटर खुल रहे हैं और यह प्रचलित होता जा रहा है तो कहीं-कहीं इसे कराने पर रोक भी है।

फ्रेंच पैडिक्योर (French Pedicure)—फ्रेंच मैनिक्योर की भाँति फ्रेंच पैडिक्योर का भी पर्याप्त प्रचलन है। फ्रेंच पैडिक्योर किट में भी अन्य पैडिक्योर की भाँति पैरों का स्क्रब, लोशन, मृत त्वचा का रिमूवर आदि सभी प्रसाधन होते हैं। इस पैडिक्योर में प्रारंभिक स्टेप, जिसमें गुनगुने और झागदार पानी में पाँव डिप किए जाते हैं, उस पानी में एपसॉम साल्ट (Epsom Salt) मिलाया जाता है। एपसॉम साल्ट (Epsom Salt) की विशेषता होती है कि वह पाँव की त्वचा को नरम

और मुलायम बनाता है व पाँव की उत्तम सफाई करने में भी सक्षम होता है। फ्रेंच मैनिक्योर की भाँति फ्रेंच पैडिक्योर में भी पाँव को डिप करना, नाखूनों का काटना, शेप देना, क्यूटिकल पुश करना व रिमूव करना, मसाज और नेल पालिश लगाना, सब शामिल होता है। नाखूनों की शेप इसमें भी सीधी सपाट दी जाती है। नेल पेंट और सीधी शेप तथा सफेद नेल टिप फ्रेंच मैनिक्योर व पैडिक्योर की विशेषता होती है। यह विशेषता इन्हें अन्य मैनिक्योर व पैडिक्योर से अलग और विशेष दर्शाती है। इसमें नेल पॉलिश सदैव रंगहीन, हल्की गुलाबी या पीच रंग की होती है और टिप्स के लिए 'फ्रेंच टिप व्हाइट'। इसके लिए उत्तम क्वालिटी की नेल पॉलिश प्रयोग की जाती है, जो शीघ्रतापूर्वक सूखनेवाली होती है। फ्रेंच मैनिक्योर व पैडिक्योर में थोड़े लंबे नाखून होने से ही खूबसूरती उभरकर आती है। छोटे नाखूनों में सफेद नेल टिप का सौंदर्य दब जाता है।

पैराफिन पैडिक्योर—पैराफिन पैडिक्योर में अन्य पैडिक्योर की भाँति डिपिंग, सफाई, क्यूटिकल पुशिंग और क्लीनिंग, मसाज आदि सब तो होता ही है, इन सबके समय जो विशेष होता है, वह होता है, पिघली हुई गरम पैराफिन वैक्स में पैरों का डिप करना। ऐसा करने से पाँव नरम व मुलायम हो जाते हैं और पाँव की त्वचा को मॉइस्चराइजर भी मिल जाता है। गरम वैक्स से त्वचा को मिलनेवाला ताप त्वचा की लोशन क्रीम आदि पोषक पदार्थों को सोखने की क्षमता को बढ़ाता है।

पैराफिन वैक्स मद्धिम ताप से पिघल जाती है और इससे त्वचा के जलने का कोई खतरा नहीं होता। बेहतर होता है यदि पिघली वैक्स में टी ट्री, अलोवेरा आदि भी मिला लें। ऐसा करने से परिणाम और भी बेहतर हो सकते हैं। पैरों पर वैक्स की मोटी कोटिंग और त्वचा को अधिक ताप मिले, इसके लिए पैरों को वैक्स में दो-तीन बार डिप करना चाहिए। इसके बाद पाँव को प्लास्टिक बैग से वैक्स के ठंडी होने तक (लगभग 5 मिनट) कवर करना चाहिए। उसके बाद वैक्स उतार दें और उतरी हुई वैक्स को फेंक दें, पुनः प्रयोग न करें।

पैराफिन वैक्स एप्लिकेशन रक्त संचार को सुचारु और तीव्र करता है, नाखूनों को स्वस्थ बनाता है, आर्थराइटिस में मदद करता है और त्वचा को नमी देकर नरम और मुलायम बनाता है। फटी एड़ियों के लिए भी लाभदायक होता है।

तात्पर्य यह कि पैराफिन वैक्स पैडिक्योर हर कोण से साधारण पैडिक्योर की तुलना में बेहतर होता है, पर यह साधारण पैडिक्योर की तुलना में महँगा भी होता है। इच्छुक लोग चाहें तो पैराफिन वैक्स और स्पा क्वालिटी हीटर का इंतजाम कर के घर में स्वयं भी कर सकते हैं।

डीलक्स/लक्जरी पैडिक्योर (Deluxe/Luxury Pedicure)—इस पैडिक्योर में पैडिक्योर के सभी स्टैप्स-साबुन के झाग में पैर डुबोना (Bubble diping), स्क्रबिंग, क्लीनिंग, क्यूटिकल क्लीनिंग आदि के साथ पैराफिन वैक्स एप्लिकेशन, पैक क्लाइंट (Client) चाहे तो ब्लीच और वैक्सिंग भी, हाट टावल या हीट देनेवाला आवरण लपेटना (Wrap) आदि सब शामिल होते हैं। मसाज ऑयल में आरोमा ऑयल भी मिलाए जा सकते हैं।

□

थ्रेडिंग

चेहरे के अनचाहे बालों से मुक्ति पाने के लिए 'थ्रेडिंग' एक आम, सरल, हाइजीनिक और लगभग दर्दरहित उपाय है। वैसे तो इस प्रक्रिया से शरीर के किसी भी भाग से बाल हटाए जा सकते हैं, परंतु इसका सर्वाधिक प्रयोग भवों (आइब्रो) को बनाने के लिए किया जाता है।

धागे के पेच बनाकर उसे कैंची की भाँति चलाते हुए अनचाहे बालों को निकालने की विधि को थ्रेडिंग कहते हैं। यह एक सदियों पुरानी विधि है, जो ईस्ट एशिया और मिडल ईस्ट में प्रयोग की जाती है।

इस विधि द्वारा चेहरे के कोमल भागों, जैसे—अपर लिप, चिन, गाल आदि से भी अनचाहे बाल सुविधापूर्वक निकाले जा सकते हैं। चेहरे पर कार्य करने के लिए यह वैक्सिंग और ट्वीजिंग से बेहतर विधि है।

थ्रेडिंग पॉर्लर में भी करा सकते हैं और घर में भी कर सकते हैं। सप्ताह में एक बार थ्रेडिंग करते रहें तो त्वचा साफ रहती है। थ्रेडिंग के कई लाभ हैं, जैसे बिना कोई रासायनिक पदार्थ अथवा प्रसाधन प्रयोग किए बाल हटाए जा सकते हैं। बहुत छोटे बालों पर भी इस प्रक्रिया को करना संभव होता है। इस प्रक्रिया के पश्चात् बालों की पुनः उत्पत्ति भी प्राकृतिक ही होती है। सबसे बड़ा लाभ यह है कि थ्रेडिंग से आइब्रो की आर्च को अति सुंदर रूप देना संभव होता है। हेयर आउटलाइन भी बहुत ही साफ आती है। आर्थिक दृष्टि से भी सस्ता उपचार होता है।

इस प्रक्रिया को करते समय कुछ सावधानियाँ भी बरतनी पड़ती हैं, जैसे—थ्रेडिंग करते समय त्वचा को खींचकर रखें, वरना कट सकती है। चोट, जख्म, मुँहासों आदि पर यह प्रक्रिया नहीं करनी चाहिए। गीली या चिकनी त्वचा पर भी नहीं करनी चाहिए, सूखी त्वचा पर ही करें।

□

वैक्सिंग

शरीर के बड़े-बड़े भागों, जैसे—बाँहें, टाँगें, पीठ आदि पर प्रकृति के दिए झाड़ियों जैसे अनचाहे बाल, जो हमारे शरीर और व्यक्तित्व के सौंदर्य में बहुत बड़ी बाधा हैं, इनसे मुक्ति के लिए उत्तम और आदर्श विधि है—'वैक्सिंग'। यद्यपि यह विधि पर्मानेंट नहीं होती, परंतु फिर भी उपयोगी होती है। थ्रेडिंग विधि छोटे-छोटे भागों से बाल हटाने के लिए उपयोगी होती है, परंतु शरीर के बड़े-बड़े भागों से बाल हटाने का कार्य थ्रेडिंग से कर पाना संभव नहीं। वैक्स, चीनी और नीबू रस के मिश्रण से बना एक चिपचिपा पदार्थ होता है। वैक्सिंग प्रक्रिया में इस चिपचिपी वैक्स को वैक्सिंग नाइफ की सहायता से बालों की दिशा में फैलाना, फिर उस पर लंबी-लंबी कपड़े या सैलोफिन की पट्टियाँ लगाकर उन्हें विपरीत दिशा में खींचना शाहमल होता है। इस प्रक्रिया से बहुत कम समय में बहुत बड़े भाग के बाल हटा पाना संभव होता है। इस प्रक्रिया के पश्चात् त्वचा नरम-मुलायम और रंगत में भी साफ दिखती है, क्योंकि वैक्सिंग में बालों के साथ त्वचा की ऊपरी निर्जीव तंतुओं की परत भी निकल जाती है।

यद्यपि आजकल 'लेजर' आदि पर्मानेंट हेयर रिमूवर तकनीकें भी प्रचलन में हैं, परंतु बहुत महँगी व बहुत समय लेनेवाली होने के कारण वे सबको ग्राह्य नहीं होतीं। तुलनात्मक सस्ती और समय बचानेवाली तकनीक होने के कारण वैक्सिंग प्रक्रिया पर्याप्त प्रचलन में है। रेजर और रिमूवर उपचार की तुलना में वैक्सिंग के पश्चात् त्वचा अधिक लंबे समय तक साफ रहती है, अत: यह उनकी तुलना में भी उत्तम है।

कई लोगों को वैक्सिंग से एलर्जी भी होती है। ऐसे लोग यदि वैक्सिंग करना या कराना चाहते हैं तो उन्हें वैक्सिंग करने से पूर्व एंटी एलर्जिक खा लेना चाहिए। □

ब्लीच

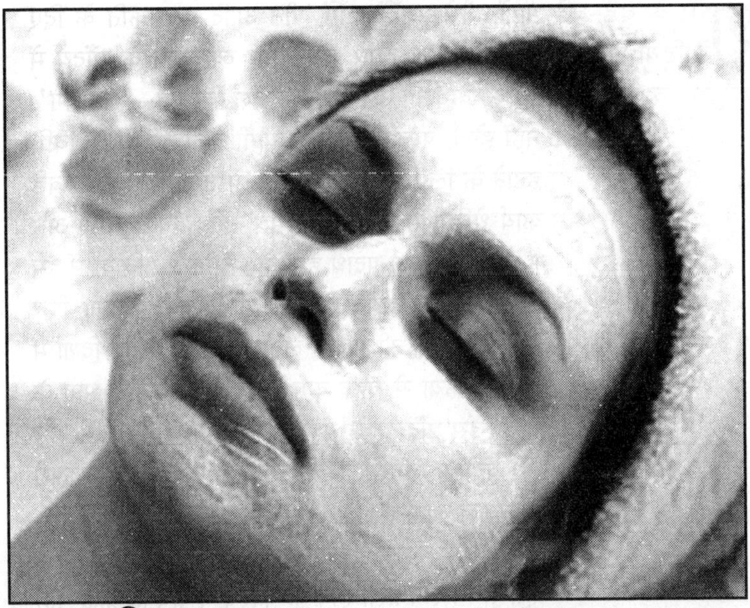

'ब्लीच' एक ऐसी प्रक्रिया है, जिसकी सहायता से त्वचा पर गहरी रंगत के रुएँ को त्वचा की रंगत में परिवर्तित किया जा सकता है। अनेक लोगों के चेहरे की रंगत उजली होती है, पर उस पर गहरी रंगत का रुआँ चेहरे का सौंदर्य नष्ट कर देता है। लंबा और घना रुआँ तो अक्सर लोग हटवा देते हैं, पर जब रुएँ की घनता तो सामान्य हो, पर केवल रंगत की समस्या हो तो ब्लीच प्रक्रिया लाभदायक होती है। ब्लीच करने में अधिक समय भी नहीं लगता और त्वचा की रंगत भी निखर उठती है।

बहुत कम अंतराल में इसे बार-बार करना उचित नहीं होता। इसे चेहरे के अतिरिक्त शरीर के अन्य भागों में भी किया जा सकता है। दुल्हनें अक्सर अपने प्री ब्राइडल में पूरे शरीर का ब्लीच करा लेती हैं।

आजकल बालों की रंगत बदलना भी फैशन में है। जब बालों की गहरी रंगत के स्थान पर उन्हें हल्की रंगत देनी हो तो बालों को भी पहले ब्लीच किया जाता है, ताकि उन पर हल्का रंग सही रूप में चढ़ सके।

कई लोग को ब्लीच रास नहीं आता इसलिए जब भी पहली बार ब्लीच प्रयोग किया जाए, तो पैच टेस्ट करने की सतर्कता अवश्य बरतनी चाहिए।

ब्लीच प्रक्रिया का लाभ स्त्रियाँ व पुरुष दोनों उठा सकते हैं।

□

फेशियल

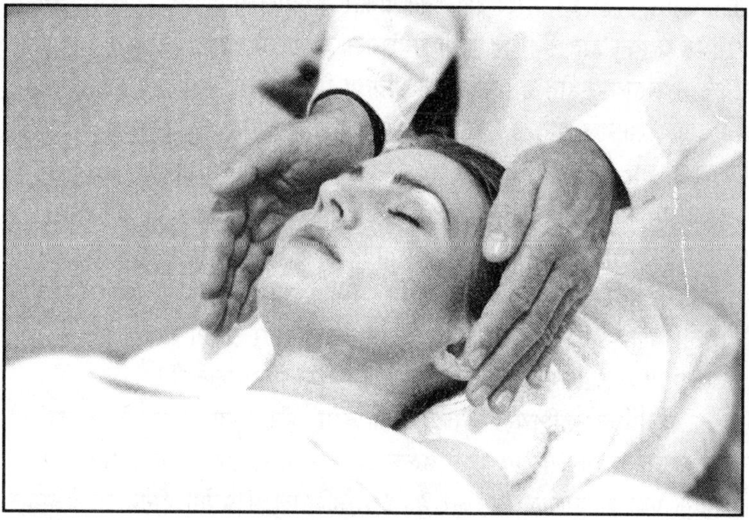

वैसे तो एक प्रभावशाली व्यक्तित्व के लिए संपूर्ण शरीर की त्वचा युवा और सुंदर दिखनी चाहिए, पर क्योंकि चेहरा हमारे संपूर्ण शरीर का प्रतिनिधित्व करता है और हमें पहचान देता है, इसलिए यह शरीर का सबसे महत्त्वपूर्ण भाग है। चेहरे की त्वचा शरीर के अन्य भागों की त्वचा से अधिक कोमल होती है और समस्या यह है कि चेहरे को छुपाया नहीं जा सकता। इसे खुले रहकर हर प्रकार के मौसम और वातावरण तथा धूल-मिट्टी धूप आदि का सामना करना पड़ता है। इसलिए चेहरा शरीर के अन्य भागों से अधिक देखभाल और रखरखाव का हकदार है। इसके लिए 'फेशियल' उपचार बहुत ही सहायक होता है। यह चेहरे

की त्वचा को साफ, सुंदर, नरम-मुलायम और युवा रखता है। मांसपेशियों को कसाव देकर आयु के प्रभाव को पीछे धकेलता है। आजकल प्रत्येक प्रकार की त्वचा के लिए विभिन्न प्रकार के प्रसाधन उपलब्ध हैं। त्वचा की आवश्यकता के अनुसार इनका प्रयोग किया जाता है। आजकल बहुत सी मशीनों का भी आविष्कार हो गया है, जो इन प्रसाधनों को त्वचा में गहराई तक पहुँचाने में सहायक होती हैं। फेशियल केवल हस्त मसाज का भी लिया जा सकता है और हस्त मसाज व मशीन का मिश्रित भी। मशीनों में हाइफ्रीक्वैंसी, गैलवेनिक, अल्ट्रासोनिक और लेजर (Hyfrequency, Galvanic, Uttra Sonic & Laser) आदि कई प्रकार की मशीनें उपलब्ध हैं। फेशियल भी गोल्ड, पर्ल, डायमंड, फ्रूट (Gold, Pearl, Diamond, Fruit) मिनरल आदि कई प्रकार के उपलब्ध हैं, जिनमें अलग-अलग प्रसाधन प्रयुक्त होते हैं। यह सभी फेशियल चेहरे की त्वचा को युवा और सुंदर बनाने में सहायक होते हैं। फेशियल प्रक्रिया में क्लीनिंग, स्क्रबिंग, मसाज, भाप, पैक आदि शामिल होते हैं। आजकल मेडिकल फेशियल भी उपलब्ध हैं। त्वचा को युवा रूप देनेवाले कोर्लेजन इलास्टिन प्रसाधन और फेशियल भी उपलब्ध हैं। एंटी एजिंग फोटोफेशियल (Anti ageing photo facial) भी प्रचलन में हैं। फेशियल उपचार पुरुषों व महिलाओं दोनों के लिए लाभदायक होता है। इसकी प्रक्रिया में चेहरे की क्लींजिंग, स्क्रबिंग, मसाज, भाप और फेस पैक स्टेप्स होते हैं। फेशियल में प्रसाधन त्वचा के प्रकार के अनुसार प्रयोग किए जाते हैं और अंतराल भी त्वचा के प्रकार के अनुसार निश्चित किए जाते हैं।

वेजपील फेशियल—त्वचा को नरम और मुलायम बनाने, त्वचा की गहरी सफाई करने और त्वचा से हल्के दाग-धब्बों व छाँइयों को हटाने के लिए वेजपील एक शक्तिशाली उपचार है। इस फेशियल में प्रयोग होनेवाला वेजपील पैक हर्बल पदार्थों का बना होता है, जो कि त्वचा को मृत कोशिकाओं से मुक्त भी करता है और नई कोशिकाओं के निर्माण की गति भी बढ़ाता है। त्वचा से दाग-धब्बे और झाँइयाँ हटाने में भी यही पैक सहायता करता है।

वेजपील फेशियल करने के लिए त्वचा को क्लींजिंग मिल्क से साफ करें। वेजपील पैक को दही या अंडे के साथ मिलाकर त्वचा पर लगाएँ। आधा सूखने के बाद (Semidry) त्वचा पर फ्रिमेटर ब्रश को घुमाएँ। ब्रश का घुमाना सीधे दायरे (Clock wise) और उलटे दायरे (Anti Clock Wise) दोनों प्रकार से करें। ब्रश घुमाने के बाद त्वचा को गीले तौलिए से साफ करके ब्लैकहेड्स हटाएँ। 2 से 3 मिनट ओजोन (Ozone) दें तो उत्तम होगा। अब कोल्ड कंप्रेसर

देकर ग्लो पैक लगाएँ और अधिक बेहतर करने के लिए वेजपील पैक से पहले और क्लींजिग के बाद स्क्रबिंग और क्रीम मसाज भी कर सकते हैं। तैलीय त्वचा पर ओजोन के बाद ग्लो पैक से पहले 15 मिनट के लिए शाह क्लव (Shah Clove) लगाएँ तो बेहतर परिणाम मिलेंगे।

मिनरल फेशियल—आजकल होनेवाले फेशियलों में मिनरल फेशियल पर्याप्त प्रचलित हैं। मिनरल फेशियल वह होता है, जो मिनरल प्रसाधनों से किया जाए। मिनरल प्रसाधनों का प्रयोग त्वचा के लिए अति लाभकारी होता है। मिनरल प्रसाधन त्वचा को बाहरी कारणों, जैसे—धूप, धूल, तीव्र हवाएँ, प्रदूषण आदि और भीतरी कारणों, जैसे—तनाव, पफीनस, पीलापन, झुर्रियाँ आदि, इनके दुष्प्रभावों से सुरक्षा देते हैं। यह त्वचा को हर प्रकार के प्रदूषण और विषाक्तता (Toxins) से साफ रखते हैं, त्वचा का पीएच फैक्टर संतुलित रखने में सहायक होते हैं। त्वचा की नमी को नष्ट होने से बचाते हैं, विष रहित (Detoxifictaion) करते हैं और त्वचा को समय से पहले बूढ़ा होने से बचाते हैं। इनके अतिरिक्त मिनरल प्रसाधन एक्ने, सूजन व दर्दयुक्त त्वचा रोग (Dermatitis), सोरिऐसिस (Psoriasis), सिर की त्वचा के संक्रमण (Sculp infections) आदि में भी अच्छे परिणाम देते हैं।

मिनरल प्रसाधनों में क्लींजर, स्क्रब, क्रीम, पैक, सीरम, मॉइस्चराइजर आदि अनेक प्रकार के प्रसाधन उपलब्ध हैं। मिनरल प्रसाधनों में डैड सी (Dead Sea) प्रसाधन सबसे अधिक प्रचलित हैं। डैड सी का पानी विश्व में सर्वाधिक नमकीन माना जाता है। इसके पानी और मिट्टी में अन्य किसी भी स्थान के नमकीन पानी में उपलब्ध मिनरलों से अधिक मिनरल पाए जाते हैं। इन मिनरल्स में—सोडियम (Sodium), पोटैशियम (Potassium), अमोनियम (Amonium), मैगनीशियम (Magnesium), कैल्शियम (Calcium), स्ट्रोनियम (Stronium), लीथियम (Lithium), आयरन (Iron), अल्युमीनियम (Aluminium), मैग्नेशियम क्लोराइड (Magnesium Chloride), हाइड्रोजन (Hydrogen), सल्फेट (Sulfate), ब्रोमाइड बिटुमेन (Bromide Bituman) आदि सभी उपलब्ध हैं। यहाँ का पानी और विश्वप्रसिद्ध 'काली मिट्टी' (Black Mitti) त्वचा के लिए अनेक प्रकार के औषधीय गुणों से युक्त हैं। इसलिए इनसे बने प्रसाधन भी चेहरे और शरीर की त्वचा के लिए तथा सिर की त्वचा के लिए अति लाभदायक हैं। ये प्रसाधन त्वचा को सुरक्षा, देख-रेख और पोषण भी देते हैं।

मिनरल फेशियल विधि—क्लींजिंग, सीरम एप्लिकेशन, क्रीम मसाज,

पील ऑफ मास्क, मडपैक, मॉइस्चराइजर।

प्रत्येक चरण के लिए मिनरल प्रसाधन ही प्रयोग करें और उत्तम परिणाम के लिए सभी चरण (Step) करें तो अच्छा होगा।

फ्रूट फेशियल—ताजे फलों से दिया गया उपचार त्वचा को भी ताजगी देता है। मुरझाई त्वचा को ताजे फलों का उपचार नया जीवन और नया निखार देता है। तैलीय त्वचा के लिए भी फ्रूट फेशियल उत्तम होता है। फलों में एंटी ऑक्सीडेंट गुण होते हैं। फलों की यह विशेषता त्वचा को जल्दी बूढ़ा होने से बचाती है और त्वचा अधिक समय तक अपने युवा रूप में रहती है। फलों की इन विशेषताओं का लाभ उठाने के लिए आवश्यक है कि त्वचा को इनका नियमित उपचार दिया जाए। कौन सा फल आपकी त्वचा के लिए अधिक लाभदायक है, इसको परखें और फिर प्रयोग करें। आमतौर पर पपीता, केला, स्ट्राबेरीज, सेब आदि फल उत्तम माने जाते हैं। पपीता तो लगभग सभी प्रकार की त्वचा के लिए लाभदायक होता है।

फल उपचार देने के लिए बेसिक फेशियल उपचार विधि के अनुसार क्लीनिंग व स्टीमिंग करने के बाद फल के रस से मसाज करें। फलों के रस को क्रीम प्रसाधन या दूध की क्रीम में मिलाकर भी प्रयोग किया जा सकता है। मसाज के बाद गूदे को पूरे चेहरे पर फैला लें (आँखें, होंठ व नाक के छेद छोड़कर) और 10 मिनट तक फैला रहने दें। अब त्वचा साफ करके त्वचानुसार पैक लगाएँ।

पॉर्लर में तो फल रस को त्वचा में गहराई तक पहुँचाने के लिए आइनोज (Inos) मशीन की सहायता ली जाती है, परंतु घर में यह कार्य मसाज से ही संभव करना होता है।

चॉकलेट फेशियल—जिस चॉकलेट को कुछ समय पूर्व तक एक्ने, दाँतों की बीमारी व शुगर आदि समस्याओं का कारण माना जाता था, उस चॉकलेट को आजकल की नई खोजों के अनुसार स्वास्थ्य और सौंदर्य, दोनों के लिए लाभदायक माना जाने लगा है। इसका कारण है डार्क चॉकलेट में शक्तिशाली एंटी ऑक्सीडेंट प्रॉपर्टीज का होना। ऐसा माना जा रहा है कि डार्क चॉकलेट में उपस्थित कोको की एंटी ऑक्साइड प्रॉपर्टी त्वचा के इलास्टिन, कोलैजन व अन्य प्रोटीनों को फ्री रेडिकल्स द्वारा नष्ट होने से बचाने में सहायक हैं। कोलोडिन, इलास्टिन त्वचा के लचकीलेपन और युवा रूप के लिए महत्त्वपूर्ण प्रोटीन होते हैं। चॉकलेट त्वचा को नरम और मुलायम बनाने में भी सक्षम है।

चॉकलेट के इन गुणों के कारण आजकल चॉकलेट फेशियल का प्रचलन

हो गया है। केवल फेशियल ही नहीं, अन्य भी अनेक चॉकलेट उपचार पॉर्लर्स में होने लग गए हैं। इनके प्रचलन को देखते हुए अनेक प्रकार के चॉकलेट प्रसाधन बाजार में उपलब्ध होने लगे हैं। प्रसाधन निर्माण करनेवाले निर्माता त्वचा के लिए बनाए जानेवाले प्रसाधनों में चॉकलेट के प्रयोग को प्रमुखता देने लगे हैं।

पॉर्लर में तो यह फेशियल उपलब्ध हैं ही, चॉकलेट फेशियल किट खरीदकर घर में भी बेसिक फेशियल विधि के आधार पर यह फेशियल किया जा सकता है।

यद्यपि यह फेशियल और अन्य कई उपचार प्रचलन में आ गए है, परंतु फिर भी कई डॉक्टर इस मत से पूरी तरह सहमत नहीं हैं। संभवत: निकट भविष्य में कुछ और नई खोजें और कुछ नए मत सामने आएँ।

□

केश सौंदर्य उपचार

सिर के बालों के स्वास्थ्य, सौंदर्यवर्द्धन और नियमित देख-रेख के लिए इन्हें भी नियमित सौंदर्य उपचार देने होते हैं। बाल हमारे चेहरे को संपूर्णता देते हैं, अत: चेहरे के साथ-साथ उनका सौंदर्य भी महत्त्वपूर्ण होता है। बालों का सौंदर्य उनके स्वस्थ रहने से ही निखरता है। अत: उनके स्वास्थ्य का ध्यान रखना पहली आवश्यकता होती है।

बालों के स्वास्थ्य के लिए उनका पोषण आवश्यक है और पोषण के लिए नियमित 'स्कैल्प मसाज और भाप थैरेपी' व 'हेयर कंडीशनिंग' उपचार उत्तम होते हैं। इस कार्य हेतु स्कैल्प व बालों की प्रकृति के अनुरूप अनेक प्रकार के तेल, शैंपू, कंडीशनर व पैक उपलब्ध हैं। इन प्रसाधनों के साथ जब स्कैल्प को ओजोन और लेजर का भी लाभ प्राप्त हो जाता है तो सोने पर सुहागा हो जाता है। कंडीशनर में रिपेयर कंडीशनर, लीव इन कंडीशनर तथा कई प्रकार के स्प्रे भी उपलब्ध हैं।

बालों के स्वास्थ्य उपचार के साथ-साथ आजकल बालों को सुंदर बनाने की भी कई विधियाँ प्रचलन में हैं, जैसे—कलरिंग, ब्लीचिंग, स्ट्रीकस, पर्म, स्ट्रेटनिंग, क्रिंपिंग, ट्विस्टर वेव, रोलर सेटिंग, ब्लोड्राई, विभिन्न प्रकार के जूड़े-चोटियाँ आदि। आजकल नई खोजों के अनुसार कई प्रकार के ग्लिटर स्प्रे व स्ट्रेटनिंग व शाइनिंग देनेवाले स्प्रे भी उपलब्ध हैं। (अधिक जानकारी के लिए लेखिका रीता ग्रोवर की पुस्तक 'केश-स्वास्थ्य और सौंदर्य' प्रकाशक 'आत्मा राम एंड संस' पढ़ें।)

□

देह सौंदर्य उपचार

सुंदर और प्रभावशाली व्यक्तित्व के लिए अपनी देह को भी सौंदर्य उपचार देने आवश्यक होते हैं। सुंदर देह के लिए दो पक्ष सर्वाधिक महत्त्वपूर्ण होते हैं—संपूर्ण देह की त्वचा युवा, निखरी, साफ-सुथरी, नरम, मुलायम व चमकदार हो और दूसरे, देह का आकार हर कोण से सही और सुंदर हों। फैली हुई देह कभी आकर्षक नहीं लगती।

प्रथम पक्ष के लिए देह मसाज उपचार, बॉडी फेशियल या बॉडी पॉलिशिंग उपचार अति लाभदायक होते हैं। मसाज के साथ यदि भाप थैरेपी भी हो जाए तो और भी उत्तम। मसाज के लिए ऑलिव ऑयल, बादाम तेल, अरोमा तेल, नारियल तेल; कुछ भी प्रयोग किया जा सकता है। बॉडी पॉलिशिंग में मसाज से पूर्व स्क्रबिंग और मसाज के बाद पैक भी शामिल होता है।

देह के सुंदर आकार के लिए कई प्रकार के व्यायाम व योगासन लाभदायक होते हैं। इस कार्य हेतु हेल्थ क्लब की मशीनों का भी प्रयोग किया जा सकता है। नियमित व्यायाम देह के आकार को सही रखने के साथ-साथ शरीर को सदैव चुस्त, फुर्तीला, युवा और रोगमुक्त रखता है। सुंदर देहाकृति के लिए विशेष फैटलॉस व मसल बिल्डिंग कार्यकम विशेष सक्षम होते हैं। मनोवैज्ञानिक रूप से भी व्यक्ति प्रसन्न रहता है और इस प्रसन्नता से चेहरे का सौंदर्य निखरा रहता है।

देह मसाज

देह मसाज के लिए पूरी देह पर 'मसाज थैरेपी' अध्याय में दिए मसाज क्रम के अनुसार पूरी देह की तेल या क्रीम के साथ मसाज की जाती है।

बॉडी फेशियल

बॉडी फेशियल में चेहरे के फेशियल के सभी स्टेप्स पूरी बॉडी पर किए जाते हैं।

इस विधि में पूरी देह को पहले बॉडी स्क्रब से स्क्रब किया जाता है। फिर तेल या क्रीम से पूरी देह मसाज की जाती है। इसके पश्चात् पूरी देह को ऊपर-नीचे दोनों ओर से गरम तौलियों से भाप दी जाती है। कुछ समय तक भाप देने के पश्चात् पूरी देह पर पैक लगाएँ। पैक सूख जाए तो या तो पैक पोंछकर उतारें या शावर दें। पूरी देह पर मॉइस्चराइजर लगाएँ।

बॉडी फेशियल पूरी देह की त्वचा को नरम, मुलायम और चमकदार बना देता है और मन को प्रसन्न, आनंदित व तरोताजा अनुभव कराता है। इसमें मसाज हाथ से मशीनों से या मिश्रित अपनी इच्छानुसार दे सकते हैं।

बॉडी फेशियल का लाभ स्त्री व पुरुष दोनों ले सकते हैं।

बॉडी पॉलिशिंग

यह एक स्पा उपचार है। इसमें पूरे शरीर की त्वचा को निर्जीव कोशिकाओं से मुक्ति दिलाकर त्वचा को नरम, मुलायम, रेशमी, चमकदार और तरोताजा, युवा रूप व अहसास दिया जाता है।

इसमें त्वचा पर मिनरल स्क्रब या मिनरल साल्ट व मिनरल तेल का मिश्रण लगाकर ऊर्जायुक्त रूप से मला व मसाज किया जाता है। इस कार्य के लिए 'डेड सी' के प्रसाधन अति उत्तम माने जाते हैं। जब इसे त्वचा से उतारा जाता है तो एकदम निखरी त्वचा प्राप्त होती है जैसे पॉलिश कर दी हो! इसे उतारने के लिए सरल विधि तो यह है कि शावर ले लिया जाए, वरना कोई भी सुविधाजनक विधि अपनाई जा सकती है।

इस उपचार को और उत्तम बनाना हो तो बड़े-बड़े तौलियों से पूरे बदन को भाप दें। फिर मिनरल पैक लगाकर सूखने दें। इस कार्य के लिए 'डेड सी-मड पैक' भी उत्तम माना जाता है। तत्पश्चात् शावर ले लें।

बॉडी पॉलिशिंग से त्वचा को निर्जीव कोशिकाओं से तो मुक्ति मिलती ही है, नई व स्वस्थ कोशिकाओं का विकास भी होता है। इस उपचार से त्वचा की खुश्की दूर होती है व उसे नमी प्राप्त होती है।

इस उपचार से त्वचा की गहरी पोर सफाई होने के साथ-साथ मानसिक रूप से शांति, आराम व तरोताजगी का अहसास भी प्राप्त होता है।

□

सौंदर्य उपचार विधियाँ

साधारण मैनिक्योर/बेसिक मैनिक्योर

आवश्यक सामग्री

उपकरण

- मैनिक्योर ट्रॉली
- मैनिक्योर सेट
- नेल फाइलर/ऐमरी बोर्ड
- ऑरेंज स्टिक
- तौलिया
- मैनिक्योर बाउल

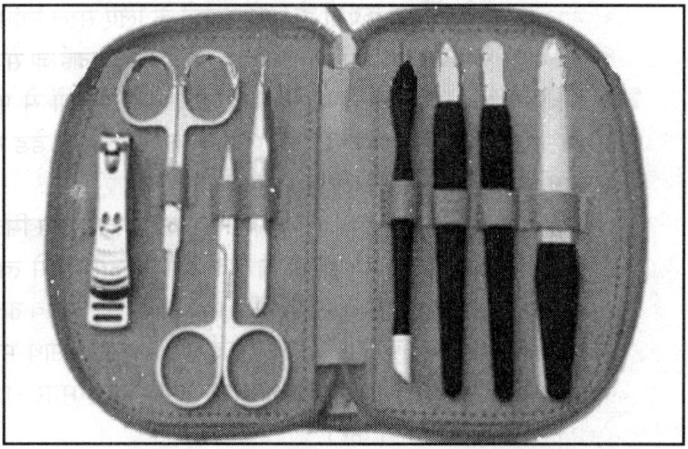

प्रसाधन

- रुई
- हाइड्रोजन पर-ऑक्साइड
- शैंपू
- क्यूटिकल रिमूवर
- क्यूटिकल ऑयल
- नेल पॉलिश रिमूवर
- नेल पॉलिश बेस
- नेल पॉलिश
- नेल कंडीशनर
- क्रीम व लोशन

विधि

1. रुई का फाहा नेल पॉलिश रिमूवर से भिगोकर नाखून पर रखकर गोल-गोल घुमाते हुए नेल पॉलिश हटाएँ।
2. ऐमरी बोर्ड अथवा फाइलर के साथ नाखूनों की शेप सही करें।
    - फाइलर को एक ही दिशा (भीतर से बाहर) में चलाने से नाखूनों के किनारे मुलायम बनते हैं।
    - नाखूनों को अति नुकीला अथवा सपाट रूप न दें। उन्हें ओवल रूप देना सही होता है।
3. नाखूनों पर क्यूटिकल रिमूवर लगाएँ।
4. मैनिक्योर बाउल में हल्का गरम पानी लें। इसमें आधा चम्मच शैंपू व आधा चम्मच हाइड्रोजन पर-ऑक्साइड डालें।
5. इस मिश्रण में दोनों हाथ दस मिनट तक भिगोएँ।
6. हाथ को पोंछें व नाखूनों पर क्यूटिकल ऑयल लगाएँ।
7. क्यूटिकल पुशर (Cuticle Pusher) की सहायता से नाखूनों के आस-पास के निर्जीव तंतुओं को पीछे की ओर धकेलें।
8. क्यूटिकल कटर (Cuticle Cutter) की सहायता से इन निर्जीव तंतुओं को काट दें।
9. नाखूनों के नीचे से मैल निकालें। इसके लिए डर्ट रिमूवर (Dirt Remover) का प्रयोग करें।

10. उपरोक्त सभी प्रक्रियाएँ दूसरे हाथ पर भी करें।
11. नाखूनों, हाथों व बाँहों की मालिश करें।
12. हाथ व बाँह को गरम तौलिए से भाप दें।
13. नाखूनों पर नेल पॉलिश बेस लगाएँ।
14. नेलपॉलिश लगाएँ। (केवल महिलाएँ)

विशेष—प्रति रात नाखूनों पर नेल कंडीशनर लगाएँ।

हाथ व बाँह की मालिश

1. हाथ व बाँह पर पहले मॉइस्चराइजर, फिर क्रीम का लेप लगाएँ।
2. पूरे हाथ व बाँह पर चूड़ियों की भाँति गोल-गोल दिशा में हल्के हाथों से घुमा-घुमाकर एफलोराज क्रिया (Efflourage Movement) मालिश करें।
3. हथेली के उलटे भाग पर प्रथम दो उँगलियों से बिल्कुल हल्के हाथ से बार-बार आठ (Figure of Eight) लिखें।
4. इसी भाग पर अँगूठे/अँगूठों को बीचोबीच रखकर उनके द्वारा त्वचा को क्रमशः दाएँ और बाएँ धकेलें। दबाव हल्का ही रखें व कुछ पल करते रहें।
5. अब हथेली की सीधी ओर भी यही क्रमशः दाएँ-बाएँ धकेलने की प्रक्रिया को दोहराएँ, परंतु इस ओर पर्याप्त दबाव के साथ करना है।
6. अब उँगलियों की मसाज करेंगे। प्रत्येक उँगली पर बारी-बारी मसाज होगी। एक समय एक उँगली पकड़ें। नाखून की ओर से आरंभ करते हुए अँगूठे के साथ छोटे-छोटे गोल दायरे (Circular Movement) बनाते हुए ऊपर की ओर उँगली को अंत तक बढ़ें। अंत पर पहुँचकर बिना दबाव के ही अँगूठे को सीधे सरकाते हुए (Slide करते हुए) नाखून की ओर वापस लौटें। इसी क्रम में और इसी ढंग से वापस नाखून से उँगली के अंत तक जाएँ। अंत पर पहुँचकर जोड़ के पास से उँगली को कसकर पकड़ें और पर्याप्त दबाव के साथ उँगली को खींचते हुए वापस नाखून की ओर लौटें।
7. प्रत्येक उँगली के तीनों जोड़ों को, अँगूठे के दोनों जोड़ों को व कलाई के जोड़ को गोल-गोल दायरे (Circular Movements) में बारी-बारी घुमाएँ। गोल-गोल घुमाना प्रत्येक जोड़ पर किया जाएगा और

दाएँ से बाएँ व बाएँ से दाएँ (Clock wise & anti clock wise) दोनों दिशाओं में किया जाएगा।

8. कलाई के जोड़ के पास से बाँह को कसकर पकड़ें। उँगलियों में उँगलियों को फँसाकर, मसाज हो रहे हाथ को ऊपर की ओर मोड़ें और पर्याप्त दबाव यानी रेजिस्टेंस (Resistance) डालें।
9. हाथ के दोनों किनारों को भली-भाँति मलें।
10. नाखूनों पर अँगूठे के साथ गोल दायरे की मसाज यानी सरकुलर मूवमेंट (Circular Movement) करें।
11. पूरे हाथ को तीव्र गति से कंपन यानी वाइब्रेशन (Vibration) दें।
12. पूरी मसाज के दौरान विभिन्न स्टेप्स के बीच-बीच में पूरी बाँह पर स्टेप-1 यानी एफलोराज (Efflourage) क्रिया तीव्र गति से दोहराते रहें।
13. हाथ की मसाज समाप्त होने के बाद बाँह के ऊपरी भाग अपर आर्म (Upper Arm) पर चूड़ियोंवाला स्टेप यानी रिंगिंग मूवमेंट (Ringing) करें। इसमें हल्का दबाव रखते हैं, पर गति तीव्र या मध्यम होती है।
14. बाँह के इस हिस्से में यदि चर्बी अधिक हो तो रोलिंग (Rolling) और पिंचिंग क्रिया (Pinching Step) भी दे सकते हैं।
15. अंत में पूरी बाँह पर स्टेप-1 यानी एफलोराज प्रक्रिया (Efflourage Movement) को कुछ पल दोहराते हुए मसाज समाप्त करें।

नोट—मैनिक्योर सुंदर व्यक्तित्व का आवश्यक अंग होता है। इस विधि द्वारा हाथों व नाखूनों की विशेष प्रकार की सफाई, सज्जा, रखरखाव व पोषण किया जाता है। इसे एक से दो सप्ताह में एक बार अवश्य करना या कराना चाहिए। यह उपचार महिलाओं व पुरुषों दोनों के लिए उपयोगी होता है।

□

पैडिक्योर

आवश्यक सामग्री

उपकरण

- पैडिक्योर ट्रॉली
- पैडिक्योर टब
- मैनिक्योर सेट
- नेल फाइलर/(Emery Board)
- आरेंज स्टिक
- स्कैल्पल
- मेटल फुट स्क्रबर
- वुडन फुट स्क्रबर
- Toes Separator
- तौलिया

प्रसाधन

- हाइड्रोजन पर-ऑक्साइड
- शैंपू
- सोडा बाई कार्ब
- क्यूटिकल रिमूवर व तेल
- क्रीम व लोशन
- नेल कंडीशनर
- नेल पॉलिश बेस
- नेल पॉलिश

- रुई
- डिटॉल
- पानी
- पैडिक्योर स्क्रब

विधि

1. रुई के फाहे पर नेल पॉलिश रिमूवर लगाकर, उसे पाँव के नाखूनों पर एक-एक करके, गोल-गोल घुमाएँ और नेल पॉलिश साफ करें।
2. नाखूनों को ओवल शेप (Oval Shape) देते हुए एमरी बोर्ड (Emery Board) या नेल फाइलर से घिसें। ध्यान रखे कि फाइलिंग करते समय एमरी बोर्ड को एक ही दिशा, जो भीतर से बाहर की ओर होनी चाहिए, में घुमाएँ।
3. पैरों को गीला करके पैडिक्योर स्क्रब लगाकर मलें। कुछ पल स्क्रब करने के बाद पैर साफ कर लें।
4. पैडिक्योर टब में गरम पानी डालकर उसमें थोड़ा-सा सोडा, थोड़ा-सा शैंपू, डिटॉल और एक ढक्कन हाइड्रोजन पर-ऑक्साइड मिला लें।
5. नाखूनों पर क्यूटिकल रिमूवर लगाएँ और पाँवों पर थोड़ा-सा तेल या क्रीम लगा लें।
6. अब दोनों पाँवों को पैडिक्योर टब के गरम पानी में पंद्रह से बीस मिनट के लिए डुबोकर रखें।
7. एक पाँव बाहर निकालें, हल्का पोंछें और डिटॉल में भीगी रुई से एड़ी को साफ करें।
8. अब मेटल फुट स्क्रबर (Scrubber) से पूरी एड़ी को रगड़-रगड़कर तब तक साफ करें, जब तक सख्त और रूखी त्वचा निकल न जाए।
9. एड़ी के बाद हल्के हाथ से फुट स्क्रबर (Foot Scrubber) को पाँव के तलवे व अँगूठे तथा उँगलियों के नीचे भी रगड़ें।
10. इस पाँव को वापस पानी में डुबोएँ और दूसरे पाँव पर यही क्रिया दोहराएँ।
11. अब पहला पाँव पुन: बाहर निकालें और स्कैल्पल (Scalpal) की सहायता से एड़ी, तलवे, अँगूठा, उँगलियाँ, टखने व पाँव का ऊपरी हिस्सा सब साफ करें। ध्यान दें कि स्केल्पल से चोट लगने का भय होता है, अत: इसे प्रयोग करते समय त्वचा को तानकर रखना उचित होता है।

12. इस पाँव को फिर से पानी में डुबोएँ और दूसरे पर भी यह क्रिया दोहराएँ।
13. पुनः पहले पाँव को बाहर निकालकर नाखूनों पर क्यूटिकल ऑयल (Cuticle Oil) लगाएँ और क्यूटिकल पुशर (Cuticle Pusher) की सहायता से नाखूनों पर स्थान घेरे निर्जीव तंतुओं को पीछे धकेलें।
14. क्यूटिकल कटर (Cuticle Cutter) से इन तंतुओं को काट दें।
15. डर्ट रिमूवर से नाखूनों के नीचे का मैल निकालें।
16. नाखूनों व पूरे पाँव व टाँग की ऊपर से नीचे तक मालिश करें।
17. दूसरे पाँव व टाँग की भी मालिश करें।
18. दोनों पाँवों और टाँगों को अलग-अलग गरम तौलिए की भाप दें।
19. पाँव की उँगलियों में टो सेपरेटर (Toe Separator) प्रयोग करें। टो सेपरेटर यानी उँगलियों को दूर रखनेवाला यंत्र है।
20. महिलाएँ नेलपॉलिश बेस लगाकर नेल पॉलिश लगाएँ।

विशेष—प्रति रात नाखूनों पर नेल कंडीशनर लगाएँ।

पाँव की मालिश

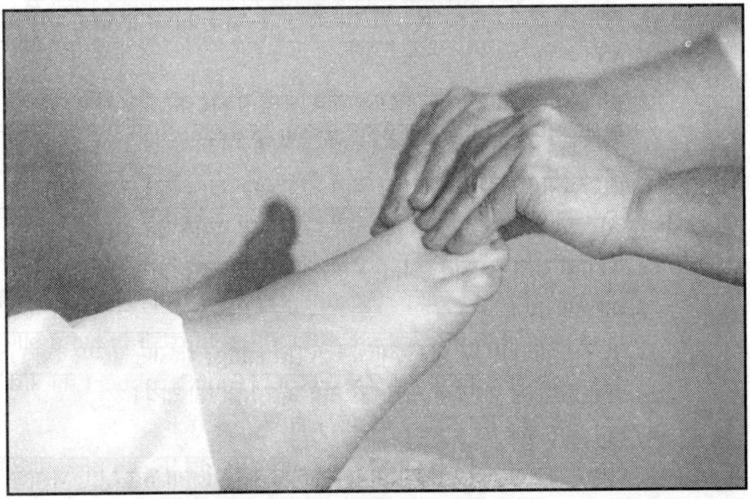

1. पूरे पाँव पर और चाहें तो घुटनों तक की टाँग पर भी लोशन और फिर क्रीम लगाएँ।
2. पूरे पाँव व टाँग पर चूड़ियों की भाँति गोल-गोल दिशा में हल्के हाथों

से घुमा-घुमाकर सहलाने की प्रक्रिया अर्थात् एफलोराज प्रक्रिया (Efflourage Movement) करें।

3. दूसरी और तीसरी उँगली को मिलाकर दोनों टखनों पर शीघ्रतापूर्वक दायरेनुमा (Circular Movement) घुमाएँ। दबाव न के बराबर होगा।
4. हथेली को कप की तरह बनाकर एड़ी पर गोल-गोल घुमाएँ।
5. पाँव के ऊपरी हिस्से पर अपनी दो उँगलियाँ मिलाकर आठ का आकार (Figure of Eight) बनाते हुए दबावरहित मसाज करें। गति मध्यम होगी।
6. दोनों हाथों की सहायता से पाँव के ऊपरी हिस्से पर तीव्र गतिशील व अधिक नहीं, पर तनिक दबाव सहित चाँटों जैसी क्रिया (Slapping Movement) करें। ध्यान रखें कि दर्द उत्पन्न करने जितना दबाव न डालें।
7. दोनों हाथों के अँगूठों को पाँव के तलवों की ओर एड़ी पर टिकाएँ। दोनों हाथों से पाँव को थामे हुए अँगूठों को खूब दबाव के साथ एड़ी से उँगलियों की ओर ले जाएँ। इस क्रिया को चार-पाँच बार करें।
8. हाथ की मुट्ठी बनाकर तलवों के बीचोबीच मुट्ठी से दबाते हुए गोल-गोल आधे वृत्त बनाते हुए (v/w Circular Movement) घुमाएँ।
9. पाँव की दोनों साइडों पर हथेलियों से ऊपर-नीचे की लंबी-लंबी मसाज करें।
10. उँगलियों व नाखूनों की मसाज ठीक उसी प्रकार करें जैसे मैनिक्योर में उँगलियों की मसाज की थी। देखें 'बेसिक मैनिक्योर'।
11. पिंडलियों पर दोनों हाथों की चारों उँगलियाँ रखें, अँगूठे ऊपर घुटने की ओर की टाँग पर होंगे। पिंडलियों पर पर्याप्त दबाव देते हुए दोनों हाथों को एक साथ सरकाते (Slide) हुए नीचे आएँ। इस क्रिया को तीन-चार बार दोहराएँ।
12. पूरे पाँव और टाँग पर चूड़ियोंवाला स्टैप (Ringing) दोहराएँ, मध्यम दबाव।
13. दोनों हाथों से घुटने के नीचे की टाँग और पाँव को दाबें।
14. टाँग और पाँव पर प्रकंपन दें।
15. अंत में एफलोराज प्रक्रिया यानी सहलाने की प्रक्रिया करते हुए मसाज समाप्त करें।

नोट—मसाज के सभी स्टेप्स में बीच-बीच में एफलोराज प्रक्रिया, यानी सहलाने की प्रक्रिया दोहराते रहना चाहिए।

□

वैक्सिन लेग्स

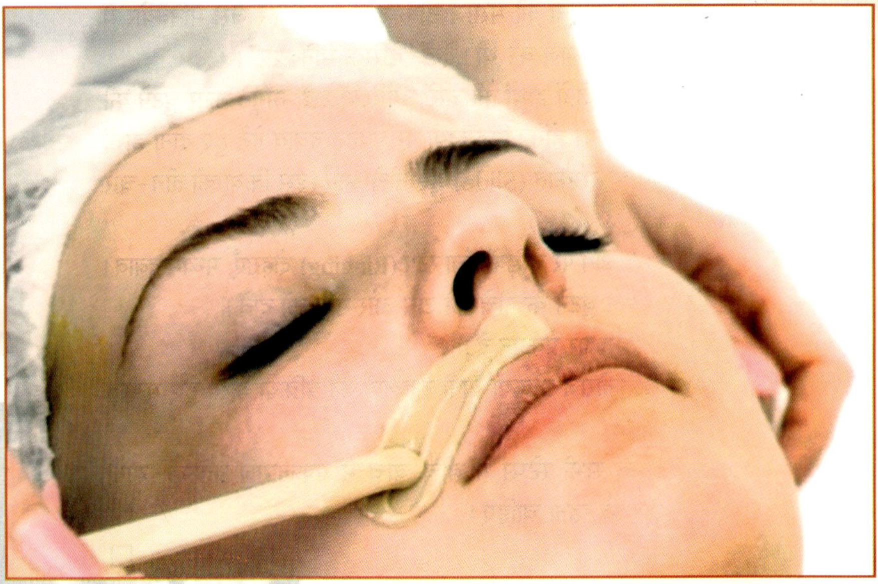

वैक्सिन अपर लिप्स

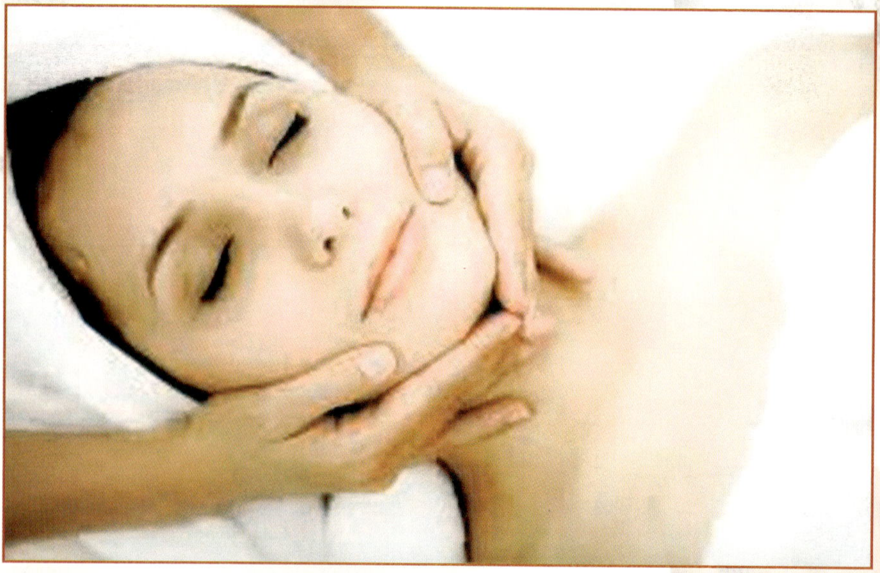

फेशियल

फ्रूट फेशियल

सुंदर त्वचा

ब्लीच

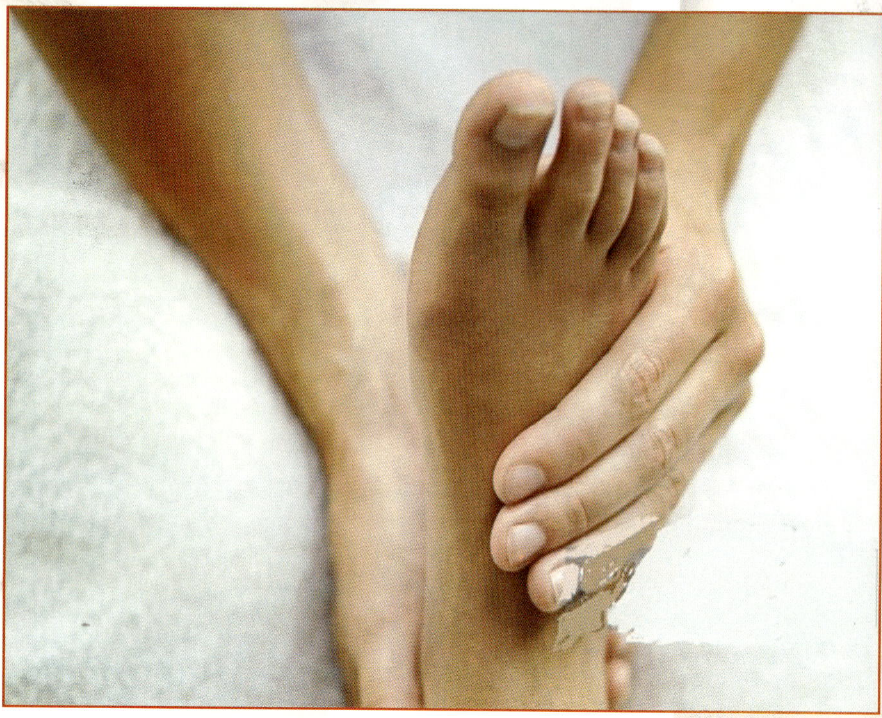

बॉडी मसाज

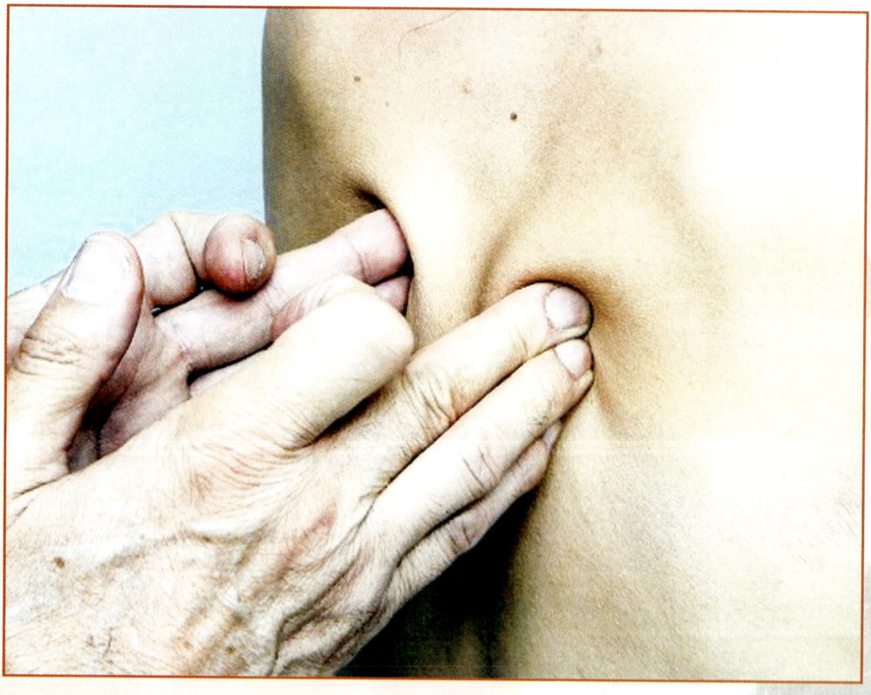

बॉडी मसाज

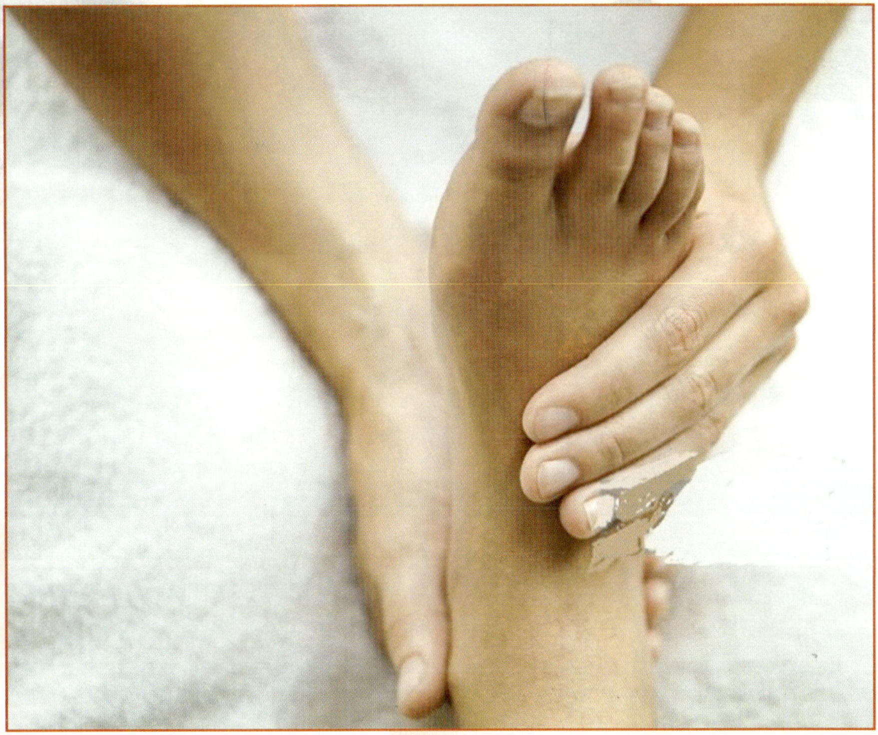

पैडिक्योर

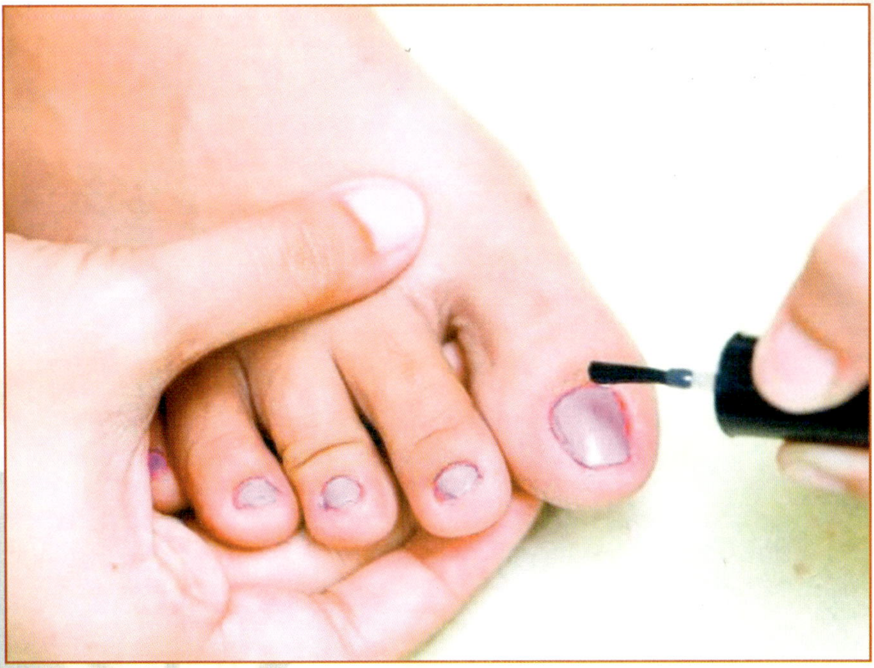

पैडिक्योर

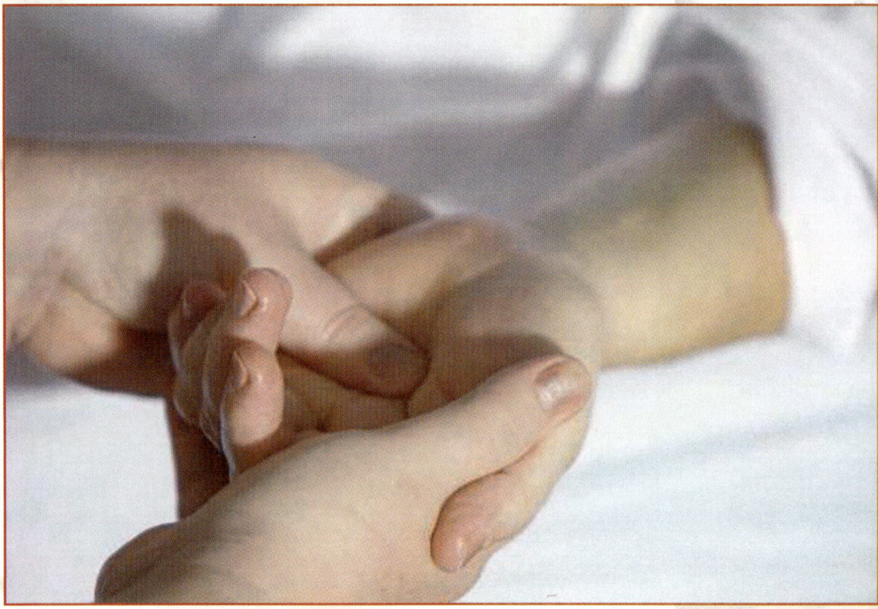

मैनिक्योर

मैनिक्योर

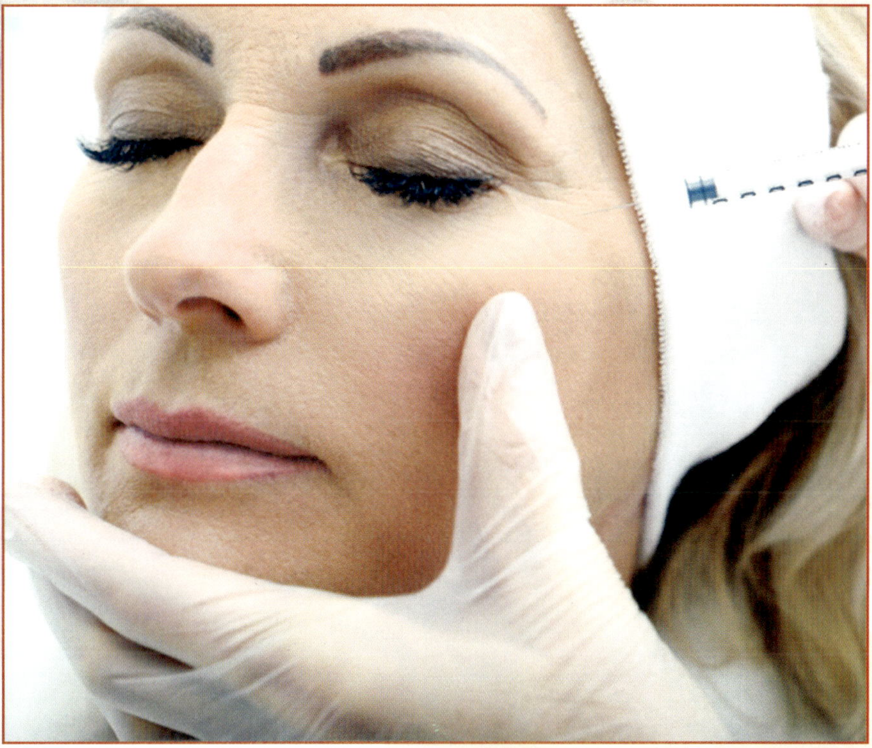

बोटोक्स (स्किन उपचार)

डर्माब्रेजन (स्किन उपचार)

हेयर स्टाइल जूड़ा

हेयर

थ्रेडिंग

इस विधि में धागे में पेच डालकर उसे त्वचा के बाल निकालने की कैंची की भाँति प्रयोग करते हैं। आइब्रो व चेहरे के बाल इसी विधि द्वारा निकाले जाते हैं। लगभग 10 से 15 दिन में दोबारा थ्रेडिंग की आवश्यकता पड़ जाती है। महिलाएँ व पुरुष दोनों इस तकनीक का प्रयोग कर सकते हैं।

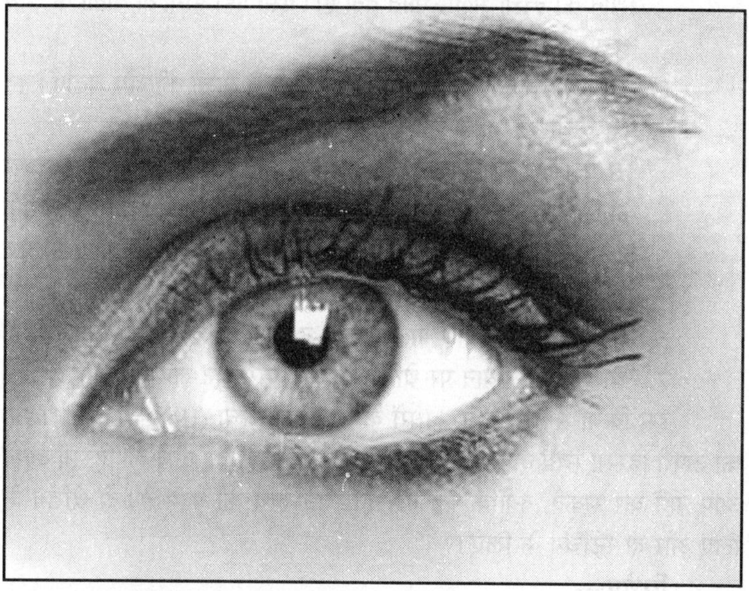

आवश्यक सामग्री

- धागा (कोट्स ग्रीफिन, नं.–40)
- टैल्कम पाउडर

- चिमटी (Plucker)
- एस्ट्रिंजेंट लोशन

विधि (सेल्फ थ्रेडिंग)

1. लगभग 15'' से 16'' लंबा धागा लें। इसके दोनों सिरे पकड़कर गाँठ लगा दें।
2. अब इस दोहरे धागे के बीचोबीच दो-तीन पेच डाल दें।
3. पेच को बीच में रखकर पेच के दोनों ओर बचे धागे के दायरों में अलग-अलग दोनों हाथ इस प्रकार डालें कि पाँचों उँगलियाँ इकट्ठी हों और धागा उँगलियों के सिरों पर टिका हो।
4. जहाँ थ्रेडिंग करनी है, उस स्थान पर पाउडर लगाकर, बालों के निकट पेच को टिकाएँ। ध्यान रहे कि पेच बालों की विपरीत दिशा की ओर टिकाना है। इसके अतिरिक्त यह भी ध्यान रखना है कि थ्रेडिंग करनेवाले स्थान की त्वचा भली-भाँति तनी हो। ऐसा नहीं होगा तो बालों के साथ त्वचा भी निकल जाएगी।
5. अब इस पेच को बालों की विपरीत दिशा से बालों की ओर बढ़ाएँ। यह पेच कैंची की भाँति अनचाहे बालों को काट देगा।
   इस पेच को आगे बढ़ाने के लिए एक ओर का हाथ खोलना व दूसरे को सिकोड़ना समानांतर रूप से करना होगा। जिस ओर को पेच बढ़ाना है, पहले उसे खोलिए व दूसरे को सिकोड़िए। बाल कट जाए तो पेच को लौटाने के लिए दूसरा खोलिए व पहला सिकोड़िए।
6. जब तक पूरे अनचाहे बाल निकल न जाएँ, यह क्रिया दोहराते रहें।
7. थ्रेडिंग किए स्थान पर थ्रेडिंग के बाद एस्ट्रिंजेंट लोशन लगाएँ।

इस क्रिया से हम माथा, अधरों के ऊपर की त्वचा (Upper Lip), आइब्रो का ऊपरी हिस्सा स्वयं अपने आप कर सकते हैं। आइब्रो का नीचे का हिस्सा अपने आप नहीं कर सकते, क्योंकि वह दो नहीं, चार हाथ का काम है। दो थ्रेडिंग के लिए और दो स्ट्रैचिंग के लिए।

विशेष—

1. बाल त्वचा के बिल्कुल साथ से निकालने चाहिए। यदि ऊपर-ऊपर से धागा चलाया गया तो उखड़े-उखड़े से व टूटे हुए निकलेंगे व दर्द भी होगा।

2. यदि थ्रेडिंग स्वयं पर न करके सामनेवाले पर करनी हो तो धागा रील सहित प्रयोग करते हैं।

- धागे के सिरे पर गाँठ लगाकर उसे दाँतों में फँसा लें।
- अब तीन-चार पेच देकर लूप बनाएँ।
- लूप में हाथ डालकर सिकोड़ने-खोलने से व अपना चेहरा आगे-पीछे करने से पेच को आगे-पीछे कर सकते हैं।
- जब किसी अन्य की थ्रेडिंग करनी हो तो, करानेवाले की अथवा किसी अन्य की सहायता लेकर थ्रेडिंग के स्थान की त्वचा को खिंचवाना होगा।
- बाल निकालने का बेसिक नियम वही होगा, जो उपरोक्त विधि में दिया गया है।

□

वैक्सिंग

महिलाएँ तो अपने शरीर पर बरसों से वैक्सिंग करती या करवाती आई हैं, परंतु पुरुषों के बाल पौरुष की निशानी माने जाने के कारण उनसे छुटकारा पाने की बात पहले सोची भी नहीं जाती थी, परंतु अब सफाई के उद्देश्य से बहुत से पुरुष भी इसे करवाने लगे हैं। यह अनचाहे बालों से छुटकारा पाने की सर्वोत्तम विधि है। प्रारंभ में महीने में एक बार तो इसकी आवश्यकता पड़ ही जाती है। धीरे-धीरे यह अंतराल बढ़ता जाता है, क्योंकि नियमित वैक्सिंग प्राकृतिक बालों के उगने के क्रम को धीमा कर देती है।

आवश्यक सामग्री

उपकरण

- वैक्स हीटर
- बटर नाइफ
- सैलोफिन स्ट्रिप्स या
- सूती कपड़े की पट्टियाँ
- तौलिया

प्रसाधन

- वैक्स
- क्रीम
- टैल्कम पाउडर

विधि

1. वैक्स को हल्का गरम कर लें।

2. ध्यान दें कि जिस स्थान पर वैक्सिंग करनी है, वह साफ व सूखा हो।
3. वांछित स्थान पर हल्का सा पाउडर लगाएँ।
4. बटर नाइफ की सहायता से वांछित स्थान पर बालों की दिशा में वैक्स की पतली परत लगाएँ। वैक्स लगाते समय त्वचा को तानकर रखें।
5. वैक्स के ऊपर सैलोफिन या कपड़े की पट्टी रखकर भली-भाँति दबाएँ ताकि वह वैक्स पर चिपक जाए।
6. अब पट्टी को बालों की विपरीत दिशा में एक झटके से खींचकर उतार दें। पट्टी एक झटके में उतारना आवश्यक है, क्योंकि खींचते हुए बीच में रोकने से खून का जमाव (Blood Clot) या नील आदि हो सकता है। प्यारपूर्वक धीरे-धीरे पट्टी उतारने का प्रयत्न भी नहीं करना चाहिए। इससे दर्द भी होगा और बाल भी नहीं निकलेंगे।
7. बाल निकालने की यह प्रक्रिया तब तक दोहराएँ, जब तक पूरा स्थान बाल मुक्त न हो जाए।
8. अंत में त्वचा को धोकर तौलिए से पोंछें और क्रीम मसाज करें।

अधिकतर यह प्रक्रिया बाँहों, टाँगों व बगलों के लिए प्रयोग में लाई जाती है, परंतु इसे शरीर के अन्य भाग, जैसे—पेट, पीठ, कमर, गर्दन आदि पर भी किया जा सकता है। कई लोगों के चेहरे पर भी घने बाल उग जाते हैं। इसका कारण हारमोन की समस्या भी हो सकती है अथवा कुछ और भी। इनमें सब लोग लेजर कराने की आर्थिक क्षमता नहीं रखते। चेहरे के सौंदर्य को बनाए रखने के लिए ऐसे लोग वैक्सिंग का सहारा लेते हैं। चेहरे पर वैक्सिंग करते समय अतिरिक्त सतर्कता बरतनी आवश्यक होती है।

□

ब्लीच

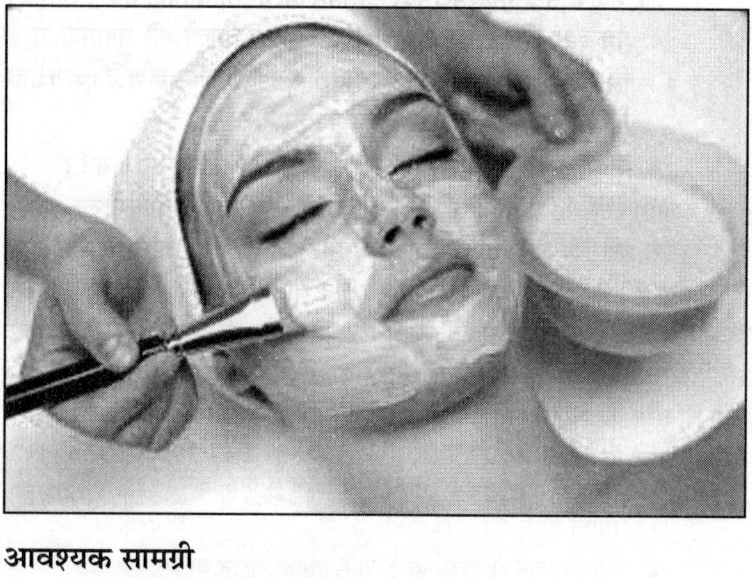

आवश्यक सामग्री

उपकरण

- छोटी-सी प्लास्टिक प्लेट
- छोटी-सी प्लास्टिक स्टिक
- तौलिया

प्रसाधन

- ब्लीच क्रीम
- ब्लीच एक्टीवेटर

- क्लींजिंग मिल्क
- रुई
- सोडा-बाई-कार्ब

विधि

1. त्वचा के जिस भी भाग पर ब्लीच करना हो, उसे क्लींजिंग मिल्क से साफ करें व भली-भाँति सुखा लें।
2. ब्लीच के पैकेट में जो प्लास्टिक प्लेट होती है, उस पर आवश्यकतानुसार ब्लीच क्रीम निकालें।
3. अंदाज से इसमें एक्टीवेटर डालकर भली-भाँति मिलाएँ।
4. पैकेट में विद्यमान प्लास्टिक स्टिक से या उँगली की सहायता से इस मिश्रण को वांछित स्थान पर पतले लेप की भाँति लगा दें। ध्यान रखें कि मिश्रण को त्वचा पर बालों की ही दिशा में लगाया जाए।
5. इसे त्वचा पर दस से पंद्रह मिनट तक छोड़ दें।
6. त्वचा पर किसी स्थान से थोड़ा सा ब्लीच हटाकर देखें। वांछित परिणाम की रंगत दिखे तो ब्लीच उतारकर चेहरा धो लें। नहीं तो उतारा ब्लीच उस स्थान पर वापस लगाकर कुछ पल और प्रतीक्षा करें।

ध्यान दें

- एक्टीवेटर मिलाते समय ध्यान रखें कि उसकी मात्रा कम ही हो। अधिक मिलाने से मिश्रण बहुत तीखा हो जाएगा और त्वचा को नुकसान पहुँचाएगा। अंदाजन एक चम्मच क्रीम में एक-चौथाई चम्मच एक्टीवेटर पर्याप्त होता है।
- ब्लीच लगाने से त्वचा पर हल्की-हल्की जलन या चरमराहट सी अनुभव होती है। यह ब्लीच प्रयोग से स्वाभाविक रूप से होता है। यदि यह जलन सहनीय सीमा के भीतर हो तो उससे घबराना नहीं चाहिए। यदि यह जलन असहनीय सीमा तक पहुँच रही हो तो ब्लीच झट से उतार देना चाहिए।
- चेहरे पर ब्लीच लगाते समय भवें, आँखें और आँखों के आसपास व अधरों पर ब्लीच नहीं लगाते।
- विशेष रूप से ध्यान दें कि ब्लीच यदि पहली बार लगा रहे हों तो पहले

पैच टेस्ट अवश्य करें, क्योंकि किसी-किसी को ब्लीच रास नहीं आती। ऐसे लोगों की त्वचा ब्लीच प्रयोग से लाल हो सकती है या उस पर खुजली हो सकती है।

पैच टेस्ट

- पैच टेस्ट के लिए थोड़ा सा ब्लीच मिश्रण तैयार करके कान के पीछे लगभग I " X I " स्थान पर लगाएँ।
- 15 मिनट बाद उसे उतारकर देखें।
- यदि त्वचा साफ हो, उस पर किसी प्रकार की लाली, दाने या कोई और समस्या न दिखे तो ब्लीच रास आएगी।
- यदि कुछ समस्या दिखे तो ब्लीच कतई प्रयोग न करें।
- यदि त्वचा बहुत अधिक संवेदनशील हो तो टेस्ट उतारने के बाद भी ब्लीच करने से पहले एक दिन और प्रतीक्षा करें, बेहतर होगा। अति संवेदनशील त्वचा पर कभी-कभी अगले दिन भी हानिकारक परिणाम दिख सकता है।

विशेष—यदि सुरक्षा नियम पालन के बाद भी ब्लीच प्रयोग से त्वचा पर लालिमा आ जाए तो, थोड़े से पानी में थोड़ा-सा सोडा बाई-कार्ब मिलाकर रुई के फाहे से त्वचा पर लगाएँ। थोड़ी देर में लालिमा समाप्त हो जाएगी।

□

फेशियल

> **Beautiful skin requires commitment,**
> *not a miracle.*

चेहरे की त्वचा से आयु के प्रभाव को पीछे धकेलने और उसे अधिक समय तक युवा बनाए रखने में फेशियल का बहुत योगदान होता है। वैसे तो फेशियल की आवश्यकता सभी को पड़ती है, पर खुश्क त्वचा को इसकी आवश्यकता सर्वाधिक होती है। फेशियल कराने में समय का अंतराल अलग-अलग प्रकार की त्वचा के लिए अलग-अलग होता है, जैसे खुश्क व प्राकृतिक त्वचा के लिए 15 दिन में एक बार, अति खुश्क त्वचा के लिए सप्ताह में एक बार और तैलीय त्वचा के लिए माह में एक बार।

फेशियल महिलाओं व पुरुषों दोनों के लिए लाभदायक होता है।

आवश्यक सामग्री

उपकरण

- भाप का उपकरण (Steamer/Facial Souna)
- ब्लैकहेड रिमूवर या (Sucker) (निष्कीटित)
- फेस पैक घोलने का छोटा बॉउल
- फेस पैक ब्रश
- हेयर बैंड
- तौलिया (साफ धुला हुआ)
- रुई
- पानी का बॉउल

प्रसाधन

- क्लींजिंग लोशन
- फेस स्क्रब त्वचानुसार
- क्रीम त्वचानुसार
- फेस पैक त्वचानुसार
- लोशन त्वचानुसार
- फलों का रस (एक या मिश्रित आवश्यकतानुसार)
- सब्जियों का रस (एक या मिश्रित आवश्यकतानुसार)
- कच्चा दूध
- गुलाब जल

विधि

1. स्टीमर में पानी डालकर तैयार रखें, पर अभी ऑन न करें। ऑन आवश्यकता के समय करेंगे।
2. सिर के बालों को भली-भाँति बाँध लें और हेयर बैंड का प्रयोग करें।
3. हाथ साबुन से धो लें।
4. चेहरे की त्वचा पर थोड़ा पानी स्प्रे करके स्क्रब लगाएँ। स्क्रब को हल्के हाथों से गोल दायरेदार प्रक्रिया (Circuler Movement) में मलें। चाहें तो फ्रिमेटर (Frimator) का प्रयोग कर सकते हैं।
5. त्वचा को गीली कॉटन से साफ कर लें।
6. चेहरे व गर्दन की त्वचा पर त्वचानुसार लोशन लगाएँ।

7. चेहरे व गर्दन पर क्रीम का लेप लगाएँ। क्रीम कुछ अधिक मात्रा में लें तो अच्छा रहेगा, विशेष रूप से खुश्क त्वचा पर, तैलीय त्वचा पर अधिक क्रीम आवश्यक नहीं।
8. चेहरे व गर्दन पर 15 से 20 मिनट तक मसाज करें। मसाज तकनीकी दृष्टि से सही होनी चाहिए, वरना नुकसानदेह हो सकती है। चेहरे की मसाज चाहे स्वयं अपने चेहरे पर करनी हो अथवा क्लाइंट या मित्र पर, उसका सही प्रशिक्षण आवश्यक है। मसाज के आखिरी दौर में स्टीमर ऑन कर लें, ताकि मसाज समाप्त होने तक भाप तैयार हो जाए।
9. चेहरे को भली-भाँति पसीना आने तक भाप दें। पसीने को तौलिए से पोंछें मत।
10. बिना देर किए ब्लैकहेड्स निकालें। ब्लैकहेड्स निकालने के लिए ब्लैक हेड रिमूवर के रिंग को ब्लैकहेड पर रखें और हल्के हाथों से दबाते हुए त्वचा पर फिसलाएँ। जहाँ-जहाँ भी ब्लैकहेड हों, वहाँ यही क्रिया दोहराएँ।

    ध्यान दें—

    - भाप लिये चेहरे पर तौलिया या कपड़ा नहीं, केवल रुई का ही प्रयोग करें।
    - भाप लिये चेहरे पर गंदे हाथ कभी न लगाएँ।
    - भाप लिये चेहरे पर लगाया जानेवाला ब्लैकहेड रिमूवर निश्चित ही निष्कीटित होना चाहिए।
    - ब्लैकहेड निकालते समय रिमूवर को एक स्थान पर जोर से दबाने पर निशान पड़ सकते हैं व दर्द भी हो सकता है। इन समस्याओं से बचने के लिए रिमूवर को हल्का दबाकर त्वचा पर फिसलाएँ।
11. अब चेहरे पर ठंडा पानी स्प्रे करें या बर्फ लगाएँ।
12. चेहरे पर ठंडे गुलाब जल का स्प्रे करें।
13. चाहें तो त्वचा सुखाकर त्वचा को हल्का सा ओजोन दे दें। तैलीय त्वचा के लिए यह विशेष उत्तम होगा।
14. चेहरे और गर्दन पर त्वचानुसार पैक लगाएँ। पैक लगाते समय अधर, आइब्रो और आँखें पैक से कवर नहीं होंगी।
15. पैक को सूखने दें। जब तक पैक पूर्ण रूप से सूख न जाए, चेहरे पर किसी प्रकार की क्रियाशीलता नहीं होनी चाहिए, जैसे—खाना-पीना,

हँसना, बोलना आदि। ध्यान दें कि पैक भाप से खुल गए रोम छिद्रों को पुनः सिकोड़ता है। पैक सूखते समय यदि चेहरे पर क्रियाशीलता होगी तो इस कार्य में बाधा पड़ेगी, जो त्वचा के लिए हानिकारक होगी।

16. पैक सूखते समय आँखों पर गुलाब जल के फाहे रख लें, तो आँखों को आराम मिलता है।
17. पैक सूख जाए तो चेहरा धो लें।
18. त्वचानुसार लोशन लगाएँ।

चेहरे की मालिश

नियम

चेहरे की मालिश के कुछ मूलभूत नियम होते हैं, जिनका सही दृष्टि से तकनीकी मसाज के लिए पालन आवश्यक होता है। यह मूलभूत नियम इस प्रकार हैं—

1. मसाज की दिशा सदैव नीचे से ऊपर अर्थात् गर्दन से आरंभ होकर गालों व माथे की ओर होनी चाहिए और भीतर से बाहर अर्थात् नाक की ओर से कान की ओर हो। **देखें 'स्कैच'-1**

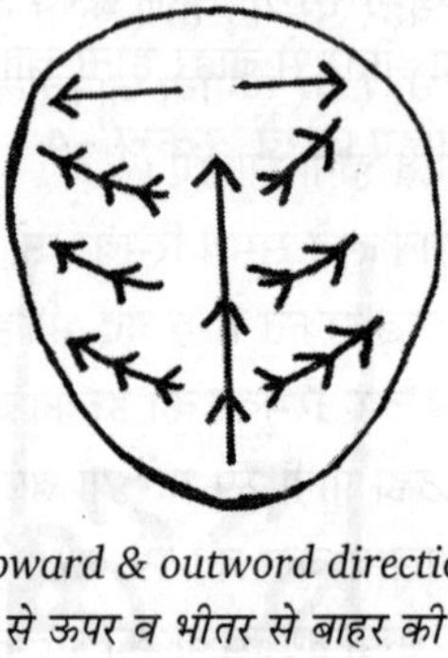

(Upward & outword direction)
नीचे से ऊपर व भीतर से बाहर की दिशा

2. मसाज करते समय क्रम बिल्कुल न टूटे और हाथ भी सदैव त्वचा के स्पर्श में रहें।
3. मालिश आरामदायक, आनंददायक तथा ताजगी देनेवाली होनी चाहिए।
4. मसाज तकनीकी दृष्टि से सदा सही हो और प्रशिक्षित हाथों द्वारा की जानी चाहिए।

मसाज-प्रक्रिया

- चेहरे और गर्दन पर भली-भाँति अच्छी मात्रा में क्रीम लगाएँ।

गर्दन

- दोनों हाथों को आगे-पीछे क्रम से चलाते हुए नीचे से ऊपर (ठोड़ी तक) कुछ पल मसाज करें। दबाव—मध्यम। **देखें 'स्कैच'**-3

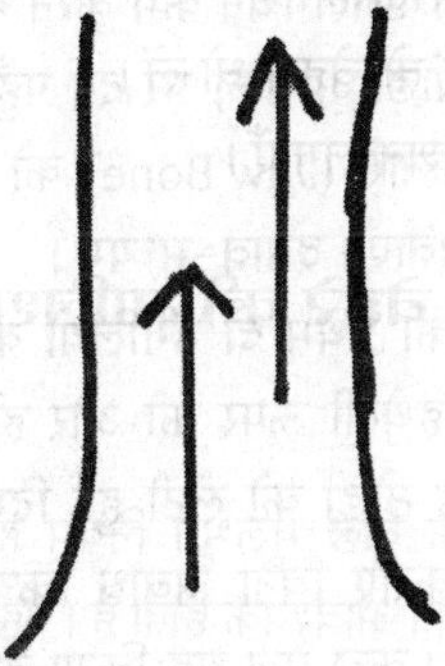

गर्दन

- दोनों हाथ गर्दन पर साथ-साथ रखें और दोनों को गोल-गोल दायरेनुमा (Circular Movement) घुमाते हुए कुछ पल मसाज करें। दोनों हाथ चलाने की दिशा भीतर से बाहर होनी चाहिए और प्रत्येक दायरा नीचे-ऊपर बनाना चाहिए। **देखें 'स्कैच'**-4

गर्दन

दबाव—मध्यम

ठोड़ी

- बिना हाथ रोके ठोड़ी के नीचे आ जाएँ। क्लाइंट का चेहरा पूरी तरह ऊपर होना चाहिए ताकि गर्दन का हिस्सा पूरी तरह खुल जाए।
- तीव्रगति से ठोड़ी के निचले हिस्से पर चाँटनुमा (Slapping) क्रिया करें। यह क्रिया करते समय दोनों हाथ तीव्र गति से और क्रमानुसार आगे-पीछे चलेंगे। यह क्रिया डबल चिन कम करने में सहायक होती है।

दबाव—मध्यम से थोड़ा अधिक, पर दर्द पहुँचाने लायक नहीं।

- ठोड़ी के दोनों किनारों (Jaw Bone) को दोनों ओर से ऊपर-नीचे एक साथ पकड़कर दबाएँ। दबाव-मध्यम।
- अब दोनों हाथ की प्रथम दो उँगलियों की जोड़ियाँ बनाकर ठोड़ी के ऊपर आ जाएँ। हथेली ऊपर की ओर होगी। दोनों जोड़ियों की बड़ी उँगली की साइड ठोड़ी को लेटी हुई दिशा में छुए। दोनों जोड़ियों से एक-दूसरे से टकराए बिना अबाध क्रिया से गोल दायरेदार प्रक्रिया (Circular) करें। कुछ पल यह क्रिया करें। दबाव-हल्का।

अधर

- ठोड़ी पर कुछ पल मालिश करने के बाद, बिना हाथ रोके दोनों जोड़ियों से छोटी उँगली हटा दें। अब ठोड़ी से अधरों पर आ जाएँ और ठोड़ीवाली ही प्रक्रिया यहाँ दोहराएँ। कुछ पल यह प्रक्रिया करें, पर समय ठोड़ी से कम ही होगा।

दबाव—नहीं के बराबर।

- दोनों अँगूठों की साइड से अधरों के बाहरी कोनों को ऊपर की ओर धकेलें। अँगूठे एक साथ नहीं, बारी-बारी तीव्र क्रम से चलाएँ। **देखें 'स्कैच'-5**

होंठ

दबाव—हल्का।

- दोनों हाथ की बड़ी उँगली के पोरों से अधरों के चारों ओर की त्वचा को अधरों से पीछे धकेलें। **देखें 'स्कैच'-6**

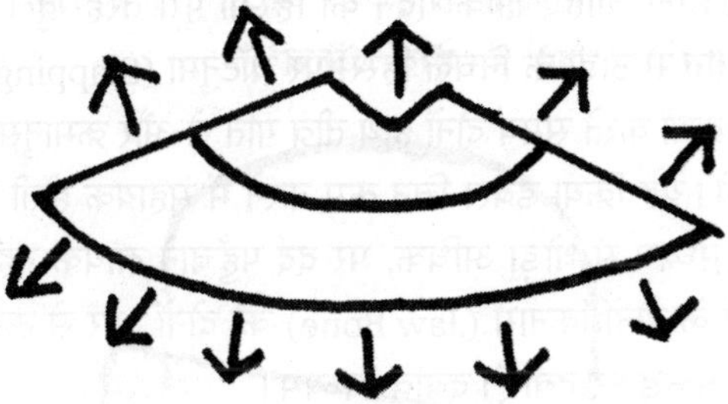

होंठ

दबाव—हल्का

गाल

- अब अधरों से बिना मसाज का क्रम तोड़े या गति रोके गालों पर आ जाना है, और पूरे गालों पर हथेलियों से गोल दायरेदार मसाज (lircular Movement) करें। आगे बढ़ने से पहले **देखें 'स्कैच'-14**।

- गाल की मालिश करने के लिए पहले गाल की मालिश का नियम जानना आवश्यक है।
- गाल की मालिश करने से पहले यह जानें कि गाल की मालिश करने के लिए सही तकनीक यह है कि गाल को तीन भागों में बाँटा जाए।

- इसे समझने के लिए कल्पना करें कि दोनों गालों पर ठोड़ी से कान के अंतिम भाग तक, नाक के नीचे या अधर के ऊपर से कान के मध्य भाग तक और नाक के उच्च मध्य भाग से कान के ऊपरी भाग तक तीन सीधी रेखाएँ हैं। **देखें 'स्कैच'-7**

गाल

- अब दोनों गालों की इन सभी रेखाओं पर बारी-बारी गोल दायरेदार क्रिया में (Circular Movement) मसाज करें। यह क्रिया दूसरी और तीसरी उँगली के जोड़े की भी हो सकती है और चारों उँगलियों के जोड़े की भी।
- तीनों रेखाओं पर यह क्रिया तीन-तीन बार दोहराएँ। **देखें 'स्कैच'-2**

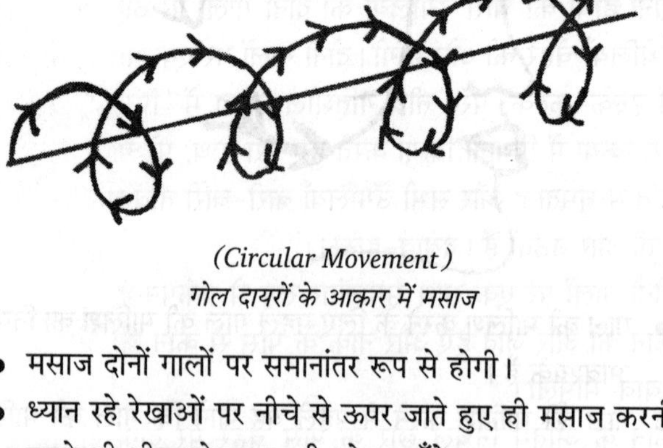

(Circular Movement)
गोल दायरों के आकार में मसाज

- मसाज दोनों गालों पर समानांतर रूप से होगी।
- ध्यान रहे रेखाओं पर नीचे से ऊपर जाते हुए ही मसाज करनी है और दायरे भी भीतर से बाहर की ओर जाएँगे।

- अब यही गोल दायरेदार प्रक्रिया (Circular Movement) तीनों रेखाओं पर हथेलियों से भी तीन बार कर लें।
- अब दोनों हाथों को एक ही गाल पर कर लें। दोनों हाथों की सहायता से पूरे गाल की त्वचा को बाएँ हाथ से ठोड़ी के पास से धकेलते हुए माथे के सिरे (Temples) तक ले जाएँ और फिर उसी क्रम में बिना रुके दाएँ हाथ से नाक की साइड से कान की ओर ले जाएँ। यह क्रम एकसार गति में तीन-चार बार दोहराएँ। अब दूसरे गाल पर यही क्रिया उतने ही समय तक दोहराएँ, जितनी देर पहले पर की थी।

दबाव-साधारण से अधिक परंतु स्नेह से। **देखें 'स्कैच'-8**

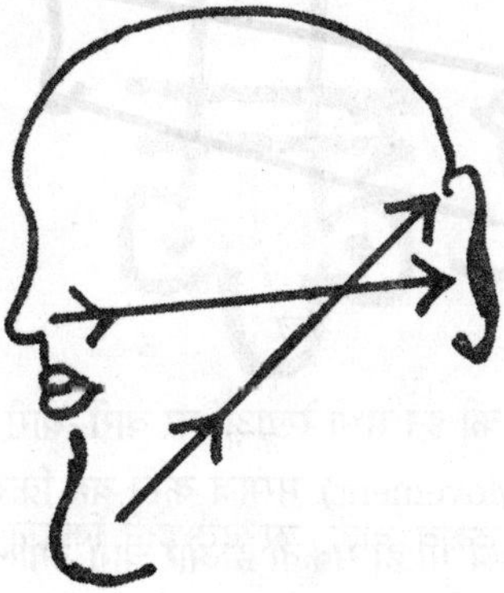

गाल

- दोनों हाथों की चारों उँगलियों को दोनों गालों पर अलग-अलग रखें। हथेलियाँ चेहरे की ओर होंगी। दोनों गालों पर एक साथ समानांतर रूप में हल्के-फुल्के, परंतु तीव्र गतिशील क्रिया में 'पियानो' क्रिया करें। इस क्रिया में पियानो क्रिया करते हुए पूरा हाथ, पूरे गाल पर दायरे की गति में घूमता है और सभी उँगलियाँ बारी-बारी तीव्र गति से त्वचा को छूती और उठती हैं। दबाव-हल्का।
- दोनों गालों पर एक साथ समानांतर रूप से प्रकंपन दें। दिशा ठोड़ी से कान की ओर जाते हुए और नाक के पास से कान की ओर जाते हुए। दबाव-मामूली।
- कान के अंतिम निचले छोर के पास चेहरे पर दोनों ओर दबाव या प्रकंपित दबाव दें। दबाव—मध्यम।

- यहाँ तक की गालों की मसाज से गालों की मसाज का एक राउंड पूरा हुआ। ऐसे तीन राउंड गालों पर करें, उसके बाद नाक पर जाएँ।

नाक

- दोनों हाथ के अँगूठों को माथे पर टिकाते हुए, दोनों हाथ की बड़ी उँगली नाक की दोनों ओर हड्डी के नीचे कोमल स्थल पर टिकाएँ और दबाकर गोल-गोल घुमाएँ। **देखें 'स्कैच'-9**

नाक

दबाव—पर्याप्त दबाव डालें, पर दर्द होने जितना या साँस रोकने जितना नहीं।

- दोनों हाथों की तीसरी और चौथी उँगली की जोड़ी बनाकर नाक की छत पर ऊपर नीचे-आगे पीछे लिटाएँ। दोनों जोड़ियों को अपने-अपने स्थान पर गोल-गोल तीव्र गति से घुमाएँ। घुमाते समय उँगलियों की उलटी साइड ऊपर और हथेली की Side नीचे नाक की ओर होगी।

दबाव—हल्के से तनिक अधिक।

- नाक के ऊपरी हिस्से के दोनों ओर अर्थात् आँखों के भीतरी कोनों के पास बड़ी उँगली से दबाकर प्रकंपन की क्रिया करें। प्रकंपन न कर पाएँ तो थोड़ा केंद्रित दबाव दें।

दबाव—मध्यम।

माथा

- माथे के बीचोबीच नीचे से ऊपर भली-भाँति कुछ पल मसाज करें। इसके लिए दोनों हाथ की दो-तीन या चारों उँगलियाँ (माथे की चौड़ाई

के अनुसार) प्रयोग की जा सकती हैं। उँगलियाँ माथे पर ऊपर से नीचे खड़ी दिशा में रखी जाएँगी और दोनों हाथ बारी-बारी आगे-पीछे चलेंगे। उँगलियों के बाद यही क्रिया हथेली या पूरे हाथ से पर्याप्त सुखद दबाव सहित पुनः करें। **देखें 'स्कैच'**-10

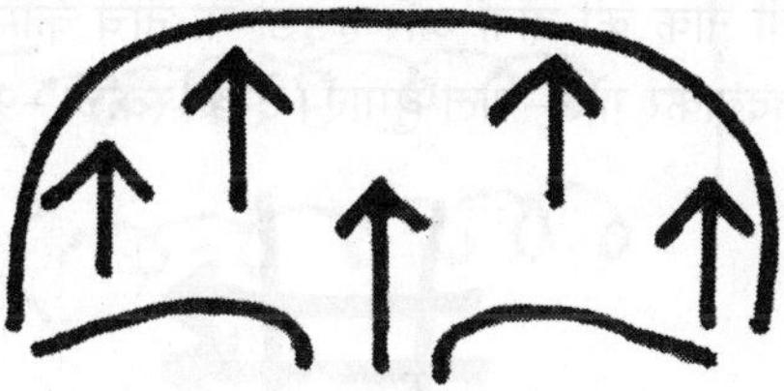

माथा

दबाव—भली-भाँति दबाएँ।

- माथे के बीचोबीच भली-भाँति मसाज कर लेने के बाद यही क्रिया पूरे माथे पर दोहराएँ। कुछ पल यह क्रिया करते रहें।

दबाव—पर्याप्त।

- दोनों हाथों की उँगलियों को माथे के बीचोबीच खड़ी दिशा में टिकाएँ। अब भली-भाँति दबाव देते हुए दाएँ हाथ को दाईं ओर व बाएँ हाथ को बाईं ओर फिसलाते हुए ले जाएँ। कुछ पल करें। **देखें 'स्कैच'**-12

माथा

दबाव—पर्याप्त।

- माथे पर दो अथवा तीन (माथे की चौड़ाई के अनुसार) आड़ी रेखाओं की कल्पना करें। इन रेखाओं पर एक हाथ की प्रथम दो उँगलियों को आड़ी 'वी' शेप में रखें। इस 'वी' के बीच दूसरे हाथ की बड़ी उँगली टिकाएँ। अब आड़ी 'वी' को हर रेखा पर फिसलाते जाएँ और समानांतर रूप से दूसरे हाथ की उँगली से उसमें गोल दायरेदार प्रक्रिया करते

जाएँ। प्रत्येक काल्पनिक रेखा पर आरंभ से अंत तक यह क्रिया करें।

देखें 'स्कैच'-15

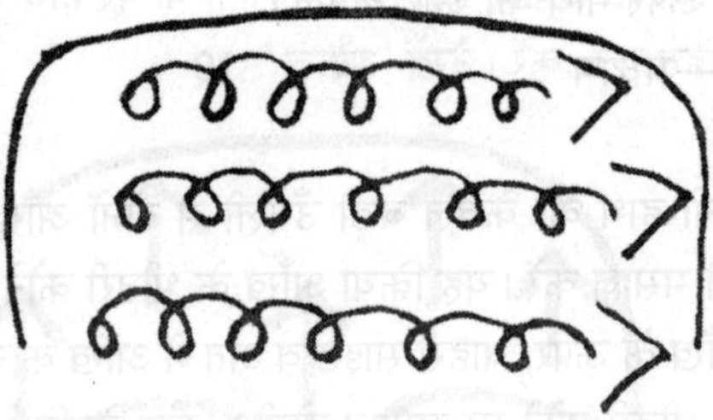

माथा

दबाव—हल्का।

- दोंनो हाथों की उँगलियों को एक-दूसरे में उलझा (Interlok) लें। इसी दशा में माथे पर रखकर दबाएँ। हो सके तो इसी दशा में दाब के साथ प्रकंपन भी दें।

दबाव—पर्याप्त

- दोनों हाथों की उँगलियों को प्रयोग करते हुए माथे पर दाएँ-बाएँ जाते हुए पियानो क्रिया करें।

दबाव—हल्का-फुल्का।

आइब्रो

- दोनों हाथों की बड़ी उँगली से दोनों आइब्रो पर एक साथ गोल दायरे की मसाज करें। यह क्रिया भीतरी भाग से आरंभ करते हुए आइब्रो के बाहरी सिरे की ओर जाते हुए करें। दो-तीन बार दोहराना पर्याप्त होगा।

दबाव—नहीं बराबर। **देखें 'स्कैच'-11**

- दोनों हाथों की उँगलियों को दोनों आइब्रो पर बारी-बारी एक साथ टिकाएँ। हाथों को गति देते हुए बारी-बारी दोनों आइब्रो को अपने स्थान से ऊपर माथे की ओर धकेलें।

दबाव—मध्यम

आँखें

- दोनों हाथ की केवल बड़ी उँगली से दोनों आँखों के गिर्द गोल दायरे की मसाज करें। यह क्रिया आँख के भीतरी कोने से आरंभ होगी। फिर आँख के ऊपर, बाहरी साइड व अंत में आँख के नीचे से होते हुए आँख के भीतरी कोने पर समाप्त होगी। आँख के गिर्द पूरा दायरा छोटे-छोटे दायरों से पूरा होगा और दोनों आँखों के गिर्द यह क्रिया समानांतर चलेगी। इस क्रिया को दो या तीन बार दोहराएँ। **देखें 'स्कैच'**-13

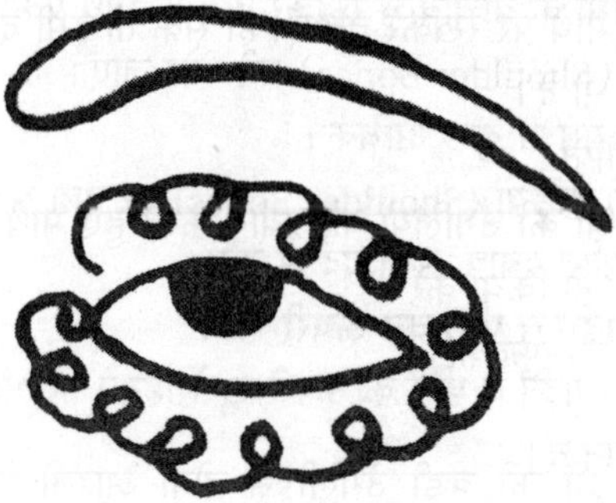

माथा

दबाव—नहीं बराबर

- हाथों को कप की शेप दें। दोनों कप दोनों आँखों पर टिकाएँ। दाब दें, प्रकंपन दें। ध्यान रहे कि कप बने रहें, हाथ सपाट न हो जाएँ, वरना सारा दाब सीधे आँखों पर जाएगा।

दबाव—मध्यम

टैंपल

- दोनों हाथों के अँगूठों को सिर या माथे पर टिकाते हुए, दोनों हाथ की उँगलियों को दोनों ओर के टैंपलों पर टिकाएँ और पर्याप्त सुखद दबाव दें, प्रकंपन दें।

अंतिम स्टेप

- अंतिम स्टेप (चेहरे का)
- पूरे चेहरे पर पियानो क्रिया करें।

दबाव—कुछ नहीं।

विशेष

- विशेष चेहरे की मालिश का एक राउंड गर्दन से आरंभ होकर माथे के दोनों सिरों (Temple) पर समाप्त हुआ। फेशियल करते समय ऐसे तीन राउंड अवश्य करने चाहिए।

खुला गला/छाती

- चेहरे के तीन राउंड होने के पश्चात् गर्दन के नीचे जो सामने का खुला हिस्सा होता है, उस पर भी पूरे हाथों से गोल दायरेदार प्रक्रिया करें।

दबाव—मध्यम

- दोनों हाथों के बीचोबीच रखकर दाब के साथ प्रकंपन देते हुए कंधे की हड्डियों (Shoulder Bones) की ओर जाएँ।

दबाव—मध्यम से कुछ अधिक।

- कंधे की हड्डियों (Shoulder Bones) पर दाब व प्रकंपन दें।

दबाव—पर्याप्त दबाव, परंतु दर्द से कम।

पीछे की गर्दन व पीठ का ऊपरी भाग

- पीछे की गर्दन व पीठ के ऊपरी खुले हिस्से पर भी थोड़ी-सी मालिश व प्रकंपन दें।

दबाव—पर्याप्त।

कंधे

- दोनों कंधों पर हाथ का कप बनाकर मसाज दें।
- दोनों कंधों पर दबाव दें।

समय—पूरी मसाज में समय आमतौर पर पंद्रह से बीस मिनट पर्याप्त होता है, परंतु तैलीय त्वचा पर समय कम देना चाहिए। तैलीय त्वचा पर 10 मिनट की मसाज पर्याप्त होगी।

कुछ ध्यान देने योग्य बातें

- चेहरे की मालिश कड़े हाथों से न करें।
- मालिश आरामदायक और ताजगी व खुशी देनेवाली होनी चाहिए, दर्द भरी नहीं।

- चेहरे की मालिश प्रारंभ से अंत तक निर्बाध चलनी चाहिए।
- चेहरे की मालिश करते समय हाथ सदैव त्वचा के स्पर्श में रहने चाहिए।
- चेहरे की मालिश की और भी कई विशेष क्रियाएँ होती हैं, जिन्हें विशेष स्थितियों में किया जाना उचित होता है। ऐसी क्रियाएँ योग्यताप्राप्त सौंदर्य विशेषज्ञा से आमने-सामने सीखना उचित होता है।
- यूँ तो उपरोक्त सभी क्रियाओं को शब्दों के माध्यम से पर्याप्त रूप से स्पष्ट करने का प्रयत्न किया गया है, परंतु फिर भी यदि संभव हो तो इसे सौंदर्य विशेषज्ञा के सामने प्रमाणित करवा लें।
- पैक लगाने के बाद उसके भली-भाँति सूखने की प्रतीक्षा अवश्य करें। गीला पैक धोने से भाप द्वारा खुल गए रोम छिद्र बंद नहीं हो पाएँगे, जो बहुत अधिक नुकसानदेह हो सकता है।

फेस पैक

वैसे तो आजकल बाजार में प्रत्येक प्रकार की त्वचा के लिए कई-कई पैक उपलब्ध हैं, परंतु अपनी रुचि अथवा आर्थिक कारणों से अथवा समयाभाव के कारण यदि कुछ महिलाएँ घर के बने पैक उपयोग करना चाहें तो वह भी उत्तम होते हैं। आप चाहें तो घर व बाजार के पैक मिलाकर भी प्रयोग कर सकते हैं और चाहें तो कभी घर के और कभी बाजार के भी। घर में बहुत-सी ऐसी चीजें निकल आती हैं, जो हमारी त्वचा के लिए अति लाभदायक होती हैं। घर की चीजों का एक लाभ यह भी होता है कि उनकी शुद्धता व पैक में उनकी उपस्थिति प्रमाणित होती है।

फेस पैक बनाने के लिए पहले 'बेस' लें। बेस के लिए मुल्तानी मिट्टी, संदल पाउडर, बेसन, चावल का आटा, मसूर दाल पाउडर आदि कुछ भी या कुछ चीजों का मिला-जुला अंश ले सकते हैं।

अब 'बेस' में त्वचा के अनुसार कुछ और चीजें मिलानी होती हैं, जैसे—खुश्क त्वचा के लिए बादाम का तेल, बेबी ऑयल, जैतून का तेल, दही, अंडे का पीला हिस्सा, पाउडर मिल्क, चोकर, शहद, पिसी बादाम गिरी, केले का गूदा, दूध की क्रीम आदि अच्छे होते हैं। इनमें से कोई तीन-चार चीजें, जो उपलब्ध हों, मिलाई जा सकती हैं। हर बार नया मिश्रण बनाएँ तो और भी अधिक अच्छा है। अपनी रुचि अथवा आवश्यकतानुसार मिश्रण का अनुपात कम-अधिक कर सकते हैं, उसमें चिंता का कोई कारण नहीं है।

इसी प्रकार तैलीय त्वचा के लिए अंडे की सफेदी, शहद, नीबू का रस,

खीरे का रस, संतरे का रस, चोकर आदि अच्छे होते हैं। बेस में थोड़ा सब या जो उपलब्ध हो, मिला लें। अत्यधिक तैलीय त्वचा के लिए अथवा मुँहासों वाली त्वचा के लिए बनाए जा रहे पैक में थोड़ा-सा पिसा लहसुन या दो-तीन बूँद लहसुन का रस अथवा नीम का रस मिला लेना उत्तम होता है।

प्राकृतिक त्वचा के लिए खुश्क त्वचा की श्रेणी का कोई भी पैक प्रयोग किया जा सकता है।

गुलाब जल का प्रयोग प्रत्येक पैक में किया जा सकता है और करना अच्छा भी होता है। पैक को घोलने के लिए गुलाब जल व कोई फल रस, दही आदि मिला सकते हैं।

□

सौंदर्य का पोषण

अपने सौंदर्य की नियमित देख-रेख व उसमें वृद्धि करने के लिए हम विभिन्न सौंदर्य प्रसाधनों व तकनीकों का प्रयोग करते हैं। अपने चेहरे पर कई प्रकार के मेकअप का भी प्रयोग करते हैं। मेकअप, नेल पॉलिश, हेयर स्प्रे, बढ़िया कपड़े, गहने आदि, ये सभी हमारे सौंदर्य में योगदान देते हैं, परंतु यदि हम सत्य से आँख न चुराएँ तो इनका योगदान इतना ही होता है, जितना आप के घर की दीवारों का रंग-रोगन अथवा पर्दे या बिस्तर का बेडकवर। घर की दीवारें मजबूत हों अथवा खोखली, रंग-रोगन उन्हें सुंदर तो दर्शा ही देता है। अलमारियाँ भीतर से चाहे दीमक से भरी हों, पर बाहर से चमकता पेंट-पॉलिश उसका पता नहीं लगने देता। अब वास्तविकता यह है कि हमारे घर में कहाँ, क्या अच्छा है और क्या ढोल की पोल, यह हम बाहरवालों से छुपाने में भले ही सफल हो जाएँ, पर अपने आपसे नहीं छुपा सकते। ठीक यही बात हमारे सौंदर्य से भी संबंध रखती है। चेहरे की फीकी रंगत मेकअप से छुपा दी जाती है, बालों का हल्कापन नकली बालों से पूरा कर लिया जाता है और तो और नकली पलकें व नाखून तक बाजार में उपलब्ध हैं।

प्रश्न यह उत्पन्न होता है कि अपने असली चेहरे के ऊपर यह नकली चेहरा लगाने की आवश्यकता पड़ती क्यों है? इसलिए कि असली चेहरे की कमियाँ आपको खटकती हैं। यदि आपके चेहरे का प्राकृतिक सौंदर्य ऐसा हो, जिस पर आप स्वयं ही मुग्ध हों, आपके बाल घने, रेशमी व मुलायम हों तो निश्चय ही आपको न तो किसी कृत्रिम सहारे की आवश्यकता पड़ेगी और न ही आप उन्हें कृत्रिम उपायों से छुपाने का प्रयत्न करेंगे, अपितु छिपाने के स्थान पर गर्व से अपने मित्रों में इस सबके लिए प्रशंसित होना चाहेंगे। यदि आप चाहें तो यह संभव हो सकता है।

यह एक विश्वास करनेवाला तथ्य है कि हमारे सौंदर्य का भी स्वास्थ्य होता है। जैसे हम अपने शरीर के स्वास्थ्य का ध्यान रखते हैं, वैसे ही अपने सौंदर्य के स्वास्थ्य का भी ध्यान रखें तो हमारा सौंदर्य प्राकृतिक रूप से ही निखर उठेगा। जिस प्रकार हम अपने बाह्य सौंदर्य को निखारने के लिए एक कलाकार की भाँति मेकअप करते हैं, वैसे ही उसके स्वास्थ्य के लिए हमें एक डॉक्टर की भूमिका निभानी होगी।

जिस प्रकार शरीर के स्वास्थ्य के लिए विभिन्न पोषक तत्त्व आवश्यक होते हैं, उसी प्रकार हमारे सौंदर्य के स्वास्थ्य के लिए भी विभिन्न पोषक तत्त्व आवश्यक होते हैं। अपने भोजन में इन पोषक तत्त्वों का समावेश करने से हम प्राकृतिक सौंदर्य प्राप्त करने में सफल हो सकते हैं।

पोषक तत्त्व

त्वचा—स्वस्थ त्वचा स्वास्थ्य का अभिन्न अंग होती है। स्वस्थ, कांतिमय त्वचा प्राप्त करने के लिए शरीर में रक्त की कमी (Anaemic) होने से सदैव बचना चाहिए। लोहा (Iron), प्रोटीन और सभी विटामिन त्वचा के लिए अति आवश्यक होते हैं। विटामिन ए की कमी त्वचा पर तो बुरा प्रभाव डालती ही है, अंधेपन का कारण भी हो सकती है। विटामिन बी की कमी से एक्जीमा भी हो सकता है तथा त्वचा अत्यधिक तैलीय भी हो सकती है।

साधन

लोहा (Iron)—अंडा, मच्छी, चिकन, काजू, बादाम, पालक आदि।

प्रोटीन—दूध, अंडा, मछली, मटर, पनीर।

विटामिन—दूध, ताजे फल, गाजर, मटर, टमाटर, अंडा, मछली, मक्खन, दालें, गाँठ गोभी, सूखे मेवे, हरी पत्तेदार सब्जियाँ आदि।

बालों का पोषण

बाल प्रोटीन से बने होते हैं, इसलिए इन्हें पर्याप्त मात्रा में प्रोटीन अवश्य प्राप्त होनी चाहिए।

प्रोटीन के साधन—अंडे की जर्दी, पनीर, मछली, दूध, दाल आदि।

विटामिन ए की कमी से बाल रूखे व खुरदरे हो सकते हैं।

विटामिन ए के साधन—दूध, मक्खन, मच्छी, गाजर, अंडा, टमाटर, शलगम आदि।

नाखूनों का पोषण

नाखून मुख्य रूप से 'रोटी' के बने होते हैं। रोटी एक प्रोटीन पदार्थ होता है। अत: नाखूनों के स्वास्थ्य के लिए प्रोटीन अति महत्त्वपूर्ण है। स्वस्थ नाखून स्थिर व लचकीला होता है तथा उसके सफेद रंग से नाखून की भीतरी ऊपरी सतह (Nail Bed) की गुलाबी रंगत झाँकती हुई दिखती है। नाखूनों के स्वास्थ्य के लिए प्रोटीन व जेलेटिन उत्तम होते हैं।

साधन

प्रोटीन—अंडे की जर्दी खाने व लगाने दोनों में प्रयोग करें।

जेलेटिन—इसे खाने में भी प्रयोग करें व लगाने में भी।

आँखें

विटामिन ए की कमी से अंधापन हो सकता है।

साधन—दूध, अंडा, गाजर, टमाटर, मक्खन, मछली, मटर आदि।

दाँत

भावभीनी मधुर मुस्कराहट चेहरे का सौंदर्य तो बढ़ाती है, व्यक्तित्व में भी जान डाल देती है। मुस्कान का सौंदर्य दाँतों के सौंदर्य पर निर्भर है और दाँतों का सौंदर्य उनके स्वास्थ्य पर।

कैल्सियम, फॉस्फोरस दाँतों को जल्दी गिरने से रोकते हैं।

विटामिन सी गम्स के लिए बहुत अच्छा होता है।

साधन

कैल्सियम—दूध, अंडा, मछली, अनार, शलगम, गाँठगोभी।

फॉस्फोरस—दूध, अंडा, मच्छी, बादाम, अखरोट आदि।

विटामिन सी—अनन्नास, पत्तागोभी, शिमला मिर्च, नीबू, अंगूर, टमाटर आदि।

उपरोक्त पोषक पदार्थों का शरीर के हर भाग को पर्याप्त लाभ प्राप्त हो, इसके लिए शरीर के कुछ अन्य पदार्थों की भी आवश्यकता होती है, जैसे—पाचन

संस्थान और विसर्जन संस्थान को सुचारु रखनेवाले पदार्थ। वैसे तो संपूर्ण शरीर का स्वास्थ्य महत्त्वपूर्ण होता है, परंतु ये दोनों संस्थान सौंदर्य की दृष्टि से अति महत्त्वपूर्ण हैं। इस कार्य में एलोवेरा, त्रिफला, हींग आदि का नियमित सेवन व नियमित डीटॉक्सीफिकेशन अति सहायक होते हैं। नियमित शुद्ध वायु सेवन भी सौंदर्य के लिए पौष्टिक आहार है।

□

मसाज थैरेपी/मसाज तकनीक

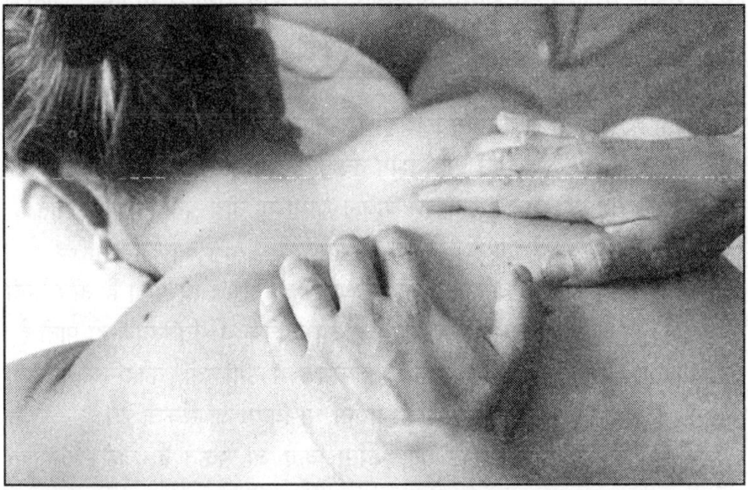

सौंदर्य की दृष्टि से हम पूरी देह की बात करें अथवा शरीर के किसी विशेष भाग की, सभी सौंदर्य विधियों में मसाज का विशेष महत्त्व होता है। इसलिए यह अति आवश्यक है कि मसाज-थैरेपी के विषय में कुछ और अधिक ज्ञान प्राप्त किया जाए। वास्तव में मसाज उपचार अति प्राचीन और अति लाभदायक क्रिया है। प्राचीन काल में इसका महत्त्व स्वास्थ्य की दृष्टि से अधिक होता था। कई प्रकार की शारीरिक व्याधियों का निदान विशेष प्रकार की मसाज से ही किया जाता था। सौंदर्यशास्त्र में मसाज का प्रयोग स्वास्थ्य के साथ-साथ त्वचा के सौंदर्य के रखरखाव व व्यक्तित्व के निखार के उद्देश्य से भी किया जाता है। यह त्वचा की कमनीयता व यौवन को अधिक समय तक कायम रखने में सहायता करती है।

मसाज चेहरे के फेशियल, बॉडी फेशियल और बॉडी पॉलिशिंग का भी महत्त्वपूर्ण अंग होती है। मसाज को प्रभावशाली व अधिक लाभदायक बनाने के लिए उसकी सही तकनीक का ज्ञान व उसकी प्रक्रिया में दक्षता आवश्यक है। यदि शरीर रचना विज्ञान की कुछ जानकारी हो तो इस कार्य में सहायता मिलती है।

वास्तव में मसाज अथवा मालिश ऐसी प्रक्रिया को कहते हैं, जिसके माध्यम से चेहरे अथवा शरीर के किसी भी भाग पर बाहर से क्रीम या तेल अथवा कुछ भी चिकनाई त्वचा पर लगाई जाती है और त्वचा को उसे सोखने के लिए उकसाया जाता है तथा मसाज प्रक्रियाओं द्वारा त्वचा की ऊपरी सतह के साथ-साथ उसके नीचे की मांसपेशियों व कनेक्टिव टिश्यू के कार्यों की गति में भी वर्द्धन किया जाता है। मसाज दर्द व थकान में शरीर को आराम भी देती है। यह कार्य हाथों से भी किया जाता है और बिजली के उपकरणों से भी किया जा सकता है। यद्यपि बिजली के उपकरणों से कार्य सरल तो हो जाता है, परंतु फिर भी जितनी प्रभावशाली मसाज हाथों से की जा सकती है, उसका तोड़ दूसरा नहीं हो सकता। मसाज में कई प्रक्रियाएँ होती हैं और प्रत्येक प्रक्रिया को करने की विशेष तकनीक होती है। उपकरणों से यह सब करना संभव नहीं हो पाता। उपकरण केवल धीमा या तीव्र प्रकंपन ही दे पाते हैं, जिसका प्रभाव अधूरा रहता है। मसाज में दबाव व कसाव का अति महत्त्व होता है। उचित दबाव व कसाव देना केवल हाथों से ही संभव हो पाता है और इन्हीं की मसाज अधिक प्रभावशाली, सुखदायक, लाभदायक व संतुष्टिपूर्ण हो पाती है। आवश्यकता होने पर हाथों के अतिरिक्त मसाज में उँगलियों, कोहनियों, घुटनों, कोहनी से ऊपर की बाँह और पाँव का प्रयोग भी किया जा सकता है।

मसाज में कई प्रकार के तेल प्रयोग किए जा सकते हैं, जैसे—ऑलिव ऑयल, नारियल तेल, सरसों का तेल, बादाम तेल, सीसम ऑयल आदि। हर तेल के अपने-अपने गुण और लाभदायक प्रभाव होते हैं। चाहें तो एक से अधिक तेलों का मिश्रण बनाकर भी प्रयोग कर सकते हैं। तेल के स्थान पर क्रीम और लोशन भी प्रयोग किए जा सकते हैं। आजकल क्रीम और लोशनों में भी विभिन्न प्रसाधन उपलब्ध हैं। खुश्क त्वचा से मृत कोशिकाओं को हटाने के लिए तेल में मिनरल साल्ट का प्रयोग भी किया जा सकता है।

हाथ से की जानेवाली मसाज तकनीक में जो विभिन्न प्रक्रियाएँ प्रयोग होती हैं, उनको हम निम्न छह भागों में विभक्त कर सकते हैं—

1. सहलाना (Effleurage)
2. लंबाई में दबाव (Petrissage) युक्त घिसना, रगड़ना, निचोड़ना।

3. घर्षण (Fricton)
4. ठेस (Percussion)
5. प्रकंपन (Vibration)
6. जोड़ संचालन (Joint Movement)

1. सहलाना (Effleurage)—(Stroking Movement)

1. मसाज किए जानेवाले स्थान पर बिल्कुल हल्के हाथों से बिना रुके लगातार प्यार से फिसलाना, मलना, सहलाना, गोल चूड़ियों के आकार में हाथों को उस भाग पर ऊपर से नीचे बार-बार घुमाना आदि क्रियाएँ इस श्रेणी में आती हैं। एक स्टेप से दूसरे स्टेप पर जाते हुए, बीच-बीच में यह स्टेप दोहराना चाहिए।
2. उपरोक्त क्रियाएँ करते समय दबाव का प्रयोग कतई नहीं होगा। गति भी नियमित रहेगी।
3. यह क्रिया त्वचा को अत्यंत शांतिदायक अनुभूति देती है व नसों को आराम देती है।
4. मसाज शरीर के किसी भी भाग की हो, पर यह नियम है कि उसका आरंभ व अंत कुछ पल इसी विशेष क्रिया से किया जाए।

2. घिसना/रगड़ना/निचोड़ना

1. नाड़ियों व मांसपेशियों की शक्ति व क्रियाशीलता को बढ़ाने के लिए उपरोक्त हल्की-फुल्की मसाज के पश्चात् **तुलनात्मक अधिक दबाव** के साथ कुछ क्रियाएँ, जैसे—त्वचा को निचोड़ना (Squeezing), गोल-गोल घुमाना (Rolling), चिंउटियाँ काटना (Pinching), खींचना (Pulling) आदि करनी पड़ती हैं। इसमें अधिकतर हथेलियों, उँगालियों और अँगूठों का प्रयोग होता है।
2. दुखने की सीमा तक नहीं, परंतु फिर भी केंद्रित दबाव डलता है। ये प्रक्रियाएँ आयु के साथ शिथिल पड़ती जा रही नसों और मांसपेशियों को जाग्रत् व चुस्त करती हैं, उनकी क्रियाशीलता व क्षमता को बढ़ाने में सहायक होती हैं।
3. गर्भधारण की स्थिति में या चोट आदि वाले स्थान पर व कुछ आंतरिक स्वास्थ्य समस्या में यह स्टेप न करें।

3. घर्षण (Friction)

1. त्वचा को दबावयुक्त क्रिया से भीतर से बाहर की ओर धकेलना, चूड़ियों जैसे गोल दायरे की दबावयुक्त क्रिया में त्वचा पर हाथ घुमाना आदि क्रियाएँ इस भाग में विद्यमान होती हैं।
2. इसमें **पर्याप्त दबाव** डाला जाता है। दबाव दर्द की सीमा तक नहीं होता, परंतु पर्याप्त दबाव अनुभव होने की सीमा तक अवश्य होता है।
3. रक्त दबाव, रक्त संचालन व ग्रंथियों की क्रियाशीलता पर इन क्रियाओं का निश्चित प्रभाव पड़ता है।
4. चर्बीवाले भागों पर इस क्रिया के करने से चर्बी कम हो सकती है।

4. ठेस (Percussion)

1. पियानो बजाने की उँगलियों की क्रिया, हथेलियों से त्वचा पर हल्के तमाचे लगाना, खड़े हाथों की भीतरी साइड से त्वचा पर तमाचे लगाना आदि क्रियाएँ।
2. **दबाव** इतना होगा कि जितना **हल्की ठेस** या ठोकर लगने पर अनुभव होता है।
3. ये क्रियाएँ नसों व मांसपेशियों को उत्तेजित करती हैं।
4. ये क्रियाएँ आनंद भी प्रदान करती हैं।

5. प्रकंपन (Vibration)

1. मांसपेशियों पर हाथों से अथवा उपकरण की सहायता से थर्राहट अथवा कँपकँपाहट (Shaking) जैसी क्रिया करना।
2. **दबाव विशेष नहीं होता,** केवल प्रकंपन की अनुभूति होती है।
3. यह क्रिया भी मांसपेशियों पर उत्तेजित करनेवाला प्रभाव डालती है।
4. उत्तम प्रभाव की क्रिया है और आनंददायक भी, परंतु सीमा में ही करनी चाहिए। अधिक करना उचित नहीं।

6. जोड़ संचालन (Joint Movement)

1. यह क्रिया हाथ-पाँव, बाँहों व टाँगों के जोड़ों पर की जाती है।
2. प्रत्येक जोड़ के अनुसार उसे दाएँ से बाएँ व बाएँ से दाएँ दोनों ओर पूरे दायरे में घुमाना चाहिए जैसे कलाई व हाथ-पाँव की उँगलियों के

जोड़, उन्हें घुमाना, और जो जोड़ घूम न सकते हों, जैसे—घुटने व कोहनी के उन्हें आगे-पीछे लाना, ले जाना चाहिए।

3. इस क्रिया में दबाव नहीं डलता।
4. इस क्रिया से जोड़ों में लचकीलापन व गतिशीलता बनी रहती है।

मसाज के लाभ

सौंदर्य के रखरखाव और सुंदर त्वचा के माध्यम से व्यक्तित्व के निखार में मसाज का प्राकृतिक योगदान तो है ही, मसाज तकनीक की संपूर्ण जानकारी के पश्चात् यदि इसे सही और दक्षतापूर्ण ढंग से किया जाए तो शरीर की रचना और कार्यों पर भी इसके कई लाभदायक प्रभाव पड़ते हैं, जो इस प्रकार हैं—

1. संपूर्ण त्वचा को मसाज से पोषण प्राप्त होता है और उसकी कमनीयता बनी रहती है।
2. नसों और मांसपेशियों को उत्तेजना और शक्ति प्राप्त होती है।
3. चर्बी को कम करने में सहायता करती है।
4. रक्त संचालन गति को तीव्र करती है।
5. ग्रंथीय क्रियाशीलता को उत्तेजित करती है।
6. त्वचा को नरम और मुलायम बनाती है।
7. नसों और मांसपेशियों को आरामदायक व शांतिदायक अनुभूति देती है।
8. शारीरिक व मानसिक थकान दूर करती है।
9. जोड़ों में शिथिलता को रोकती है।
10. त्वचा की बाहरी ही नहीं, भीतरी सतहों को भी पोषण प्राप्त होता है।
11. नवीन स्वस्थ सेलों की निर्माण प्रक्रिया में तीव्रता आती है।
12. झुर्रियों को पीछे धकेलकर आयु के प्रभाव को कम करती है।
13. मांसपेशियों को पुष्ट करती है।
14. दर्द और थकान में शरीर को आराम देती है।
15. कई स्थितियों में शरीर को रोगमुक्त करने में भी सहायक होती है।

मसाज में सावधानियाँ

यद्यपि मसाज के बहुत से लाभदायक प्रभाव होते हैं, परंतु फिर भी कुछ स्थितियाँ ऐसी होती हैं, जिनमें मसाज नहीं करनी चाहिए, जैसे—

- दिल की बीमारी
- ब्लड प्रेशर की समस्या
- जोड़ों में सूजन
- ग्रंथियों में सूजन
- त्वचा की बीमारी
- चोट, ज़ख्म आदि।

देह मसाज क्रम

यदि संपूर्ण देह की मसाज करनी हो तो शरीर के भागों की इस क्रम से मसाज करनी चाहिए—

- पाँव से घुटने तक
- घुटने से जंघाएँ
- नितंब
- बाँहें
- छाती
- कंधे
- पेट
- पीठ—रीढ़ की हड्डी, कंधे की हड्डी, गर्दन और आसपास।

अंत में गर्दन के पास से रीड की हड्डी के अंतिम छोर तक सहलाने की क्रिया करें।

आयुर्वेदिक मसाज

इस विधा का जन्म भारत में हुआ है। आयुर्वेद विधा में मसाज, योग, ध्यान और हर्बल जड़ी-बूटियों से विभिन्न निदान शामिल होते हैं। आयुर्वेद में मसाज को अभंघा (Abhangha) भी कहते हैं। यह आवश्यकतानुसार एक या दो थैरैपिस्ट द्वारा की जाती है। इस मसाज में हर्बल तेलों का मिश्रण गरम करके प्रयोग किया जाता है। यह मिश्रण आयुर्वेदिक 'Humors' (त्रिदोष) के अनुसार प्रयोग किया जाता है।

गहरी तंतु मसाज (Deep Tissue Massage)

गहरी तंतु मसाज (Deep Tissue Massage) को गहरी दबाव मसाज (Deep Pressure Massage) समझने की गलती नहीं करनी चाहिए, जैसे कि

अज्ञानवश कई लोग मानते हैं। मांसपेशियों व Connective Tissues को अत्यधिक तनाव (Stress) से मुक्ति देने के लिए यह मसाज की जाती है। यह मसाज त्वचा के नीचे की मांसपेशियों को मसाज देने पर केंद्रित होती है। आमतौर पर लगातार दर्द झेलनेवाले लोगों, खेल-कूद में भाग लेनेवाले खिलाड़ियों (Athletes) या शारीरिक रूप से घायल (Physical Injury) लोगों को इस मसाज की सलाह दी जाती है।

रिफ्लेक्सोलॉजी मसाज (Reflexology Massage)

यह मसाज इस नियम पर आधारित होती है कि हमारे हाथ और पाँव के अलग-अलग भागों का संबंध शरीर के विभिन्न अंगों, ग्रंथियों और संस्थानों से होता है। इस मसाज में हाथों, पाँवों और कानों पर अँगूठे, उँगली और हाथ से विशेष प्रकार की तकनीकी, मसाज जो केवल आनंद प्राप्ति के लिए ली जाए, उसे रिलैक्सिंग मसाज कहते हैं। मसाज थैरेपी में रिलेक्सिंग मसाज के अतिरिक्त और भी अनेक मसाज प्रक्रियाएँ होती हैं, जिनके नाम, विशेषताएँ, प्रक्रियाएँ और उद्‌देश्य भिन्न-भिन्न होते हैं।

तनाव मुक्तिदायक मसाज (Therapeutic Massage)

आज के तनाव भरे वातावरण में तनाव मुक्तिदायक मसाज (Therapeutic Massage) तनाव से मुक्ति की आम राह है। आजकल अधिकांश लोगों की दिनचर्या पर्याप्त व्यस्त और भागदौड़ से भरी होती है। ऑफिस जानेवाली महिलाओं की गिनती भी बढ़ती जा रही है और उनके ऊपर घर और ऑफिस की जिम्मेदारियों से दोहरी थकान भी। ऐसे में तनाव होना स्वाभाविक है। तनाव के कारण चिंता, व्यग्रता, घबराहट, चिड़चिड़ापन, नींद की कमी आदि का उत्पन्न होना भी स्वाभाविक है। इस सबका दुष्प्रभाव हमारे स्वास्थ्य पर भी पड़ता है और सौंदर्य पर भी। तनाव (Stress) हमें मानसिक और शारीरिक दोनों रूपों से बूढ़ा बनाने और दर्शाने लगता है।

ऐसी स्थिति में तनाव मुक्तिदायक मसाज (The Rapeutic Massage) शारीरिक व मानसिक दोनों रूपों में सहायक होती है। तनाव के अतिरिक्त यह पीठ के निचले हिस्से (Lower Back Pain) में दर्द और मांसपेशियों की थकान में भी आराम देती है। आजकल अक्सर लोग कंप्यूटर के सामने घंटों बिता देते हैं, जिससे पीठ, गर्दन और कंधों में दर्द उत्पन्न हो जाता है। आजकल की जीवन शैली में जिम जाना भी बहुत लोगों की पसंद या उनकी जरूरत बन गया है।

इससे मांसपेशियों में थकान और अकड़ापन उत्पन्न हो जाता है। इसका समाधान है—तनाव मुक्तिदायक मसाज।

एक्यूप्रेशर मसाज (Acupressure Massage)

यह पारंपरिक चीन उपचार (Traditional Chinese Medicine TLM) तकनीक है, जिसका जन्म एक्यूपंक्चर (Acupuncture) से हुआ। इस तकनीक में एक्यूपंक्चर बिंदुओं (Acupuncture Point) पर हाथ, कोहनी या विभिन्न उपकरणों से दबाव डालने की प्रक्रिया से दबाव दिया जाता है। ऐसा माना जाता है कि विशेष भाग पर विशेष प्रकार का तकनीकी दबाव उस भाग से संबंधित अंगों को प्रभावित करता है और रोगमुक्त करता है। इस मसाज में दबाव देते समय तेल या लोशन का प्रयोग नहीं होता।

शियात्सु (Shiatsu)

यह एक जापानी तकनीक है। इस तकनीक में अँगूठों, उँगलियों और हथेलियों से एक्यूप्रेशर में निर्धारित शक्ति बिंदुओं (Energy Meridians) पर दबाव का प्रयोग किया जाता है। इसके अतिरिक्त इसमें तानना (Stretching), घुमाना (Rolling), ब्रश करना (Brushing) और प्रकंपन (Vibration) तकनीकें भी प्रयोग की जाती हैं।

थाई मसाज (Thai Massage)

इसका जन्म भी भारत में हुआ। यह आयुर्वेद और योग पर आधारित होती है। यह भी सूखी मसाज होती है।

स्वीडिश मसाज (Sweedish Massage)

आमतौर पर यह मसाज वजन घटाने और जोड़ों के दर्द की समस्या में की जाती है।

□

देहाकृति

यह तो सत्य है ही कि सुंदर व्यक्तित्व के लिए चेहरा, बाल, हाथ-पाँव, त्वचा अर्थात् शरीर के प्रत्येक भाग का सौंदर्य महत्त्व रखता है, परंतु हमें यह नहीं भूलना चाहिए कि ये सारे भाग जिस देह से जुड़े होते हैं, उस देह की आकृति का व्यक्तित्व को आकर्षक दर्शाने में बहुत ही बड़ा और महत्त्वपूर्ण रोल होता है। यदि शरीर का प्रत्येक भाग सुंदर है या सुंदर बना लिया गया है, परंतु शरीर स्वयं ऊपर से नीचे बेडौल-सा है या चारों ओर से अपनी सारी सीमाएँ लाँघकर फैलता जा रहा है तो यह बेडौलपना और फैलाव यत्न से सँवारे गए सारे सुंदर व्यक्तित्व की भद्द उड़ाकर रख देगा। सुंदर और आकर्षक व्यक्तित्व के लिए देहाकृति का भी सुंदर व संयमित होना आवश्यक होता है। मोटी थुलथुल देह की तुलना में पतली-छरहरी और संतुलित देह व्यक्तित्व को आकर्षक बनाने में अधिक योगदान देती है। पतली छरहरी देह प्राप्त करना संभव न भी हो तो सप्रयत्न संतुलित देह तो अवश्य पानी चाहिए। सुंदर, आकर्षक व संतुलित देहाकृति प्राप्त करने के लिए दो पक्षों पर ध्यान देना होता है—'तोल सीमा' यानी वजन और 'आकार सीमा' अर्थात् आकृति (Body Shape)। हमारी देहाकृति हमारे शरीर की मुद्रा (Body Posture), चलने की प्रक्रिया और बॉडी लैंग्वेज सभी को प्रभावित करती है, जिससे हमारे समग्र व्यक्तित्व को जमा या घटा अंक मिलते हैं। शरीर का वजन आवश्यकता से कम या अवश्यकता से अधिक होना स्वाभाविक रूप से शरीर की आकृति (Body Shape) को प्रभावित करता है और उसका प्रभाव स्वाभाविक रूप से व्यक्तित्व को प्रभावित करता है। सौंदर्य और सुंदर व्यक्तित्व की दृष्टि से हमारे लिए देहाकृति अधिक महत्त्वपूर्ण है, परंतु स्वास्थ्य की दृष्टि से शरीर का वजन सीमा में रहना आवश्यक है वरना शरीर को कई बीमारियों का खतरा हो सकता है। बीमारियाँ जहाँ शरीर के स्वास्थ्य को प्रभावित करती हैं, वहाँ सौंदर्य पर भी उनका दुष्प्रभाव पड़ता है।

अतः निष्कर्ष यही निकलता है कि तोल सीमा और आकार सीमा; दोनों पर ही ध्यान देना आवश्यक है।

आदर्श नारी देहाकृति उसे कहा जा सकता है, जिसमें कमर पतली हो और छाती और नितंब कमर की तुलना में कुछ फैलाव लिये हों, परंतु यह फैलाव बेडौलता या भद्देपन की सीमा तक न हो। शारीरिक आकृति वास्तव में किसी भी महिला या पुरुष की देहाकृति उसके अस्थिपंजर के ढाँचे, मांसपेशियों और चर्बी पर निर्भर होती है। महिलाओं और पुरुषों दोनों में अस्थिपंजर तो उनके वयस्क होने तक विकसित होता है, उसके बाद उसका विकास रुक जाता है। हम अक्सर देखते हैं कि कुछ लोग बहुत लंबे होते हैं, कुछ सामान्य और कुछ छोटे भी रह जाते हैं। इसी प्रकार कुछ लोगों को हम चौड़े कंधे और चौड़ी छातीवाला कहते हैं और कुछ को मलूकड़े (दुबली काठी) शरीरवाले। यहाँ तात्पर्य शरीर की कद-काठी से है। यह सब उनके अस्थि ढाँचे के विकास और शेप के कारण होता है। अस्थिपंजर की ऊँचाई, चौड़ाई या शेप प्रकृतिप्रदत्त होती है और हम इसमें किसी प्रकार का परिवर्तन नहीं कर सकते, परंतु मांसपेशियों और चर्बी के विषय में ऐसा नहीं है।

महिला हो या पुरुष, उनकी बॉडी शेप इस बात पर निर्भर करती है कि उनकी बॉडी में मांसपेशियों और चर्बी की स्थिति क्या है। अस्थिपंजर तो एक ढाँचा देता है, परंतु महिलाओं के शरीर को वक्राकार देना (Curves) और पुरुषों को V शेप (Torso) मांसपेशियाँ देती हैं। अक्सर मांसपेशियों द्वारा दी गई वास्तविक शेप को शरीर में जमा चर्बी बिगड़े रूप में प्रस्तुत करती है। जमा चर्बी हमारे शरीर में कितनी है और कहाँ-कहाँ है—ये दोनों ही पक्ष महत्त्वपूर्ण होते हैं। यह चर्बी कमर के ऊपरी हिस्से में हो या निचले हिस्से में, कमर की कमनीयता तो नष्ट कर ही देती है, यद्यपि नितंबों में अधिक चर्बी की आवश्यकता होती है, परंतु वहाँ भी आवश्यकता से अधिक चर्बी का जमाव उन्हें बेडौल, भद्दा और हास्यास्पद रूप दे देता है। इस प्रकार शरीर के अलग-अलग भागों में चर्बी का आवश्यकता से अधिक जमाव बॉडी शेप को बिगाड़ देता है तथा बॉडी पॉस्चर और चलने के तरीके पर दुष्प्रभाव पड़ता है, सौंदर्य की दृष्टि से यह सब कुप्रभाव हमारे व्यक्तित्व को बहुत ही हानि पहुँचाते हैं। उसके अतिरिक्त डॉक्टरों के अनुसार यह स्वास्थ्य की दृष्टि से भी नुकसानदेह है।

सुंदर और आकर्षक देहाकृति पाने के लिए शेप बिगाड़नेवाली इस चर्बी से सप्रयत्न मुक्ति पाना आवश्यक होता है, साथ ही यह भी आवश्यक होता है कि देह को आकार देनेवाली मांसपेशियों को भी टोनअप किया जाए। सुनने व सोचने में

यह जितना साधारण लगता है, वास्तव में करने में यह प्रक्रिया इतनी साधारण नहीं होती। अक्सर ऐसा माना जाता है कि वजन कम करने से यह उपलब्धि हो जाएगी, परंतु वास्तव में ऐसा नहीं होता। इसके लिए केवल वजन नहीं अपितु विशेष रूप से चर्बी कम करने की आवश्यकता होती है। यहाँ इस बात की समझ आवश्यक है कि शरीर का वजन कम करना और शरीर की चर्बी कम करना दो अलग-अलग प्रक्रियाएँ हैं। जब शरीर से वजन कम होता है तो वह शरीर में उपस्थित पानी, मांसपेशियों और चर्बी सबका मिश्रित रूप हो सकता है और जब चर्बी (Fat Loss) कम होती है तो उसमें कमी चर्बी और केवल चर्बी में होती है।

अत: डाइटिंग या दवाओं आदि के प्रयोग से वजन कम करके मनचाही देहाकृति प्राप्त नहीं की जा सकती, क्योंकि इस विधि से देह को सुंदर शेप देनेवाली मांसपेशियाँ भी सिकुड़ जाती हैं और फैली देहाकृति सिकुड़ तो जाती है, पर सुंदर शेप में नहीं आ पाती। सुंदर और आकर्षक देहाकृति के लिए जितना आवश्यक है कि चर्बी कम की जाए, उतना ही आवश्यक और महत्त्वपूर्ण है कि मांसपेशियों को सुरक्षित और पोषित भी रखा जाए। मांसपेशियों को सुरक्षित और पोषित रखने के साथ-साथ सुंदर देहाकृति के लिए अक्सर उन्हें आवश्यकता अनुसार विकसित भी करना पड़ता है।

आकर्षक देहाकृति के लिए जब मांसपेशियों पर उनके बनाने, उन्हें विकसित करने और उनके पोषण पर ध्यान केंद्रित किया जाता है तो उसके लिए कुछ बेसिक सिद्धांतों का पालन करना पड़ता है, जैसे—

- एक ऐसे संतुलित आहार कार्यक्रम का पालन, जो शरीर की मांसपेशियों के विकास, पोषण और रखरखाव के लिए उन्हें आवश्यक प्रोटीन उपलब्ध कराता रहे और साथ ही शरीर को मिलनेवाली चर्बी में सतर्कता बरते कि शरीर की आवश्यकता से अधिक चर्बी उसे कतई न मिले।
- कुछ शारीरिक व्यायाम, जो उपरोक्त आहार कार्यक्रम की सफलता में सहायक हों अर्थात् शरीर में चर्बी को कम रखें, फालतू चर्बी को जलाते रहें और साथ ही मांसपेशियों का रखरखाव व विकास भी करें। इस कार्य में 'एरोबिक' और वेट ट्रेनिंग सहायक हो सकते हैं।
- एक ऐसा मांसपेशी निर्माण कार्यक्रम (Muscle Building Program) जो विशेष रूप से शरीर के विभिन्न भागों की मांसपेशियों के साइज आदि पर ही केंद्रित हो।

उपरोक्त सिद्धांतों का पालन करने के लिए महिलाओं और पुरुषों, दोनों वर्गों

के लिए कुछ बेसिक सामान्य मार्गदर्शन दिए जाते हैं। बहुत से लोग इन्हें अपनाते भी हैं और लाभ भी उठाते हैं, परंतु अधिक सौंदर्य सजग लोग या फिर जिनकी कुछ विशेष मंजिल या उद्देश्य होता है, अपने लिए निजी प्रशिक्षित कोच की सेवाएँ भी लेते हैं। ये निजी कोच आपके लिए आपकी निजी आवश्यकताओं को देखते हुए आपके लिए आहार, व्यायाम और वर्कआउट का विशेष कार्यक्रम बनाते हैं।

कोच और कार्यक्रम निजी हो या सामान्य कुछ सुरक्षा नियमों का पालन प्रत्येक स्थिति में आवश्यक होता है, जैसे—आपको किसी भी व्यायाम में दर्द या कठिनाई अनुभव हो तो उसे तुरंत बंद कर दें। यदि बंद करने पर भी दर्द हो या सूजन आदि हो तो चिकित्सक की सहायता लेनी चाहिए।

जो लोग निजी या सामान्य किसी भी प्रशिक्षक के अंतर्गत फैट लॉस/वेट लॉस कर रहे होते हैं, वे तो एक निश्चित कार्यक्रम के अंतर्गत चलते रहते हैं, पर जो लोग मोटापे या बेडौल देहाकृति के शिकार तो हैं, पर प्रशिक्षक का खर्चा नहीं उठा सकते या पसंद नहीं करते, वे कभी अपने मन से या कभी मित्रों आदि की सलाह से कुछ तरीके अपनाकर वजन कम करने की कोशिश में लगे रहते हैं, पर आधी-अधूरी जानकारी उन्हें पूरा लाभ तो दे नहीं पाती, बल्कि कभी-कभी हानि भी कर देती है। ऐसे लोगों को अपना सामान्य ज्ञान बढ़ाना चाहिए ताकि 'ये नीम-

हकीम खतराए जान' न बन जाएँ। सबसे पहले तो उन्हें अपने आहार से संबंधित जानकारी बढ़ानी चाहिए। किस चीज में कितनी कैलोरी होती है, कैलोरी होती क्या है? कैलोरी कैसे वजन बढ़ाने का कारण बनती है, आहार में कैलोरी कटौती का क्या अर्थ है, यह क्यों और कैसे करें? आहार कब, कैसा और कितनी मात्रा में लेना चाहिए आदि। आहार के अतिरिक्त शरीर के प्रत्येक भाग के लिए उचित व्यायामों की जानकारी भी होनी चाहिए। व्यायाम कब, कितना और कैसे करें, ताकि वह आवश्यकतानुसार लाभदायक सिद्ध हो। इसके अतिरिक्त अपने शरीर का अवलोकन भी करें और जानें कि आपकी बॉडी शेप क्या है?

सबसे पहले हम अपने सामान्य ज्ञान का वर्द्धन 'कैलोरी ज्ञान' से करते हैं। हम जो भी खाना ग्रहण करते हैं, उसमें एक निश्चित कैलोरी मात्रा होती है। जब न्यूट्रिशनिस्ट खाद्य पदार्थों की पौष्टिकता और ऊर्जा शक्ति मापते हैं तो वे इसे कैलोरी मात्रा से मापते हैं। यह कैलोरी मात्रा किसी खाने में कम होती है तो किसी में अधिक। जैसे एक ग्राम चर्बी में नौ कैलोरी होती है और एक ग्राम कार्बोहाइड्रेट या प्रोटीन में चार कैलोरी होती है। ये कैलोरीज ही हमारे शरीर को कार्य करने की ऊर्जा देती हैं यानी ईंधन। हमारी दिनचर्या में हम जो भी कार्यकलाप करते हैं, उनमें यह कैलोरी खर्च होती है। यदि शरीर में कैलोरी अधिक जाती है और शरीर में हरकत कम होने के कारण शरीर की ऊर्जा अर्थात् कैलोरी कम खर्च होती है तो बची हुई कैलोरीज 'शरीर-बैंक' में चर्बी के रूप में हमारे बचत खाते में जमा हो जाती हैं। बचत खाते में जब 'जमा-चर्बी' बढ़ जाती है तो यह हमारे शरीर के विभिन्न भागों को बेडौल बनाना आरंभ कर देती है। इस बेडौलता और इसके फलस्वरूप उत्पन्न हुए मोटापे से बचने के लिए आवश्यकता है कि कैलोरीज के ग्रहण और शरीर के कार्यकलाप में संतुलन रखा जाए। यहाँ इस बात को समझना अति आवश्यक है कि जितनी कैलोरी हम ग्रहण करते हैं, यदि उससे अधिक जला पाएँ तो ही वजन घट पाता है, वरना नहीं। आज के मशीन युग में घरेलू काम या दफ्तर की कुर्सी कुछ विशेष मात्रा में कैलोरी जला नहीं पाते। इसलिए कैलोरी ज्ञान और कैलोरी गणना का विशेष महत्त्व माना जाता है। इसलिए सभी डाइटीशियन मोटापे से बचने के लिए अपने आहार में कैलोरी गणना की सलाह देते हैं। हमें इस बात का ज्ञान होना आवश्यक है कि विभिन्न खाद्य पदार्थों में कितनी कैलोरी होती है, शरीर में जमा फालतू चर्बी में कितनी कैलोरी होती है और कौन से व्यायाम से कितने समय में कितनी कैलोरी घटाई जा सकती है।

विभिन्न खाद्य पदार्थों में कैलोरी मात्रा

नमकीन काजू (100 ग्राम)	620 कैलोरी
संतरे का रस (बिना चीनी) 1 गिलास	110 कैलोरी
केला 1	100 कैलोरी
मक्खन (1 बड़ा चम्मच)	100 कैलोरी
चीनी (1 बड़ा चम्मच)	100 कैलोरी
चपाती 1	80 से 100 कैलोरी
पराँठा 1	200 से 250 कैलोरी
पूरी 1	100 से 120 कैलोरी
ब्रेड स्लाइस 1	80 कैलोरी
टोस्ट 1	53 कैलोरी
केक (1 पीस मध्यम साइज)	200 से 300 कैलोरी
मीठा बिस्किट 1	80 से 100 कैलोरी
उबला अंडा 1	80 कैलोरी
फ्राई अंडा 1	110 कैलोरी
आइसक्रीम (1 प्लेट)	150 से 300 कैलोरी
दही (1 कप)	100 कैलोरी
खजूर (100 ग्राम)	317 कैलोरी
सॉफ्ट ड्रिंक 1	100 कैलोरी
सोडा 1	10 कैलोरी
शक्करपारे (100 ग्राम)	450 कैलोरी

कैलोरी खपत प्रति एक घंटा

साइकिल	400 कैलोरी
तैराकी	450 कैलोरी
बागबानी	300 कैलोरी
चलना	250 कैलोरी
बैडमिंटन	450 कैलोरी

शरीर में जमा फालतू कैलोरी

3,500 कैलोरी = 1/2 किलोग्राम चर्बी

सही अंकगणित लगाकर कैलोरी के ग्रहण और खपत में संतुलन रखना स्वास्थ्य और सौंदर्य दोनों के लिए लाभदायक होता है।

सुंदर और आकर्षक देहाकृति पाने और अपनी दोषी देहाकृति को सुधारने के लिए केवल कैलोरी ज्ञान पर्याप्त नहीं होता। उसके लिए बॉडी शेप का मुआयना हमें बॉडी में जमा चर्बी की मात्रा और उनकी सही स्थिति का ज्ञान देता है। इस मुआयने से हमें दो लाभ होते हैं। एक तो यह कि चर्बी की शरीर में स्थिति हमें ज्ञान देती है कि घरेलू व्यायाम या जिम में हम शरीर के किन-किन भागों पर अधिक ध्यान दें। दूसरा यह कि हम अपने पहनावे में भी बॉडी शेप के अनुसार सतर्कता बरत सकते हैं। शेप के अनुसार सही पहनावा हमारी बॉडी शेप के दोष छिपाकर उसे आकर्षक रूप में प्रस्तुत कर सकता है, जो कि व्यक्तित्व को सुंदर दर्शाने का महत्त्वपूर्ण पक्ष है।

बॉडी शेप मुआयने की कई विधियाँ होती हैं। जैसा कि हम जानते हैं कि शरीर के वजन के कम या अधिक होने से बॉडी शेप प्रभावित होती है तो नियमित रूप से वजन पर नजर रखना भी एक विधि है। संतुलित देहाकृति के लिए वजन को एक संतुलित सीमा के भीतर रखना आवश्यक होता है। वजन का अधिक बढ़ना देहाकृति को मोटापा देता है और इसका बहुत कम होना भी देह को सिकुड़ा-सा दर्शाता है, साथ ही चेहरे को भी सौंदर्यहीन बनाता है। दूसरी विधि होती है छाती, कूल्हों और कमर की गोलाइयों के घेरे (Circumference) का नियमित माप लेते रहना। कमर का नाप लेने के लिए पेट के सबसे पतले भाग पर नापते हैं, नाभि से लगभग 1'' ऊपर। कूल्हों के लिए उनके सबसे अधिक फैलाववाले भाग पर। छाती के नाप के लिए भी अधिक फैलाव वाले भाग पर नापा जाता है। छाती के नाप के लिए सही फिटिंग की ब्रा पहनने के बाद नाप लिया जाए तो उत्तम और सही रहता है। नाप लेते समय टेप को खींचना या कसना नहीं चाहिए, बल्कि सामान्य ही रखना चाहिए और अपना पॉस्चर भी सीधा और आरामदायक रखना चाहिए, जैसे टेप को सामान्य रखना चाहिए, वैसे पेट को भी बिना भीतर खींचे सामान्य ही रखना चाहिए। सप्ताह में एक बार नियमित नाप लेते रहने से हम अपनी शेप पर नजर रखे रह सकते हैं। विभिन्न नारी देहाकृतियों को अक्सर शरीर में चर्बी की स्थिति अनुसार कई नाम देकर अलग-अलग श्रेणियों में बाँटा जाता है, जैसे—एपल शेप, पीयर शेप, बनाना शेप, स्ट्राबेरी शेप या Hourglass शेप आदि।

एपल शेप— चौड़े कंधों और उनकी तुलना में तंग कूल्होंवाली शेप को एपल शेप कहा जाता है। इस प्रकार की शेप में चर्बी का जमाव पेट, छाती व चेहरे पर अधिक होता है।

पीयर शेप— इस शेप को बेल (Bell) शेप भी कहते हैं। इसमें कूल्हों की शेप छाती के नाप से अधिक होती है। चर्बी का जमाव इस शेप में प्रारंभिक स्थिति में कूल्हों व जंघाओं में अधिक होता है। चर्बी की अधिकता के साथ यह जमाव कमर और पेट के ऊपरी हिस्से में भी आ जाता है।

बनाना शेप— इस शेप को स्ट्रेट (Straight) या आयताकार भी कहा जाता है। जैसा कि नाम से ही स्पष्ट है कि इसमें ऊपर-नीचे कोई विशेष अंतर नहीं होता। चर्बी का जमाव पेट, कूल्हों, छाती और चेहरे पर लगभग एक सा ही होता है।

ऑवरग्लास शेप— अधिकांश लोग इस शेप को नारी देहाकृति में आदर्श शेप मानते हैं। इसमें छाती और कूल्हे लगभग बराबर होते हैं और कमर पतली। चर्बी का जमाव भी शरीर के ऊपर व नीचे के हिस्से में लगभग बराबर होता है।

अक्सर लोग कमर और कूल्हों के नाप के अनुपात से जानने का प्रयत्न करते हैं कि उनकी बॉडी शेप एपल श्रेणी में आती है (शरीर के ऊपरी भाग में चर्बी की अधिकता या 'पीयर' श्रेणी में शरीर के निचले आधे हिस्से में चर्बी की अधिकता) श्रेणी के अनुसार विशेष वेट लॉस तकनीक का प्रयोग बॉडी शेप को बेहतर बनाने में विशेष लाभदायक होता है।

वजन तोल मशीन और टेप से नापने के अतिरिक्त आजकल कई दोष उचित पहनावे से छुपाकर, आवश्यकता हो तो पैडवाली ब्रा का प्रयोग करके या उचित अतिरिक्त संबंधित वस्तुओं (Accessries) का प्रयोग करके बॉडी शेप को संतुलित दर्शाने का भ्रम पैदा करने का रास्ता खुला होता है। फैशन बॉडी शेप को सही तो नहीं कर सकता, परंतु फिर भी उसे सुंदर दर्शाने में सहायक होता है। जैसे पीयर बॉडी शेप के ऊपरी परत के हिस्से को नीचे के भारी हिस्से के संतुलन में लाने के लिए बड़े कॉलर की टॉप अधिक जँचेगी। ऐसी बॉडी शेप की महिलाओं को टाइट फिटिंग के कपड़े, ट्यूब, फिश टेल स्कर्ट आदि का प्रयोग नहीं करना चाहिए। एपल बॉडी शेपवालों को अधिक लंबी टॉप अधिक जँचेगी। छोटी जैकेट या प्लीटिड स्कर्ट्स की उपेक्षा करें तो बेहतर होगा। इसी प्रकार स्ट्राबेरी बॉडी शेप

पर घेरवाली स्कर्ट, चौड़े पायँचे का ट्राउजर अधिक उचित है। इस शेप में शोल्डर पैड या पफ स्लीव्स का प्रयोग ऊपर के हिस्से को और अधिक चौड़ा दर्शा सकता है, जिसकी उपेक्षा करनी चाहिए। इस प्रकार फैशन का समझदार प्रयोग देहाकृति के दोष छुपाकर उसे संतुलित दर्शाने में सहायक हो सकता है। कई बार ऊँची एड़ी के जूते भी इस कार्य में सहायक होते हैं।

अंत में निष्कर्ष यह निकलता है कि बॉडी शेप एनालिसिस हमें बातएगा कि हमारी बॉडी शेप क्या है और कैसी है, फैट लॉस और मसल बिल्डिंग तकनीक हमें हमारी मनपसंद बॉडी शेप देंगे और व्यायाम और कैलोरी ज्ञान हमें हमारे उद्‌देश्य की प्राप्ति में सहायता करेंगे। इस सबके साथ कुछ सामान्य नियम ऐसे हैं, जिनका पालन सभी को करना चाहिए। इन नियमों का पालन सही बॉडी शेपवालों को उसके रखरखाव में सहायता देगा, जिन्हें सुधार की आवश्यकता है, उन्हें सुधार में सहायता देगा।

साथ ही बॉडी शेप के अतिरिक्त स्वास्थ्य की दृष्टि से भी बॉडी शेप को सुंदर, संतुलित और आकर्षक रखने के लिए शरीर को फालतू चर्बी से मुक्त कराना आवश्यक होता है। पहले हमें यह ज्ञान नहीं हो पाता था कि चर्बी की उपस्थिति कहाँ कितनी है ? इसलिए चर्बी घटाने के सामान्य प्रत्यन होते थे, परंतु अब बी.वी.आई (B.V.I.) की सहायता से चर्बी अधिकता किस भाग में है, यह जानकारी होने से यह कार्य कठिन होते हुए भी पहले से सरल हो चुका है। इस कार्य में विशेष रूप से बनाए गए फैट लॉस कार्यक्रम विशेष सहायक होते हैं। इसके अतिरिक्त ब्रिस्क वॉक, जॉगिंग, स्पोर्ट्स, एरोबिक्स, वेट लिफ्टिंग आदि भी सहायक होते हैं। योग के भी विशेष रूप से चुने गए आसनों का नियमित अभ्यास पर्याप्त सहायक होता है। जो लोग इन उपरोक्त कार्यक्रमों में रुचि या स्टैमिना नहीं रखते, परंतु चर्बी से मुक्ति पाने के इच्छुक होते हैं, उनके लिए भी आजकल विज्ञान ने कई रास्ते खोल दिए हैं, जैसे—लाइपोसकशन सर्जरी, जिसमें सर्जरी द्वारा सुई से शरीर की आकृति (Body Shape) बिगाड़नेवाली चर्बी को शरीर से बाहर निकाला जाता है या बॉडी शेप को आकर्षक और संतुलित बनाने के लिए कई (आर्टीफिश्यल डिवाइसिस) नकली उपकरणों का बॉडी में प्रयोग करना जैसे ब्रेस्ट इंप्लाट आदि का प्रयोग। इस प्रकार विज्ञान की सहायता से बॉडी शेप को संतुलित दर्शाने के लिए आवश्यकतानुसार कहीं घटाना तो कहीं बढ़ाना दोनों ही संभव हो गए हैं।

जो लोग अपनी देहाकृति के दोष दूर करने में सफल नहीं हो पाते, वे कुछ नियमों का पालन करें। यह नियम उनके लिए लाभदायक होंगे। यह सामान्य नियम

इस प्रकार हैं—मीठा खाने में कटौती करना, फल-सब्जियाँ अधिक खाना, होल ग्रेन व फाइबर अधिक खाना, क्रैश डाइटिंग न करना। कई बार इन सामान्य नियमों को गंभीरता से नहीं लिया जाता, परंतु यदि इनके पीछे कारण को समझ लिया जाए तो व्यक्ति को इनकी गंभीरता समझ में आ जाती है।

फल-सब्जियाँ और होल ग्रेन अधिक खाने का लाभ यह है कि इन्हें वजन बढ़ जाने के खतरे के बिना अधिक मात्रा में इच्छानुसार खाया जा सकता है। वजन बढ़ानेवाले भोजनों में अक्सर मन मारना पड़ता है और थोड़े में गुजारा करना पड़ता है।

फाइबरवाले खाद्य पदार्थ अधिक खाने का यह लाभ है कि यह पदार्थ तृप्ति का अहसास जल्दी कराते हैं, पेट में अधिक देर तक रहते हैं, जिससे जल्दी भूख नहीं लगती, यह पाचन क्रिया को धीमा कर देते हैं।

हमें न तो क्रैश डाइटिंग करनी चाहिए, न ही किसी समय का भोजन छोड़ना चाहिए। यदि हम ऐसा करते हैं तो हमारे शरीर की आवश्यक प्रक्रिया 'मेटाबोलिज्म' धीमी हो जाती है। शरीर में खाना न पहुँचने से शरीर आपात स्थिति अनुभव करता है और चर्बी को स्टोर करना आरंभ कर देता है। चर्बी स्टोर होने का अर्थ यह है कि खाना छोड़ने से जो वजन कम होगा, वह केवल पानी और मांसपेशी का होगा, जिसका लाभ कम और हानि अधिक होगी। हमें खाना कम मात्रा में, परंतु थोड़े-थोड़े अंतराल पर लेते रहना चाहिए। इससे मेटाबोलिज्म प्रक्रिया सुचारु रहेगी।

'मीठा' किसी भी रूप में कम लें। मीठा कम करने के लिए अक्सर चीनी मिठाई आदि पर कटौती तो हो जाती है, परंतु अनजाने में ऐसे कई पदार्थों में चीनी ग्रहण कर ली जाती है, जिनमें चीनी उपस्थित तो होती है, परंतु दिखाई नहीं देती, जैसे—प्रोसेस्ड फूड्स, कैचप, केंड फ्रूट, पीनट बटर, सलाद ऑयल, सूप आदि। फैट फ्री फूड अक्सर लोग निश्‍चिंत होकर ले लेते हैं, परंतु ध्यान रखें कि इनमें भी फैट की कमी से बिगड़ा स्वाद चीनी से ठीक किया जाता है। फैट फ्री होकर भी यह खाद्य पदार्थ कैलोरी फ्री नहीं होते।

जमा चर्बी हमारे शरीर में कितनी है और कहाँ-कहाँ है, ये दोनों ही पक्ष महत्त्वपूर्ण हैं। यह चर्बी कमर के ऊपरी हिस्से में हो या निचले हिस्से में, कमर की कमनीयता तो नष्ट कर ही देती है। यद्यपि नितंबों में अधिक चर्बी का जमाव उन्हें बेडौल, भद्दा और हास्यास्पद रूप दे देता है। इस प्रकार शरीर के अलग-अलग भागों में चर्बी का आवश्यकता से अधिक जमाव बॉडी शेप को बिगाड़ देता है, बॉडी पॉस्चर और चलने के तरीके पर उसका दुष्प्रभाव पड़ता है। सौंदर्य की दृष्टि से यह सब कुप्रभाव हमारे व्यक्तित्व को बहुत ही हानि पहुँचाते हैं। इसके अतिरिक्त

डॉक्टरों के अनुसार यह स्वास्थ्य की दृष्टि से भी नुकसानदेह है। कंप्यूटर तकनीक बी.वी.आई. (Body Volume Index) है। वह इन सबसे उत्तम है। पहले स्केल और टेप के अतिरिक्त जो विधि प्रयोग की जाती थी, वह थी बी.एम.आई. (Body Mass Index), बी.एम.आई । (B.M.I) तकनीक हमें बताती थी कि हमारी बॉडी पतली है, ओवर वेट है या मोटापे की श्रेणी में आती है, परंतु शरीर में चर्बी की अधिकता शरीर के किस भाग में है, इसका ज्ञान नहीं देती थी, परंतु बी.वी.आई. अपनी नई तकनीक से शरीर में चर्बी की अधिकता का ज्ञान देने के साथ-साथ यह भी बताती है कि चर्बी शरीर में कहाँ उपस्थित है।

घी, मक्खन, तली चीजों आदि से भी बचना चाहिए। तैलीय चीजों में कैलोरी मात्रा बहुत अधिक होती है। यहाँ यह सतर्कता अवश्य बरतनी चाहिए कि तैलीय पदार्थ अधिकता में न लिये जाएँ, परंतु जितना शरीर के लिए आवश्यक है उतना फैट शरीर को अवश्य प्राप्त हो। फैट की कुछ मात्रा तो शरीर के टिश्यू और कोशिकाओं के निर्माण के लिए तथा कुछ विटामिनों और पोषक पदार्थों के पाचन के लिए आवश्यक भी होती है।

पार्टीज, रेस्टोरेंट आदि में जाएँ तो लालच में न आएँ और कमजोर न पड़ें, अपितु स्वयं पर कंट्रोल रखें और जो चीज उचित है, वही खाएँ और जितनी मात्रा में उचित है, उतनी ही खाएँ।

उपरोक्त नियमों के साथ एक नियम नियमित व्यायाम का भी पालन करते रहें।

तकनीकी और सामान्य ज्ञान का मिश्रित प्रयोग और पालन करके प्रत्येक व्यक्ति सुंदर और आकर्षक देहाकृति प्राप्त कर सकता है और अपने व्यक्तित्व के इस पक्ष को निखार सकता है।

□

व्यक्तित्व निखार–आवश्यक पक्ष

किसी से प्रथम परिचय हो रहा हो अथवा किसी पार्टी में निमंत्रित हों, किसी साक्षात्कार के लिए बुलाए गए हों अथवा किसी सभा में मेहमान हों या मेजबान, स्त्री हों या पुरुष, किसी भी वर्ग और किसी भी स्थिति में सबसे महत्त्वपूर्ण होती है व्यक्तित्व विशेष की दूसरों पर पड़नेवाली पहली छाप। पुरानी कहावत है, 'पहली छाप ही अंतिम छाप होती है।' अब यह कहावत शत-प्रतिशत सही चाहे न हो, परंतु फिर भी पर्याप्त दम रखती है। पहली बार का छोड़ा गया अच्छा अथवा बुरा प्रभाव आगे बननेवाले संबंधों को पर्याप्त प्रभावित करता है। यदि व्यक्ति अपने व्यक्तित्व को प्रभावशाली व गरिमामय बनाने में सतर्कता बरते तो उसकी पहली ही नहीं, प्रत्येक छाप प्रभावपूर्ण हो सकती है। एक प्रभावपूर्ण छाप छोड़ने के लिए आवश्यक है कि अपने संपूर्ण व्यक्तित्व को इस प्रकार सँवारा व निखारा जाए कि वह इस कार्य में सक्षम हो सके।

SKIN FIRST.
MAKEUP SECOND.
SMILE ALWAYS.

संपूर्ण व्यक्तित्व से तात्पर्य केवल चेहरे से नहीं, व्यक्तित्व की समग्रता से है। व्यक्तित्व की समग्रता में केवल चेहरा नहीं अपितु नख से शिख तक संपूर्ण देह का रखरखाव, हमारा पहनावा, हमारे हाव-भाव, हमारा बातचीत का ढंग, हमारा

व्यक्तित्व, हमारा दृष्टिकोण, हमारी शरीर की भाषा, मुद्रा (Body Language) (Posture) आदि सभी सम्मिलित होते हैं। इन सबका मिला-जुला जो प्रभाव सामनेवाले को मनोवैज्ञानिक रूप से प्रभावित करता है, उससे वह हमारे बारे में अनजाने ही एक राय कायम कर लेता है। यही होता है हमारे व्यक्तित्व का प्रभाव। उदाहरण के लिए एक अति सुंदर व सुरुचिपूर्ण पहनावे में कोई स्त्री अथवा पुरुष को देखकर आप प्रभावित हुए, परंतु साथ ही उनकी बातचीत अथवा हाव-भाव में आपको फूहड़पन दृष्टिगत हुआ, तो उनका सौंदर्य व सुंदर पहनावा आपको अधिक समय तक बाँध नहीं पाता। दूसरी ओर, बेतरतीब से व साधारण कपड़ों व सादे से चेहरे में कोई व्यक्ति, जिसके चेहरे अथवा पहनावे ने आपको तनिक भी आकर्षित नहीं किया, परंतु उसके संपर्क में आने पर उसके व्यवहार की सौम्यता, उसकी बुद्धिमत्ता व आत्मविश्वास से आप विशेष प्रभावित हुए। उपरोक्त दोनों उदाहरणों में व्यक्तित्व कुछ सीमा तक तो प्रभावशाली था, पंरतु समग्र रूप से नहीं। यदि प्रथम व्यक्ति के व्यवहार के फूहड़पन के स्थान पर दूसरे व्यक्ति की सौम्यता, बुद्धिमत्ता व आत्मविश्वास स्थान ले लें व दूसरे व्यक्ति के बेतरतीब या साधारण पहनावे का स्थान प्रथम व्यक्ति का सुरुचिपूर्ण पहनावा ले ले तो दोनों के व्यक्तित्व की कमी को पूर्णता मिल जाए। कल्पना कीजिए कि व्यक्तित्व की इस पूर्णता को प्राप्त करने के पश्चात् दोनों का व्यक्तित्व कितना प्रभावशाली हो उठेगा। ऐसे व्यक्तित्व का स्वामी, वह स्त्री हो या पुरुष, अपने संपर्क में आनेवाले प्रत्येक व्यक्ति पर एक अमिट छाप छोड़ता है।

कोई भी व्यक्ति व्यक्तित्व की इस समग्रता और सौंदर्य को जन्मजात पाकर पैदा नहीं होता। सर्वगुण-संपन्न कोई नहीं होता। कुछ गुण सबमें स्वाभाविक अथवा प्राकृतिक होते हैं, तो कुछ अपने प्रयत्नों से प्राप्त करने पड़ते हैं। प्रभावशाली व्यक्तित्व पाने की सफलता इसमें है कि हम अपने व्यक्तित्व में 'जो नहीं है', का मातम मनाने के स्थान पर, जो है, उसे पहचानें और पहचानकर उसे उभारें और जो नहीं है, उसे पाने का प्रयत्न करें।

- इस दिशा में आगे बढ़ने के लिए जो सबसे पहली आवश्यकता है, वह है जीवन के प्रति सकारात्मक दृष्टिकोण (Positive Attitude), इस दृष्टिकोण में निराशा या हीनभावना का कोई स्थान नहीं है। सकारात्मक दृष्टिकोण ही आगे बढ़ने की प्रेरणा देता है और उद्देश्य प्राप्ति की शक्ति देता है। निराशावादी व्यक्ति की निराशा उसे कभी सफल होने ही नहीं देती। अतः आशावादी बनें, सकारात्मक बनें, अपना उद्देश्य

निर्धारित करें और पूरे परिश्रम और ईमानदारी से अपने उद्देश्य पूर्ति की ओर कदम बढ़ा दें। समझ लें कि अपने सुंदर व्यक्तित्व की ओर आपने प्रथम और महत्त्वपूर्ण कदम बढ़ा दिया।

- दूसरा कदम है अपने ज्ञान-क्षेत्र को विस्तृत करना। ज्ञान हमें सुंदर और गरिमामय व्यक्तित्व की सबसे बड़ी पहचान 'आत्मविश्वास' देता है। ज्ञान से आत्मविश्वास पैदा होता है, ज्ञान से हमारी शारीरिक भाषा (Body Language) में स्वत: ही निखार उत्पन्न हो जाता है, हमारा व्यवहार, हमारी बातचीत का ढंग सब कुछ ज्ञान और ज्ञान से प्राप्त आत्मविश्वास के कारण हमारे व्यक्तित्व को बेहतर दर्शाने लगते हैं। अपने विषय का संपूर्ण ज्ञान तो होना ही चाहिए, उसके अतिरिक्त भाषा पर काबू, सामान्य ज्ञान, कुछ सीमा तक मनोविज्ञान का ज्ञान भी व्यक्तित्व निखार में सहायक होते हैं।

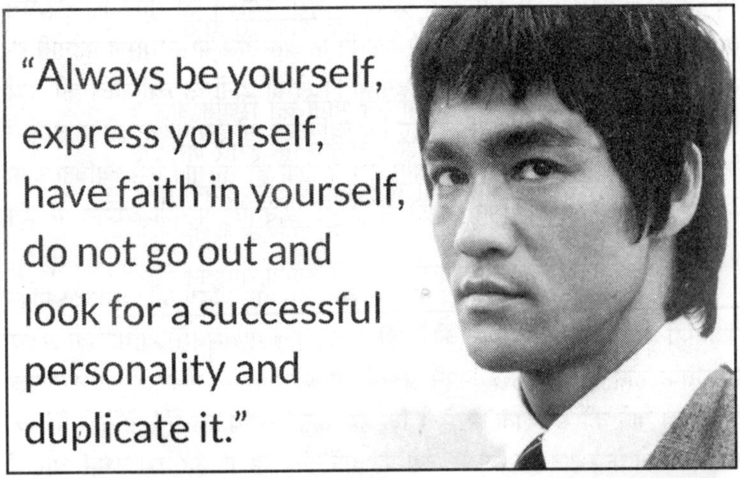

- ज्ञान से 'आत्मविश्वास' उत्पन्न होता है, यह सत्य है, पर यह भी सत्य है कि आत्मविश्वास को भी निखारना तो पड़ता है। इस निखार के लिए आवश्यक है कि यदि हमारे भीतर किसी प्रकार की झिझक है, जैसे नए या अजनबी लोगों से बातचीत करने में हिचक, हुनर होते हुए भी उसे दर्शाने में हिचक या नेतृत्व करने का अवसर मिलने पर भी स्वभावगत हिचक या हीनभावना के कारण उसे गँवा देना आदि तो ऐसी हिचक या झिझक को हम जीतें। नए लोगों का सामना करें, उनसे बातचीत करें,

अपने भीतर 'लीडरशीप' गुण पैदा करें, न कि सदैव एक अनुगामी ही बने रहें। भीतर हुनर हो तो नेतृत्व का साहस क्यों नहीं? इस कमी को दूर करना व्यक्तित्व निखार के लिए अति आवश्यक है।

- जब हम व्यक्तित्व की बात करते हैं तो हमारे लिए यह बात समझना अति आवश्यक है कि व्यक्तित्व का प्रभाव केवल चेहरे से ही संप्रेषित नहीं होता। व्यक्तित्व चेहरे से बहुत अधिक होता है। हमारी शारीरिक मुद्रा (Body Posture) हमारी शारीरिक भाषा (Body Language), हमारा बातचीत का ढंग, हमारी आवाज आदि सब हमारे व्यक्तित्व का हिस्सा होते हैं। व्यक्तित्व को सुधारना है, सुंदर बनाना है तो इन सभी पक्षों में सुधार लाना और इन्हें सुंदर बनाना होगा। व्यक्ति चाहे तो आजकल इन सब पक्षों को सुधारने के लिए उपलब्ध 'पर्सनेलिटी ग्रूमिंग कोर्स' में दाखिला ले सकता है, परंतु यदि कोर्स की सहायता न भी लेनी हो तो इस दिशा में बेसिक जानकारी प्राप्त कर के इनमें सुधार लाया जा सकता है।

जब शरीर और उसके विभिन्न भागों की स्थिति और प्रभाव की बात आती है तो हमें यह समझना चाहिए कि हमारे शरीर का प्रत्येक भाग और उसकी प्रत्येक मुद्रा बतियाती है और अपना प्रभाव छोड़ती है। इसका अर्थ यह हुआ कि शरीर की प्रत्येक स्थिति और प्रत्येक मुद्रा व्यक्तित्व को प्रभावशाली बनाने में अपना योगदान रखती है।

- सबसे पहले आँखों की बात करते हैं। आँखों का बतियाना अति महत्त्वपूर्ण होता है। हमारी निगाहें सामनेवाले को हमारे मन में उनके महत्त्व का अहसास भी करा सकती हैं और उनके प्रति हमारे उपेक्षा भाव का भी। जिस प्रकार हमारी निगाहें सकारात्मक व नकारात्मक संदेश पहुँचाती हैं, उसी प्रकार हम सामनेवाले की निगाहों में अपने प्रति उनके भाव भी पढ़ भी सकते हैं। हमें सामनेवाले की निगाहों से निगाहें मिलाकर बात करनी चाहिए। ऐसा करना एक तो हमारे व्यक्तित्व में आत्मविश्वास का भाव दर्शाता है, दूसरे सामनेवाले के प्रति हमारे मन में उनके लिए आदर भावना और उनमें दिलचस्पी का भाव भी दर्शाता है। यह संदेश उन्हें हमारे निकट ले आता है और निजी हों या व्यावसायिक, दोनों संबंधों को प्रगाढ़ करता है। निगाहों का इतना महत्त्व समझते हुए हमें सदैव सतर्क रहना चाहिए कि हमारी निगाहें हमारे व्यक्तित्व को सामनेवालों की निगाहों में सम्मानित रखें, ओछापन न दर्शाएँ। किसी को अत्यधिक या लगातार घूरते रहना ऐसा दर्शा सकता है।

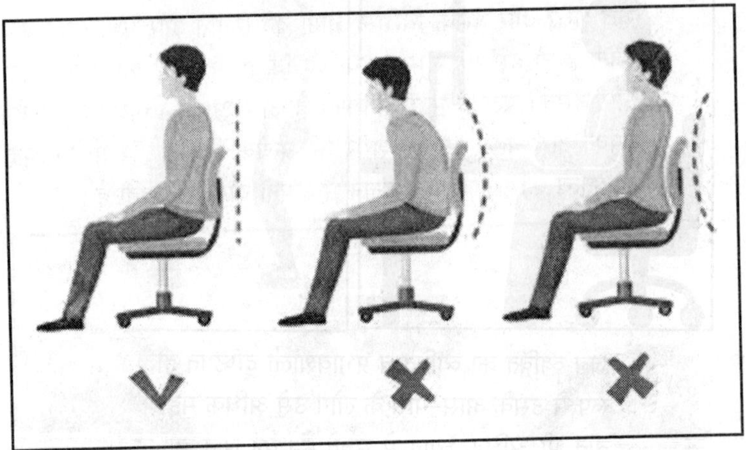

- व्यक्तित्व के प्रभाव को जमा या घटा अंक दिलाने में हमारी मुद्रा (Posture) का भी बहुत महत्त्व होता है। मुद्रा अर्थात् खड़े होने में, बैठने में, लेटने में; प्रत्येक परिस्थिति में हमारे शरीर की स्थिति कैसी है। कई बार हम अहसास भी नहीं करते कि हम कैसे टेढ़े-मेढ़े से खड़े हैं या दीवार का सहारा लेकर खड़े हैं, हमारे कंधे और छाती झुक रहे हैं। ऐसी स्थिति में खड़े होना हमारे व्यक्तित्व को न तो शारीरिक रूप

से बेहतर दर्शाता है, न ही मानसिक रूप से। सही मुद्रा में खड़े होने से शरीर भी आकर्षक लगता है और मानसिक रूप से भी हम स्वयं को अधिक आत्मविश्वासी और चुस्त अनुभव करते हैं। खड़े होते समय शरीर का बोझ दोनों पाँव पर संतुलित रूप से होना चाहिए। कमर व कंधे झुकाकर न खड़े हों। एक पाँव सीधा व दूसरा 45 डिग्री के कोण पर रखें तो शरीर की मुद्रा आकर्षक व व्यक्तित्व प्रभावशाली लगता है। इसी प्रकार बैठते समय एक टाँग को कुरसी से सटाते हुए एक पैर को थोड़ा कुरसी के नीचे लाएँ, फिर बैठें। बैठने पर शरीर का अधिकतर भार उस पैर पर होना चाहिए, जो कुरसी के नीचे है। पीठ सीधी हो, पर कंधे भी सीधे हों, नितंब कुरसी का अंतिम हिस्सा छू रहे हों और घुटने जुड़े हों, शरीर का बोझ दोनों नितंबों पर हो। अपना बोझ स्वयं सँभालकर बैठें, कुरसी के सहारे नहीं। इस मुद्रा में बैठने से शरीर और व्यक्तित्व दोनों ही आकर्षक लगते हैं।

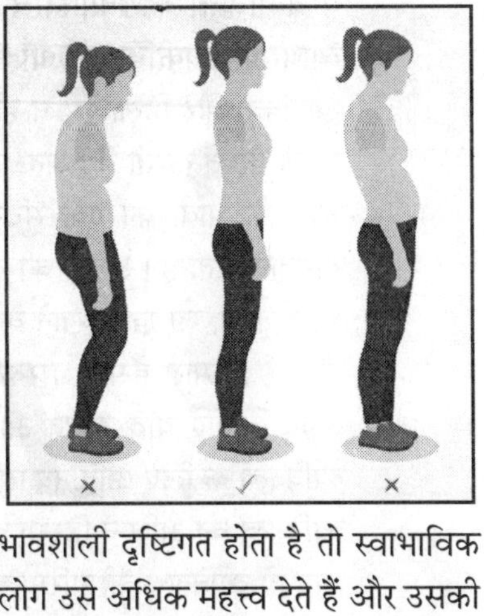

- जब व्यक्ति का व्यक्तित्व प्रभावशाली दृष्टिगत होता है तो स्वाभाविक रूप से उसके आस-पास के लोग उसे अधिक महत्त्व देते हैं और उसकी बात भी अधिक ध्यान से सुनते हैं। यह बात व्यक्ति में आत्मविश्वास का संचार करती है। इस कार्य में व्यक्ति के उठने-बैठने के अतिरिक्त उसकी सिर की स्थिति (Head Position) भी बहुत मायने रखती है। (Head) सिर को सदैव लंबाई व चौड़ाई दोनों ओर से सीधा रखें व थोड़ा ऊँचा रखें। यह छवि आत्मविश्वासी और प्रभावशाली व्यक्तित्व

दर्शाएगी। हाँ, जब आपको गंभीरता या अधिकार प्रदर्शन नहीं करना अपितु मित्र भाव का प्रदर्शन करना है तो Head को दाएँ या बाएँ एक ओर तनिक झुकाव दे सकते हैं और वार्त्तालाप से कभी झुकाव दूसरी ओर भी कर सकते हैं।

- इस प्रकार प्रभावशाली व्यक्तित्व के लिए बाँहों, टाँगों, चलना, शरीर के कोणों (Body Angles) हर पक्ष पर ध्यान देना आवश्यक होता है। हमारे शारीरिक कोण लोगों के प्रति हमारी रुचि का होना या न होना, हमारे बोले बिना ही दर्शा देते हैं। यह एक स्वाभाविक आदत होती है कि जिन्हें हम पसंद करते हैं, उनकी ओर तुलनात्मक अधिक झुक जाते हैं और जिन्हें पसंद नहीं करते, उनसे दूरी बरतते हैं। ऐसे में अपनी मुद्रा और शरीर की भाषा दोनों के प्रति सतर्क रहें कि आपके व्यक्तित्व पर कोई नकारात्मक प्रभाव न पड़े। अपनी टाँगों को भी व्यर्थ में अधिक हिलने-डुलने न दें। यह क्रिया आपकी घबराहट और आत्मविश्वास में कमी का संदेश प्रेषित कर सकती है। विशेष रूप से इंटरव्यू या व्यावसायिक मीटिंग में। बाँहों की क्रियाएँ भी संतुलित रखें। न बहुत खोलकर और हिलाकर, न ही एकदम स्थिर। दोनों स्थितियाँ विपरीत संदेश प्रेषित करती हैं। अतः संतुलित क्रियाएँ उचित रहती हैं।
- चेहरे के भावों का एक सुंदर और गरिमामय व्यक्तित्व में अनमोल योगदान होता है। आँखों की बात हम कर चुके हैं, परंतु चेहरे पर मुँह भी होता है, जो खाना खाने के अतिरिक्त भी बहुत कुछ करने में समर्थ होता है। हमारा हँसना, मुस्कराना बोलना, होंठ मोड़ना या सिकोड़ना आदि क्रियाएँ यदि उचित और आवश्यकतानुसार न हों तो एक आम व्यक्तित्व के लिए अति नकारात्मक हो सकती हैं। ये सब क्रियाएँ हमारे व्यक्तित्व का अभिन्न हिस्सा होती हैं। इन सब क्रियाओं में संयम बरता जाए तो व्यक्तित्व की गरिमा बनी रहती है। खुलकर हँसना तो ठीक है, पर बेहूदे और भद्दे तरीके से हो-हो करके हँसना और हँसने के साथ बंदर सी कूदें मारना कतई ठीक नहीं। अपनी मुस्कराहट से आप मित्र भाव का संदेश भी दे सकते हैं और अपने सौम्य स्वभाव का भी, परंतु यही मुस्कराहट जब मन की कुटिलता या चालाकी या मजाक उड़ाने का भाव प्रस्तुत करती है तो व्यक्तित्व के प्रभाव के लिए नकारात्मक बन जाती है। होंठों का भाँति-भाँति से मोड़ना-सिकोड़ना भी संपर्क में

आनेवालों पर भाँति-भाँति के प्रभाव डालता है।

- व्यक्तित्व के सुप्रभाव के लिए व्यक्ति को सदैव याद रखना चाहिए कि उसे स्वयं को आत्मविश्वासी और आकर्षक प्रस्तुत करना है। कुछ क्रियाएँ हमारे अनजाने ही हमारी आदतों में शामिल हो जाती हैं, जैसे—बार-बार चेहरा छूना, सिर में खुजाना, होंठ छीलना, नाक छूना, होंठ दबाना, नाखून खाना, जीभ निकालना आदि। ये सब क्रियाएँ व्यक्तित्व को हीन प्रदर्शित करती हैं। बेचैनी, अधीरता आदि भी हमारी घबराहट और आत्मविश्वास में कमी प्रदर्शित करती हैं। अत: व्यक्तित्व के सुप्रभाव के लिए सतर्कता बरतें और स्वयं को इन आदतों से मुक्त करें।
- अपनी शारीरिक भाषा को व्यक्तित्व के गरिमामय प्रभाव को संप्रेषित करने के लिए प्रयोग करें। इसके लिए आवश्यक है कि पहले आप स्वयं अपनी शारीरिक भाषा को परखें और फिर कमियाँ सुधारें। इस कार्य के लिए आप दर्पण के सामने स्वयं को परख भी सकते हैं और दर्पण के सामने क्रियाओं और मुद्राओं में सुधार कर उनकी प्रैक्टिस भी कर सकते हैं।
- समग्र रूप से व्यक्तित्व के गरिमामय प्रभाव के लिए शारीरिक भाषा के अतिरिक्त स्वयं को अन्य भी कई विशेषणों से विभूषित करना आवश्यक होता है, जैसे—शिष्टाचार, व्यवहार आदि। यह पक्ष भी अपने माध्यम से देखने-सुननेवालों को विशेष संदेश देते हैं। ये संदेश हमारे व्यक्तित्व को सकारात्मक अथवा नकारात्मक अंक दिलाने में अपना विशेष योगदान रखते हैं। अपने संपर्क में आनेवालों पर अपने प्रभावशाली और गरिमामय व्यक्तित्व की छाप छोड़ने के लिए प्रत्येक व्यक्ति को यह समझना आवश्यक है कि प्रत्येक अवसर और स्थिति के अनुरूप सामान्य शिष्टाचार के कुछ नियम होते हैं। इन नियमों को न निभाना व्यक्तित्व की गरिमा को नष्ट कर देता है। आप पार्टी में हैं या घर में, मेहमान हैं या मेजबान, किसी साक्षात्कार में हैं या सभा में, प्रत्येक स्थिति और स्थान में शिष्टाचार कैसे निभाना चाहिए, इसका ज्ञान सबको होना चाहिए और न होने की स्थिति में सीखना चाहिए। इन नियमों को निभाना और निभाने का ढंग जो संदेश देता है, वह तय करता है कि हमारे व्यक्तित्व को कितने जमा अंक दिए जाएँ। लापरवाही से रस्म निभाना, सलीके से निभाना और अवसर व स्थिति के अनुरूप सलीके व समझदारी से निभाना शिष्टाचार की विभिन्न श्रेणियाँ मानी जा सकती हैं।

विभिन्न स्थितियों में शिष्टाचार के 'हाँ' और 'न' के नियम—

पार्टी में मेहमान

'नहीं'

- पार्टी में गए, खाया-पिया, हाथ झाड़े और आ गए।
- प्लेट को माले-मुफ्त समझकर व्यर्थ फेंकने की सीमा तक भर लेना।
- खाने के बाद डकारना या पेट पर हाथ फेरना।
- केवल अपने ही ग्रुप में खड़े रहना।
- मेजबान को शुभकामनाएँ न देना।
- पार्टी से चुपचाप से निकल लेना।

'हाँ'

- सबसे पहले मेजबान को मिलना और अवसर विशेष की शुभकामनाएँ देना।
- घूम-घूमकर सब मेहमानों से मिलना व बतियाना।
- अपरिचितों से परिचय करना।
- विदा होने से पहले मेजबान को धन्यवाद करना।

पार्टी में मेजबान

'नहीं'

- मेहमानों की उपेक्षा करना।
- मेहमानों से पुराने गिले-शिकवे या नाराजगी जताना।
- केवल गिने-चुने मेहमानों पर ही ध्यान देना।

'हाँ'

- द्वार पर खड़े होकर मेहमानों की अगवानी करना।
- पार्टी का माहौल मनोरंजक बनाए रखना।
- अपरिचितों का परस्पर परिचय कराना।
- सबके खाने-पीने का पूरा ध्यान रखना।
- विदा होते समय मेहमानों को धन्यवाद करना व द्वार तक छोड़ने जाना।

साक्षात्कार (Interview)

'नहीं'

- दनदनाते हुए कमरे में घुस जाना।
- बिना कहे कुरसी खींचकर बैठ जाना।
- साक्षात्कार लेनेवालों से मैत्री भाव दर्शाने का प्रयत्न करना।
- पाँव फैलाकर बैठना।
- मेज पर थपथपाना।

'हाँ'

- प्रवेश द्वार पर प्रवेश की अनुमति माँगना।
- प्रवेश के उपरांत मुस्कराकर सबका अभिवादन करना।
- शांत, चित्त और आत्मविश्वास से प्रश्नों का उत्तर देना।
- बाहर आने से पूर्व सबका धन्यवाद करना।

सभा

- सभाएँ कई प्रकार की हो सकती हैं—भाषण सभा, कवि गोष्ठी, शोक सभा आदि। भाषण सभा में हैं तो शांति से भाषण सुनें, बीच-

बीच में टिप्पणी करके आस-पास के लोगों को डिस्टर्ब न करें। कवि गोष्ठी/मुशायरे आदि में हैं तो रचनाओं का रसास्वादन करें व रचना के अंत में दाद दें। यदि आनंद न ले पा रहे हों तो बीच में हो-हल्ला न करें, शांति से उठकर प्रस्थान करें। शोक सभा में हों तो हाथ जोड़कर एक ओर बैठ जाएँ। प्रदर्शनी विलाप व्यक्तित्व की दृष्टि से अच्छा प्रभाव नहीं डालता। अधिक संवेदना प्रकट करना चाहें तो शब्दों से अधिक मूक स्पर्श, संवेदना और व्यक्तित्व दोनों दृष्टियों से अधिक प्रभावशाली होगा।

- प्रत्येक अवसर और स्थिति में हमारी बातचीत का ढंग भी हमारे व्यक्तित्व का अभिन्न हिस्सा होता है। व्यक्तित्व के उत्तम प्रभाव के लिए आवश्यक है कि बात संयमित ढंग से हो, बातचीत में आवाज बहुत ऊँची और रुक्ष न हो, बोलते समय मुँह से थूक के छींटे न गिरते हों। वार्त्तालाप के माध्यम से व्यक्तित्व को प्रभावशाली बनाने के लिए जो सर्वाधिक महत्त्व रखता है, वह होता है बातचीत में कब कहाँ किन शब्दों पर जोर अधिक दिया जाए और कब, कहाँ और कितना Pause दिया जाए, इस बात की समझ। ये दबाव और Pause जहाँ हमारी बात को अधिक प्रभावशाली ढंग से प्रस्तुत करते हैं, वहीं हमारे व्यक्तित्व को भी अति प्रभावशाली ढंग से प्रस्तुत करते हैं।
- वार्त्तालाप में व्यक्तित्व के आम प्रभाव के लिए जो एक अन्य बात महत्त्वपूर्ण होती है, वह है—सहनशील श्रोता बनने की। बिना विराम लगातार अपनी बात कहते जाना या झट से सामनेवाले की बात बीच में काट देना, व्यक्तित्व के सुप्रभाव की दृष्टि से दोष होता है। अपनी बात कहने के साथ दूसरे की बात सुनने की सहनशीलता भी रखनी आवश्यक होती है। जब हम सामनेवाले की बात पूरी सहनशीलता से सुनते हैं तो उसे यह संतोष मिलता है कि आपने उसकी बात सुनी और दूसरे उसे यह अच्छा लगता है कि आपने उसमें रुचि ली। आपका उसमें रुचि लेना, उसके मन में भी आपके प्रति रुचि उत्पन्न करता है और यह व्यक्तित्व को जमा अंक दिलाता है। इस प्रकार स्पष्ट होता है कि वार्तालाप का ढंग भी व्यक्तित्व को प्रभावशाली रूप देने में महत्त्वपूर्ण योगदान रखता है।
- व्यक्तित्व के उत्तम व गरिमापूर्ण प्रभाव के लिए अपने व्यवहार को भी नम्रता, स्नेहशीलता, मैत्री भाव व आदर भाव की कसौटी पर परखना

चाहिए। व्यवहार में लापरवाही, रुक्षता, उपेक्षा, अहं आदि भावनाएँ हमें अप्रचलित करती हैं व व्यक्तित्व की गरिमा को नष्ट करती हैं। इन गुणों के साथ-साथ स्वयं में यह 'परख-शक्ति' भी संयोजित करनी चाहिए कि हमारे संपर्क में आया व्यक्ति हमारी बातचीत से ऊब तो नहीं रहा। ऐसा अनुभव होने पर चर्चा का रुख सामनेवाले के रुचिकर विषय की ओर मोड़ें। यह 'परख-शक्ति' व्यक्तित्व को रुचिकर व लोकप्रिय बनाने में अति सहायक होती है।

- जब अपने व्यक्तित्व को उपरोक्त सभी गुणों की कसौटी पर तराश और निखार लिया जाता है तो बात आती है 'स्व-प्रस्तुति' की। उपरोक्त गुण तो जमा अंक तब दिलाते हैं, जब हम किसी के संपर्क में आते हैं, परंतु स्व-प्रस्तुति के जमा या घटा अंक तो मात्र किसी की निगाहों में आने भर से ही मिल जाते हैं। 'स्व-प्रस्तुति' ऐसी प्रभावशाली और आकर्षक हो कि देखनेवाले जानें या न जानें, परंतु व्यक्तित्व के आकर्षण से मुग्ध अवश्य हों। स्व-प्रस्तुति में सर्वाधिक महत्त्वपूर्ण होता है हमारे व्यक्तित्व को पहचान देनेवाला हमारा चेहरा, परंतु व्यक्तित्व की समग्रता में चेहरे के सौंदर्य के साथ-साथ शरीर के अन्य भागों, जैसे—बाल, त्वचा, हाथ, पाँव, गर्दन, पीठ आदि का सौंदर्य भी अपना महत्त्व रखते हैं। इनके अतिरिक्त संतुलित देह सुरुचिपूर्ण, सलीकेदार पहनावा, आभूषण व जूते भी अपना-अपना महत्त्व रखते हैं।
- चेहरे की सुंदर प्रस्तुति के लिए उसकी त्वचा के प्राकृतिक सौंदर्य को बनाए रखना आवश्यक होता है, जिसके लिए नियमित रखरखाव और नियमित फेशियल कराते रहना चाहिए। चेहरे के सौंदर्य के बाहरी रखरखाव के लिए आइब्रो को सुंदर शेप में रखना, अपर लिप, गालों आदि को अवांछित रूप से साफ रखना, दाँतों की सुंदरता का ध्यान रखना, अवसरानुकूल कलात्मक मेकअप का प्रयोग करना ऐसे महत्त्वपूर्ण पक्ष हैं, जिनमें कमी न छोड़ी जाए तो साधारण चेहरा भी एक ऐसे सुंदर और आकर्षक चेहरे में परिवर्तित हो जाता है कि व्यक्ति स्वयं पर ही मुग्ध हो जाए। सुंदर व्यक्तित्व के लिए चेहरे की सुंदर प्रस्तुति के लिए बालों के सौंदर्य व स्वास्थ्य को भी अनदेखा नहीं करना चाहिए। चेहरे के सौंदर्य को संपूर्णता सुंदर बालों का शृंगार ही देता है। अतः न तो इस योगदान को भूलें, न ही इसकी उपेक्षा करें।

- सुंदर स्व-प्रस्तुति में शरीर के सभी भागों को सुंदर प्रस्तुत करना आवश्यक होता है। इसके लिए मैनिक्योर, पैडिक्योर, वैक्सिंग, ब्लीच आदि उपचार पर्याप्त सहायक होते हैं। सुंदर स्व-प्रस्तुति में एक पक्ष, जिसकी अक्सर उपेक्षा हो जाती है, वह होती है हमारी बैक, जो हमें तो दिखाई नहीं देती, परंतु अन्य सबको दिखाई भी देती है और अपना अच्छा या बुरा प्रभाव भी छोड़ती है। आकर्षक बैक देखनेवालों को इतना प्रभावित करने की सामर्थ्य रखती है कि लोग चेहरा देखने को उत्सुक हो जाते हैं। इसलिए वह हर पक्ष, जो पीठ को अधिक से अधिक बेहतर दर्शा सकता है, उसकी उपेक्षा न करें। चाहे वह पीछे से उजागर दिखनेवाली त्वचा हो, पीछे से दिख रहा हेयर स्टाइल हो, पीछे की नैक शेप हो, पीछे से कपड़ों की फिटिंग हों, पाँव की एड़ियाँ हों या हील हो, पीछे लहराता पल्ला हो, सभी कुछ महत्त्वपूर्ण होता है।
- सुंदर और प्रभावशाली व्यक्तित्व की छाप छोड़ने के लिए अपनी देहाकृति के प्रति भी सदैव सतर्क रहना पड़ता है कि देह अपने बंधन तोड़ फैलती न जाए।
- सुंदर देह का अपना आकर्षण तो होता ही है, उसका दूसरा लाभ यह भी होता है कि ऐसी देह पर अधिकांश परिधान भी साधारण से कहीं अधिक जँचते हैं। देहाकार को संतुलित रखने के लिए भोजन में कैलोरीज एक निश्चित सीमा से अधिक नहीं लेनी चाहिए और प्रतिदिन व्यायाम भी करना चाहिए। प्रभावशाली व्यक्तित्व के लिए सदैव ध्यान रखना चाहिए कि चेहरा कितना भी सुंदर और आकर्षक हो, उसे एक मोटी थुलथुल देह का प्रतिनिधित्व न करना पड़े। ऐसा होने से उसे प्रशंसा के स्थान पर उपहास और उपेक्षा झेलनी पड़ सकती है, परंतु जब कुछ लोग प्रयत्न करने पर भी मोटापे से छुटकारा नहीं पा सकते या वे कुछ निजी कारणों से इस दिशा में प्रयत्न करना ही नहीं चाहते तो उन्हें हीनभावना का शिकार होकर घर में छिपने या कुंठित होने की भी आवश्यकता नहीं। उन्हें अपने व्यक्तित्व को प्रभावशाली दिखाने के लिए पूर्ण रूप से आत्मविश्वास का प्रदर्शन करना चाहिए और अपनी शारीरिक भाषा, आवाज, व्यवहार, पहनावे आदि को इतना सुंदर प्रस्तुत करना चाहिए कि लोगों का ध्यान केवल इन गुणों पर जाए और आपका मोटापा नगण्य हो जाए।
- मोटापे की भाँति कभी-कभी कुछ लोगों को कद की समस्या भी होती

है। शरीर की लंबाई या ऊँचाई का भी व्यक्तित्व के प्रभाव में बहुत योगदान होता है। जिन भाग्यशाली लोगों को अच्छा कद मिलता है, वे तो इस संदर्भ में चिंतामुक्त रहते हैं, परंतु कुछ लोग ऐसे भी होते हैं, जो कद के लिहाज से औसत से भी छोटे रह जाते हैं। ऐसे लोगों को भी हीनभावना का शिकार नहीं होना चाहिए। ऊँची एड़ी के जूते, ऊँचे हेयर स्टाइल, खड़े प्रिंट के कपड़े, सामान रंग के कपड़े आदि प्रयोग करके कुछ सीमा तक कद में लंबाई का भ्रम दे सकते हैं। व्यक्तित्व के लिहाज से जो सतर्कता छोटे कद के लोगों के लिए आवश्यक है, वह है अपनी आयु की पहचान न खोना। कई छोटे कद के लोग स्वयं को बड़ा दिखाने के लिए चेहरे पर आयु से अधिक बुजुर्गाना भाव ओढ़ लेते हैं, तो कई स्वयं को आयु से छोटा दिखाने के लिए बचकाना हरकतें करने लगते हैं। दोनों ही स्थितियाँ व्यक्तित्व को नकारात्मक प्रभाव देती हैं। ऐसे लोगों को चाहिए कि संपूर्ण आत्मविश्वास से अपनी आयु के अनुरूप रहें, इसी में उनके व्यक्तित्व की गरिमा है। व्यक्तित्व को प्रभावशाली बनाने में हमारा पहनावा भी अत्यधिक योगदान रखता है। पहनावा जहाँ हमारे व्यक्तित्व को एक संपूर्णता देता है, वहाँ पर्याप्त सीमा तक हमारी रुचि और प्रकृति को भी दर्शाता है। सुरुचिपूर्ण, सलीकेदार पहनावा हमारी रुचि, सलीका व समझदारी दर्शाता है और बेतरतीब, अटपटा सा पहनावा हमारी फूहड़ता व लापरवाही का ढोल पीटता है। व्यक्तित्व को प्रभावशाली रूप देने के लिए यह आवश्यक नहीं कि पहनावा बहुत महँगा हो, परंतु यह आवश्यक है कि पहनावा महँगा या सस्ता जैसा भी हो, उसका रंग व स्टाइल आपकी देहाकृति और आयु के अनुरूप आप को जँचनेवाला हो, उसकी फिटिंग बिल्कुल सही हो और वह मौसम व अवसर के अनुरूप हो। जैसे शादी-ब्याह में भारी कपड़े अच्छे लगते हैं और कैजुअल में हल्के कपड़े। शोक-सभा के लिए सफेद या हल्के रंग उचित रहते हैं। साक्षात्कार के लिए जाना हो तो पहनावे का चयन करते समय ध्यान दें कि जिस नौकरी हेतु साक्षात्कार है, उसकी आवश्यकता क्या है?—ग्लैमरस दिखना (Glamourous Look) या गंभीर और गरिमामय (Sober & graceful Look) दिखना। उसी के अनुसार निर्णय लें। इस प्रकार सही पहनावा हमारे व्यक्तित्व को प्रभावशाली दर्शाने में अपना योगदान रखता है।

एक सुंदर व्यक्तित्व के लिए यत्नपूर्वक सजाया गया चेहरा और सुंदर पहनावा पर्याप्त हो सकते हैं, परंतु समग्र रूप से एक प्रभावशाली गरिमामय व्यक्तित्व को ऊपर वर्जित सभी विशेषणों से स्वयं को विभूषित करना आवश्यक होता है, चाहे वह बाह्य सौंदर्य और बाह्य प्रस्तुति से संबंधित हों अथवा हमारे आचार-व्यवहार व शिष्टाचार से या हमारी आंतरिक सोच, दृष्टिकोण या मानसिकता से। वास्तव में उपरोक्त सभी विशेषण अपना एक विशेष सौंदर्य रखते हैं और देखने-सुननेवालों को अपने-अपने माध्यम से विशेष संदेश देते हैं। ये संदेशों के आदान-प्रदान व्यक्तित्व संबंधी राय कायम करने में विशेष योगदान रखते हैं। इसलिए अपने व्यक्तित्व को एक प्रभावशाली रूप में प्रस्तुत करने के लिए इन सभी विशेषणों को सुंदर रूप में अपने व्यक्तित्व में समाहित करना आवश्यक है। परंतु इस आवश्यकता को पूरा करते समय यह सतर्कता बरतनी आवश्यक होती है कि ये सब गुण व्यक्तित्व में अत्यंत सहज रूप से समाए हों। व्यक्तित्व में कहीं कुछ बनावट, कृत्रिमता या नकल की छवि न दिखे। न तो चेहरे में, न पहनावे में, न व्यवहार में, कहीं किसी भी रूप में अपनी पहचान नहीं खोनी। जो आपके आदर्श हैं, उनसे प्रेरणा तो लें, परंतु उनके व्यक्तित्व में अपना व्यक्तित्व खो न दें। हमारा उद्देश्य अपनी पहचान खोना नहीं, उसे बनाना है। इसके लिए आवश्यक है कि हम स्वयं को ईमानदारी से परखते रहें और आत्मविश्लेषण करते रहें।

यदि यह कार्य ईमानदारी से किया जाए तो अनघड़ व्यक्तित्व भी यूँ निखर उठेगा जैसे तराशने के बाद अनघड़ हीरा निखर उठता है। यह तो सर्वविदित है कि अनघड़ हीरा पत्थर माना जाता है और तराशा हीरा वास्तविक हीरा। आत्मविश्वास, दृढ निश्चय और सच्ची लगन हमें व्यक्तित्व की इस गौरवपूर्ण स्थिति को पाने में सहायक हो सकते हैं।

अंत में, यह एक बात अवश्य स्मरण रखनी चाहिए कि हमारे प्रयत्नों की सफलता इसमें निहित है कि हमारी पीठ पीछे हमें क्या टिप्पणी मिली? मुँहदेखे की बात जितनी सत्य हो सकती है, उतनी झूठ भी (संभवत: शिष्टाचारवश कही गई), परंतु पीठ पीछे मिली टिप्पणी सराहना हो या निंदा, अधिकतर वास्तविक होती है। अत: व्यक्तित्व का जो रूप अपनी पीठ पीछे उत्तम टिप्पणी बटोर सके, वह निश्चय ही सुंदर, प्रभावशाली और गरिमामय व्यक्तित्व है।

□

केश और व्यक्तित्व

चेहरे के सौंदर्य की बात करें या व्यक्तित्व के सौंदर्य की, सुंदर-स्वस्थ बाल और सुंदर केश-सज्जा इन दोनों की उपेक्षा कतई नहीं कर सकते। सिर के बाल यद्यपि हमारे शरीर के अन्य भागों की भाँति शरीर का एक भाग होते हैं, परंतु अलग होते हुए भी ये चेहरे का अभिन्न हिस्सा माने जाते हैं। ऐसा इसलिए, क्योंकि बालों का स्वास्थ्य, सौंदर्य व सज्जा चेहरे के सौंदर्य को केवल बढ़ाते ही नहीं अपितु उसे संपूर्णता भी देते हैं। बेजान और बिखरे बाल सुंदर से सुंदर चेहरे और व्यक्तित्व की सुंदरता को ग्रहण लगा देते हैं और दूसरी ओर घनी, मुलायम व चमकदार केशराशि साधारण चेहरे और साधारण व्यक्तित्व को भी एक नई परिभाषा

व पहचान देते हैं। इस पर यदि केशराशि की सुंदर सज्जा का भी योगदान हो तो व्यक्तित्व में चार चाँद लग जाते हैं।

जब हम सुंदर व्यक्तित्व में बालों के योगदान के महत्त्व को स्वीकार करते हैं तो हमारा कर्त्तव्य बनता है कि व्यक्तित्व के इस महत्त्वपूर्ण भाग को पूरा-पूरा महत्त्व दें। ऐसा करने के लिए बालों के तीनों पक्षों—स्वास्थ्य, सौंदर्य और सज्जा पर ध्यान देना होता है।

बाल यदि स्वस्थ होंगे तो प्राकृतिक रूप से सुंदर लगते हैं। उन्हें सुंदर सज्जा मिल जाए तो सोने पर सुहागा हो जाता है, परंतु यदि वह अपने प्राकृतिक सौंदर्य के कारण साधारण रूप में भी सुंदर लगते हैं तो किसी सुंदर सज्जा के मोहताज नहीं होते। स्वस्थ बाल देखने में नरम, मुलायम, लचकीले और चमकदार होते हैं। बालों का स्वास्थ्य पर्याप्त सीमा तक शरीर के स्वास्थ्य पर निर्भर होता है। अतः स्वस्थ बालों की प्राप्ति के लिए आवश्यक है कि शरीर के स्वास्थ्य पर भी भरपूर ध्यान दिया जाए। पर्याप्त मात्रा में फल और सब्जियाँ ग्रहण करना शरीर और बाल दोनों के स्वास्थ्य के लिए उत्तम होता है। पत्तेदार सब्जियाँ, आँवला, ब्रॉकली, गाजर, पुदीना, मूली, अंगूर, नारियल, अखरोट, बादाम, दूध, पनीर आदि तथा प्रोटीनयुक्त भोजन बालों के लिए विशेष पोषक होते हैं। शरीर को अधिकतम बीमारियाँ पाचन संस्थान और विसर्जन संस्थान से संबंधित समस्याओं से होती हैं। अतः इनसे शरीर को बचाकर रखना चाहिए वरना इनका दुष्प्रभाव बालों के स्वास्थ्य पर भी पड़ता है।

बालों को स्वस्थ रखने के लिए उन्हें रासायनिक प्रसाधनों, जैसे—कलर, पर्म लोशन, स्ट्रेटनिंग लोशन आदि के प्रयोग से दूर रखा जाए तो उत्तम रहता है। आजकल इनके द्वारा बालों को नए-नए रंग-रूप देने का बहुत चलन है। यह बालों और व्यक्तित्व, दोनों को सुंदर बनाने में सक्षम भी हैं, परंतु इनका प्रयोग बालों के स्वास्थ्य के लिए हानिकारक होता है। यदि कलर प्रयोग करना ही हो तो इनसे सुरक्षा करनेवाले साधन, जो कि आजकल उपलब्ध हैं, अवश्य प्रयोग करने चाहिए। हेयर ड्रायर और कर्लिंग रॉड का भी आवश्यकता से अधिक प्रयोग बालों के स्वास्थ्य के लिए हानिकारक होता है।

बालों के स्वास्थ्य को बनाए रखने के लिए उनकी नियमित देख-रेख भी आवश्यक होती है। देख-रेख में नियमित शैंपू, नियमित कंडीशनिंग, नियमित मसाज, भीतरी व बाहरी पोषण आदि सभी शामिल होता है। बालों को स्वस्थ रखने और विभिन्न समस्याओं से सुरक्षा देने के लिए नियमित ओजोन उपचार भी देते रहना चाहिए। इससे स्कैल्प पर किसी प्रकार के संक्रमण की संभावना नहीं

रहती और रक्त प्रवाह भी सुचारु रहता है। दोनों ही बातें बालों के स्वास्थ्य के लिए लाभदायक होती हैं। बालों के स्वास्थ्यवर्द्धन के लिए आजकल कई प्रकार के प्रसाधन, जैसे—सीरम, पैक आदि भी उपलब्ध हैं।

मानसिक तनाव बालों के स्वास्थ्य का बहुत बड़ा शत्रु होता है। अत: स्वयं को इससे सदैव बचाकर रखें। आजकल भागदौड़ से भरी व्यस्त दिनचर्या और महिला हो या पुरुष, कोई भी असीम मानसिक तनाव से अछूता नहीं है। मानसिक तनाव बालों का झड़ना, बालों का सफेद होना जैसी समस्याएँ उत्पन्न कर सकता है, जो बालों के स्वास्थ्य और सौंदर्य के लिए तो हानिकर है ही, व्यक्तित्व के सौंदर्य के लिए भी अति हानिकर होती हैं। प्रदूषित वातावरण भी बालों के स्वास्थ्य के लिए हानिकर होता है। प्रदूषित वातावरण, तेज धूप आदि से भी बालों की सुरक्षा का उपाय करते रहना चाहिए। आजकल कई ऐसे प्रसाधन भी उपलब्ध हैं, जो विभिन्न प्रकार के वातावरण से बालों को सुरक्षा देते हैं। अत: बालों के स्वास्थ्य के लिए उनका प्रयोग करना चाहिए।

स्वास्थ्य के बाद बालों के सौंदर्य का पक्ष आता है। वैसे तो जैसा कि पहले भी कहा गया है कि बाल यदि स्वस्थ हों तो उनमें प्राकृतिक सौंदर्य ही इतना होता है कि वह अन्य किसी प्रयत्न या विधा के मोहताज नहीं रहते। बालों के सौंदर्य के लिए आवश्यक है कि उन्हें बालों की समस्याओं, जैसे—सिकरी, झड़ना, दोमुँहे बाल, अलोपेशिया आदि से सुरक्षित रखना चाहिए। बाल स्वस्थ होंगे तो ये समस्याएँ परेशान नहीं करतीं, परंतु फिर भी सतर्क रहना अच्छा होता है। जब सिकरी के सफेद कण बालों से झाँकते हैं या कंधे पर झड़े बाल दिख रहे हों तो बालों का सारा सौंदर्य नष्ट हो जाता है और परिणामस्वरूप व्यक्तित्व भी हीन हो जाता है। दोमुँहे बाल तो बालों को काँटेदार झाड़ियों जैसा बना देते हैं। ये काँटेदार झाड़ियाँ देखनेवालों की निगाहों में चुभती रहती हैं। कई बार इनके कारण यत्न से सँवारा-तराशा व्यक्तित्व हीन हो जाता है।

बालों के सौंदर्य के लिए आजकल बहुत से नए-नए प्रसाधनों का आविष्कार हो गया है, जैसे—हल्के बालों को घना दिखाने के लिए वाल्यूम शैंपू कंडीशनर, उड़े-उड़े बालों के लिए एंटी क्रिज कंडीशनर आदि। इनसे बनावटी लुक नहीं आता। ऐसा लगता है कि बालों में प्राकृतिक सौंदर्य ही है।

आजकल अनेक प्रकार के कर्लर व उपकरण उपलब्ध हैं, जिनसे बालों में सुंदर बदलाव लाए जा सकते हैं। स्थायी बदलावों के स्थान पर इन माध्यमों से अस्थायी बदलाव करने बेहतर हैं। इसके दो लाभ हैं—एक तो बाल रासायनिक

प्रसाधनों से सुरक्षित रहेंगे, दूसरे बालों के सौंदर्य में बार-बार नयापन उत्पन्न किया जा सकता है।

अंत में पक्ष आता है बालों की सज्जा का। जितना यह सत्य है कि स्वस्थ बाल प्राकृतिक रूप से सुंदर लगते हैं और सुंदर बाल किसी भी विधा के मोहताज नहीं होते, उतना ही सत्य यह भी है कि स्वस्थ और सुंदर बालों को यदि अवसरानुकूल और चेहरे के अनुरूप सज्जा भी मिल जाए तो वह व्यक्तित्व के सौंदर्य को पहले से भी कई गुना अधिक बढ़ाने में सक्षम हो जाते हैं। बालों की सज्जा उन्हें प्राकृतिक रूप से खुले छोड़ने में भी संभव है और उन्हें सुरुचिपूर्ण आकर्षक बंधन देने में भी। बालों को सज्जा देते समय महत्त्वपूर्ण यह होता है कि सज्जा बालों की प्रकृति के अनुरूप चुनी जाए और उसे करते समय चेहरे की बनावट पर भी ध्यान अवश्य दिया जाए। यदि इन दोनों महत्त्वपूर्ण पक्षों की उपेक्षा की जाएगी तो हो सकता है कि परिणाम मन मुताबिक न मिले या कुछ नुकसान भी झेलना पड़े।

जब बालों को प्राकृतिक रूप से खुला छोड़ने का मन हो तो उन्हें ब्लोड्राई करके केवल एक या दो हेयर पिन या क्लिप की सहायता से चेहरे पर जँचनेवाले रूप में पिन किया जा सकता है। बाल साधारण रूप में खुले भी रहे और उन्हें आकर्षक रूप भी मिल गया। इनमें कई प्रकार की विविधता उत्पन्न की जा सकती है। बालों को सीधा रखें, दाएँ या बाएँ किसी ओर मोड़ लें, केवल आगे के बालों को पिन करें या पूरे बालों को ही आकर्षक रूप से दाएँ या बाएँ मोड़ लें। खुले बालों में पोनी, अर्द्ध पोनी आदि की कई विविधताएँ हैं। पीछे से खुले रखते हुए, आगे के बालों में कई प्रकार की फ्रेंच चोटी, ट्विस्टिड पार्टिंग्स आदि की सेटिंग भी दी जा सकती है। जिग-जैग माँग, टेढ़ी माँग, वी शेप माँग आदि कई प्रकार की माँगवाली सज्जा भी प्रचलन में हैं। चेहरे पर जँचनेवाली शैली का चुनाव करें और व्यक्तित्व के सौंदर्य में चार चाँद लग जाएँगे।

खुले बालों में विभिन्न प्रकार के कर्ल्स की सज्जा भी बालों और व्यक्तित्व के सौंदर्य में निखार लाती है। इसके लिए विभिन्न प्रकार की रॉड और विभिन्न प्रकार के रोलर उपलब्ध हैं, जिनकी सहायता से बालों में कर्ल बनाए जा सकते हैं।

अन्य शैलियों में अनेक प्रकार के जूड़े व चोटियाँ भी बालों को आकर्षक रूप देती हैं और अपने माध्यम से व्यक्तित्व की सुंदरता बढ़ाने में सहायक बनती हैं। छोटे-बड़े, ऊँचे-नीचे, पीछे के, साइड के, साधारण, अनेक प्रकार के जूड़े और चोटियों की शैलियाँ उपलब्ध हैं। ये शैलियाँ आकर्षक और सुरुचिपूर्ण विधि से अर्थात् पूरी कलात्मकता से संपन्न की जाएँ तो हमारे व्यक्तित्व को आगे के

साथ-साथ पीछे से भी अति आकर्षक रूप देने में सक्षम होती हैं। ऊँचे जूड़े जैसे 'टॉप नॉट', 'हाई बन' आदि शैलियाँ छोटे कद को लंबा दर्शाने का भ्रम उत्पन्न करने में भी सक्षम होती हैं।

आजकल बालों और बालों की सज्जा के सौंदर्यवर्द्धन के लिए अनेक प्रकार के प्रसाधन और उपकरण भी उपलब्ध हैं। आपकी आवश्यकता बालों के दोष छुपाने की है, उनका सौंदर्य बढ़ाने की या बालों को कुछ तड़कीला-भड़कीला रूप देने की, पर बालों को ग्लैमरस रूप देने की हर आवश्यकता के लिए विविध प्रकार के प्रसाधन उपलब्ध हैं।

दोष चाहे वातावरण से संबंधित हो या बालों की प्रकृति से, अनेक प्रकार के सीरम, कंडीशनर, शैंपू आदि उपलब्ध हैं, बालों को भड़कीला रूप देना है तो अनेक प्रकार के ग्लिटर आदि हैं और ग्लैमरस रूप देने के लिए अनेक प्रकार की फैंसी सज्जा देनेवाले हेयर स्प्रे, जूड़ा, जैल व फैंसी उपकरण उपलब्ध हैं। विभिन्न प्रकार की उपलब्ध फैंसी हेयर ज्वेलरी किसी भी केश सज्जा में चार चाँद लगा देती है।

उपरोक्त जानकारी से यह स्पष्ट हो जाता है कि सुंदर व्यक्तित्व में सुंदर बालों का योगदान बहुत ही महत्त्वपूर्ण होता है। इस महत्त्व को पूरी ईमानदारी से समझना और स्वीकारना चाहिए। बाल सीधे हों या घुँघराले, छोटे हों या लंबे, घने हों या हल्के, काले हों या भूरे, कुछ मायने नहीं रखता। मायने रखता है तो उनका स्वास्थ्य और उनकी प्रस्तुति। बाल स्वस्थ होंगे तो उन्हें सौंदर्य तो स्वत: ही प्राप्त हो जाएगा। (स्वास्थ्य की उपेक्षा करने से अक्सर छोटी आयु में ही बाल आयु से अधिक बूढ़े हो जाते हैं। बाद में इनका शोक मनाने से अच्छा है कि समय रहते ही इस पर ध्यान दिया जाए। बालों के स्वास्थ्य का महत्त्व देखते हुए बाल इसके अधिकारी भी हैं।) प्रस्तुति में भी समझदारी, दक्षता और कलात्मकता, इन सभी की आवश्यकता है। यह आवश्यकता स्वयं भी पूरी की जा सकती है, वरना पॉर्लर की सेवाएँ भी ली जा सकती हैं।

यदि हम बालों के स्वास्थ्य, सौंदर्य और सज्जा तीनों पक्षों को संतुलित महत्त्व दे पाएँ तो निश्चय ही व्यक्तित्व के निखार में उनका योगदान सकारात्मक ही होगा।

□

सौंदर्य उपचार–
भ्रांतियाँ, दुविधाएँ व समाधान

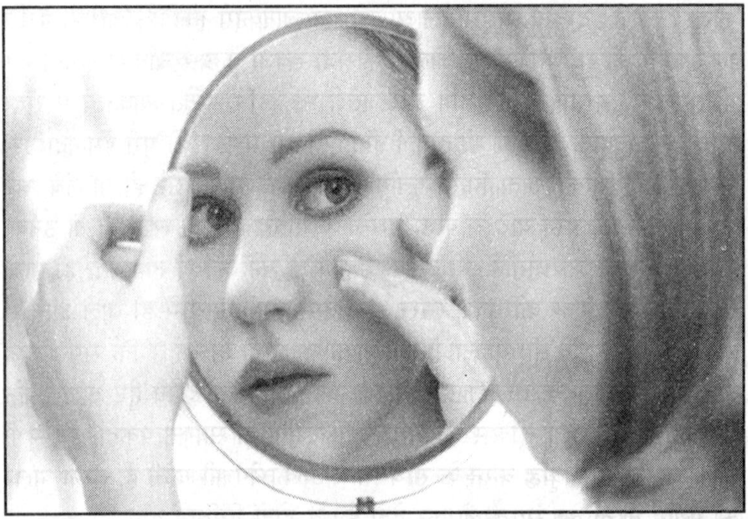

यूँ तो सौंदर्य उपचारों विषयक सलाह व सेवाएँ देने हेतु आजकल बहुत से ब्यूटी पॉर्लर खुल गए हैं। पत्र–पत्रिकाओं में भी इस विषय से संबंधित पर्याप्त जानकारी प्रकाशित होती रहती है, पर फिर भी अक्सर देखने में आता है कि केवल अशिक्षित अथवा कम शिक्षित वर्ग में ही नहीं, अपितु शिक्षित वर्ग में भी सौंदर्य उपचारों से संबंधित कई प्रकार की भ्रांतियाँ घर किए हैं। इन भ्रांत धारणाओं के कारण सौंदर्य–सजग बहुत बड़ा वर्ग कई प्रकार की दुविधाओं में घिरा रहता है। इस

अध्याय में हम प्रत्येक उपचार से संबंधित विभिन्न भ्रांत धारणाओं को एक-एक करके लेंगे और उनका समाधान करेंगे।

अनचाहे बालों से मुक्ति उपचार

आज के युग में शरीर का सौंदर्य कम करनेवाले अनावश्यक बालों से मुक्ति पाने के लिए थ्रेडिंग, वैक्सिंग, रेजर रिमूवर, लेजर इतनी तकनीकें उपलब्ध हैं कि संपूर्ण महिला वर्ग न सही, पर फिर भी बहुत बड़ा महिला वर्ग दुविधाग्रस्त हो जाता है कि क्या तकनीक उचित है, क्या नहीं। जब से अवांछित बाल हटाने के लिए स्थायी तकनीकें उपलब्ध हुई हैं, तब से सबसे बड़ी दुविधा सौंदर्य-सजग वर्ग को यह सताती है कि स्थायी उपचार बेहतर है अथवा अस्थायी ही ठीक हैं। स्थायी उपचारों में पहले 'इलेक्ट्रोलिसिस' प्रचलित था, परंतु आजकल सर्वाधिक प्रचलन 'लेजर' का है। दुविधाग्रस्त महिलाओं को यह जानकारी होनी आवश्यक है कि इस उपचार को स्थायी कहा तो जाता है, पर वास्तव में कुछ-कुछ बाल वापस उग भी सकते हैं। यद्यपि ये कम होंगे और जल्दी भी नहीं आएँगे। अतः इस दृष्टि से उपचार लाभदायक है। ऐसा भी होता है कि इस उपचार से सब लोगों को एक जैसे परिणाम नहीं मिलते, अतः किसी पूर्वाग्रह से युक्त न रहें। वैसे तो इस उपचार में कोई खतरा नहीं, परंतु यदि ऑपरेटर दक्ष न हो तो त्वचा जल सकती है।

अस्थायी उपचारों में भी अनेक महिलाओं को अनेक प्रकार की दुविधाएँ और भ्रांतियाँ हैं। रेजर व रिमूवर, सरल और घर में स्वयं की जा सकनेवाली विधियाँ होने के कारण बहुत सी महिलाओं को आकर्षित करती हैं, परंतु दोनों विधियों को कोई भी सौंदर्य विशेषज्ञा अपनाने की सलाह नहीं देती। यहाँ दुविधा होती है, क्यों? रेजर का प्रयोग बालों को सख्त, खुरदरा व खड़ा-खड़ा सा बना देता है, साथ ही बालों की उपज में वृद्धि करने के साथ-साथ उनका रंग भी गहरा देता है। रिमूवर का प्रयोग त्वचा का रंग काला कर देता है। ये दोनों विधियाँ दोहरानी भी बहुत जल्दी-जल्दी पड़ती हैं—लगभग प्रत्येक तीसरे-चौथे दिन।

'अनचाहे बालों से छुटकारा पाने के लिए अस्थायी उपचारों में प्रत्येक सौंदर्य विशेषज्ञा वैक्सिंग विधि की ही सलाह देती है व इसी विधि को अपनाती है। वैक्सिंग सर्वाधिक प्रचलित विधि है, परंतु फिर भी इससे संबंधित भी अनेक भ्रांत धारणाएँ हैं, जिनका समाधान आवश्यक है। ऐसी महिलाओं की कमी नहीं है, जो वैक्सिंग कराना चाहते हुए भी वैक्सिंग नहीं करवातीं। वे वैक्सिंग इसलिए नहीं करवातीं, क्योंकि उन्हें डर है कि वैक्सिंग कराने से अनचाहे बालों की उपज

में वृद्धि हो जाएगी। इस भ्रांत धारणा के शिकार लोगों को यह जानना आवश्यक है कि नियमित वैक्सिंग अनचाहे बालों की उपज को बढ़ाती नहीं अपितु कम करती है। यदि प्रारंभ में माह में एक बार वैक्सिंग की आवश्यकता अनुभव होती है तो लगभग एक वर्ष के अंतराल में यह समय माह से डेढ़ माह तक और फिर धीरे-धीरे यह अंतराल दो से ढाई माह तक भी जा सकता है। ऐसा इसलिए होता है, क्योंकि नियमित वैक्सिंग से बालों की उपज धीरे-धीरे कम होती जाती है, फलत: वैक्सिंग की आवश्यकता भी कम होती जाती है।

कई महिलाएँ ऐसी भी हैं, जो वैक्सिंग करवाने के लिए ललचाती तो बहुत हैं, परंतु इस डर की शिकार हैं कि वैक्सिंग करवाने से बहुत दर्द होता होगा। यह केवल एक मनोवैज्ञानिक डर है, जबकि वास्तव में बहुत ही मामूली दर्द होता है, जो बातचीत में लगे रहने पर अनुभव भी नहीं होता। चिमटी से एक बाल खींचने में अधिक दर्द होता है, पर पट्टी से जब एक साथ बाल खिंचते हैं तो फैलाव अधिक होने के कारण दर्द बहुत कम होता है। किसी अनुभवहीन अथवा नीम-हकीम सौंदर्य विशेषज्ञा के विषय में तो दावे से नहीं कहा जा सकता, परंतु अपने कार्यक्षेत्र में माहिर अनुभवी सौंदर्य विशेषज्ञा तो इस डर को निश्चित रूप से निर्मल सिद्ध कर सकती है। इस डर से ग्रस्त महिलाएँ यदि अपना मन पक्का करके किसी अनुभवी सौंदर्य विशेषज्ञा से वैक्सिंग कराने को एक बार तैयार हो जाएँ तो पहली पट्टी में ही उनका डर समाप्त हो जाएगा।

कुछ महिलाएँ कुछ निजी कारणों से नियमित वैक्सिंग कराने में असमर्थ अथवा अनिच्छुक होती हैं। इनमें से बहुत सी महिलाएँ विशेष अवसरों पर वैक्सिंग करवाने की इच्छा रखते हुए भी इस भ्रम के कारण नहीं करवातीं कि यदि एक बार वैक्सिंग कराके छोड़ दिया तो बालों में वृद्धि अथवा अन्य कई प्रकार की समस्याएँ उत्पन्न हो सकती हैं। ऐसा वास्तविकता में होता नहीं है। वैक्सिंग नियमित न होकर केवल विशेष अवसरों पर होने का यदि कुछ नुकसान हो सकता है तो केवल इतना कि आपके बालों की उपज में समय के साथ कोई कमी नहीं आ पाएगी, जैसी नियमित वैक्सिंग से आ जाती है। इसके अतिरिक्त और कुछ नहीं। आपके बालों की उपज वैसी ही रहेगी, जैसी थी। हाँ, अपवादस्वरूप कभी-कभी किसी महिला के साथ ऐसा हो सकता है कि पहली बार वैक्सिंग कराने के बाद जो नए बाल आएँ, उनका रंग पहले बालों से कुछ भिन्न हो, पर ऐसा अक्सर नहीं होता। फिर देखा जाए तो अपवाद कहाँ नहीं होते? अनचाहे बालों से छुटकारा पाने की उपरोक्त तकनीकों व उनसे संबंधित भ्रांत धारणाओं पर चर्चा करने के पश्चात् यह

मनोवैज्ञानिक भ्रांत धारणा दूर करना भी आवश्यक है कि इन बालों से छुटकारा पाना भी चाहिए अथवा नहीं। कुछ अंधविश्वासी महिलाएँ इन अनचाहे बालों को प्रकृति अथवा प्रभु की देन मानकर इनसे मुक्ति पाने के प्रयत्न को पाप कर्म मानती हैं। ऐसी महिलाओं को यह समझना चाहिए कि प्रकृति और प्रभु ने जहाँ फल और वनस्पति उपजाए हैं, वहाँ खरपतवार और झाड़-झंखाड़ भी उपजाए हैं, जैसे अपने बगीचे के सौंदर्य को सँवारने के लिए हम खरपतवार निकाल फेंकते हैं, वैसे ही शरीर के सौंदर्य को सँवारने के लिए बालों की सफाई भी आवश्यक होती है। हीरे का सौंदर्य भी तराशने पर ही निखरता है वरना तो वह पत्थर ही है। प्रकृति ने हमें अनगढ़ सौंदर्य दिया है। उसे तराशना व सँवारना पापकर्म नहीं अपितु नियमित सफाई व समझदारी है। सफाई तो भगवान् के मंदिर में भी की जाती है। धूल को प्रकृति की देन समझकर मंदिर को गंदा तो नहीं रखा जाता।

कई महिलाएँ इस नियमित सफाई को झंझट मानती हैं। ऐसी महिलाएँ यह क्यों नहीं समझतीं कि जब हम झाडू-पोंछे से प्रतिदिन घर की सफाई करते हैं, नहा-धोकर प्रतिदिन शरीर की सफाई करते हैं, शैंपू कर बालों की साप्ताहिक सफाई करते हैं और इन सबको झंझट नहीं मानते तो अनावश्यक बालों की मासिक, द्वैमासिक अथवा त्रैमासिक सफाई को झंझट क्यों मानते हैं ? शेष सब सफाइयों की भाँति यह भी एक आवश्यक सफाई है। एक ऐसी सफाई, जो हमारे व्यक्तित्व के निखार के लिए आवश्यक है।

हमारा चेहरा : ब्लीच/फेशियल

भीड़ भरी दुनिया में हमारी पहचान बनानेवाला और हमारे संपूर्ण व्यक्तित्व का प्रतिनिधित्व करनेवाला हमारा चेहरा ही होता है। जितना सत्य यह है कि चेहरा हमारे शरीर का सबसे महत्त्वपूर्ण व आकर्षक भाग है, उतना ही सत्य यह भी है कि चेहरे की कोमल त्वचा सदैव निरावरण रहने के कारण सर्दी, गरमी, ठंडी हवा, लू, बारिश, आँधी आदि दुष्प्रभाव से सर्वाधिक प्रभावित होती है। इसलिए चेहरे की त्वचा को शरीर के शेष भागों से अधिक देख-रेख की आवश्यकता होती है। चेहरे की मुख्य समस्याएँ होती हैं—झुर्रियाँ, ब्लैकहेड्स, झाँइयाँ, मुँहासे, परिपक्वता, चेहरे पर उगे अनावश्यक बाल आदि।

ब्लीच और फेशियल उपचार उपरोक्त समस्याओं का पर्याप्त सीमा तक समाधान कर देते हैं। यहाँ ध्यान रखने की बात यह है कि ये दोनों उपचार एक-दूसरे के पूरक नहीं हैं। कई महिलाओं में यह भ्रांत धारणा पाई जाती है कि यदि ब्लीच

कर लिया तो फेशियल की आवश्यकता नहीं और यदि फेशियल कर लिया तो ब्लीच की आवश्यकता नहीं। ऐसी महिलाओं को यह जानना आवश्यक है कि ब्लीच और फेशियल दो अलग-अलग उपचार हैं और दोनों के कार्य-क्षेत्र भी अलग-अलग हैं। ब्लीच का कार्य त्वचा के रुओं का रंग हल्का करना मात्र होता है और फेशियल का कार्य त्वचा को पोषण देना, त्वचा के छिद्रों की गहरी सफाई करना व चेहरे की मांसपेशियों के कसाव व कमनीयता की आयु बढ़ाना। जब दोनों के कार्य-क्षेत्र अलग-अलग हैं तो वे दोनों एक-दूसरे की कमी को कैसे पूरा कर सकते हैं? हाँ, यदि किसी के रुओं का रंग पहले ही त्वचा के अनुरूप है तो वे महिलाएँ ब्लीच उपचार से मुक्ति प्राप्त कर सकती हैं।

ब्लीच के संबंध में यह एक कोरी भ्रांत धारणा है कि एक बार ब्लीच कराने पर बार-बार ब्लीच कराना आवश्यक हो जाता है। वास्तविकता में ऐसा कुछ नहीं होता। जो महिलाएँ कुछ विशेष कारणों से नियमित रूप से ब्लीच करना नहीं चाहतीं, परंतु किन्ही विशेष अवसरों पर करवाने की इच्छा रखती हैं, वे निश्चिंत होकर ऐसा कर सकती हैं। इससे चेहरे को कोई हानि नहीं होगी। जो महिलाएँ नियमित ब्लीच करवाती हैं, वे अपने सौंदर्य व व्यक्तित्व के नियमित रखरखाव के प्रति सजग रहने के कारण करवाती हैं, किसी बंधन के कारण नहीं।

जब हम नियमित ब्लीच की बात करते हैं तो एक बात अवश्य समझें कि नियमित ब्लीच और अति ब्लीच में बहुत अंतर होता है। अति किसी भी चीज की बुरी होती है। कई महिलाएँ गोरी दिखने के लिए प्रतिदिन अथवा सप्ताह में दो-तीन बार ब्लीच लगा लेती हैं। उन्हें समझना चाहिए कि ब्लीच को गोरेपन की अचूक औषधि मान लेना भी भ्रांत धारणा ही है। ब्लीच का प्रयोग केवल तभी करना चाहिए जब उसकी वास्तविक आवश्यकता हो अर्थात् जब रुआँ वास्तव में त्वचा के रंग से अधिक गहरा दिखाई देने लगे। शौकिया तौर पर प्रतिदिन ब्लीच न करें, इससे हानि भी हो सकती है।

फेशियल के संबंध में भी अनेक भ्रांत धारणाएँ फैली हुई हैं, जैसे—'फेशियल चेहरे पर झुर्रियाँ पड़ने के बाद शुरू करना चाहिए।' यह सोच एकदम गलत है। एक बार झुर्रियाँ पड़ने के बाद उन्हें हटाना असंभव होता है। यदि झुर्रियाँ पड़ने से पहले ही अर्थात् युवावस्था में ही नियमित फेशियल लेना आरंभ कर दिया जाए तो उसके दूरगामी लाभकारी प्रभाव के कारण इन झुर्रियों को कुछ समय पीछे धकेला जा सकता है। यद्यपि ऐसा करना भी चेहरे को आयु के प्रभाव से पूर्णतः मुक्त तो नहीं कर पाता, परंतु फिर भी पर्याप्त सीमा तक बचाव अवश्य करता है। यदि झुर्रियाँ पड़ने के पश्चात् फेशियल

आरंभ किया गया तो आगे पड़नेवाली और झुर्रियों को तो कम किया जा सकता है, पर पड़ चुकी झुर्रियों को पूर्णतः मिटाना फेशियल से संभव न होगा। प्राकृतिक कसाव को जितना अधिक समय तक सँभाला जा सके, उत्तम होता है।

बहुत सी महिलाओं में यह भ्रांत धारणा भी पाई जाती है कि फेशियल करने से चेहरे की त्वचा ढीली पड़ जाती है या उस पर बाल उग आते हैं। फेशियल से चेहरे की त्वचा तभी ढीली पड़ सकती है, यदि मसाज विधिपूर्वक न की जाए। चेहरे की मालिश की विशेष तकनीक होती है और उसे उसी तकनीक से करना चाहिए। यह तकनीक योग्यताप्राप्त अनुभवी सौंदर्य विशेषज्ञा से सीखी जा सकती है या फेशियल के लिए उसकी सेवाएँ प्राप्त की जा सकती है। अतः सावधान! गलत मसाज चेहरे को असमय बूढ़ा कर सकती हैं। जहाँ तक फेशियल के कारण चेहरे पर बाल उगने का प्रश्न है, वह नितांत गलत धारणा है। चेहरे पर अचानक बाल उगने लग जाने का कारण कुछ आंतरिक हारमोनल खराबी, मेनोपाज, आदि हो सकता है, फेशियल कतई नहीं।

एक और गलत धारणा बहुत सी महिलाओं में यह होती है कि फेशियल केवल विशेष अवसरों पर करवा लेना ही पर्याप्त होता है, नियमित फेशियल समय और धन को बर्बाद करना है। जैसा कि पहले भी कहा गया है (देखें—त्वचा की देखभाल) कि त्वचा को नियमित पोषण व देखभाल की आवश्यकता होती है—फेशियल त्वचा को नियमित पोषण देता है। फेशियल के दूरगामी लाभकारी प्रभाव का लाभ उठाना हो तो फेशियल नियमित रूप से अवश्य लेना चाहिए। कभी-कभार किए गए फेशियल का प्रभाव केवल तात्कालिक अर्थात् बहुत कम समय तक रहनेवाला होता है। इससे मन में निराशा उत्पन्न हो जाती है। फेशियल को मेकअप से न जोड़ें। फेशियल नियमित लें। हाँ, मेकअप अवसरानुकूल कर सकते हैं।

अंत में एक बार पुनः इस ओर ध्यान दें कि ब्लीच और फेशियल दोनों महत्त्वपूर्ण व उपयोगी हैं, पर पूर्णतः अलग-अलग उपचार हैं। ब्लीच का प्रभाव भी केवल तात्कालिक होता है, दूरगामी नहीं। फेशियल अपने दूरगामी प्रभाव के लिए अत्यंत लाभकारी होता है। आजकल फेशियल उपचार में अनेक विविधताएँ उपलब्ध हैं। दुविधाग्रस्त होने के स्थान पर अपनी सौंदर्य विशेषज्ञा से सलाह लें कि आपकी त्वचा के लिए कौन सा फेशियल बेहतर है और फिर सारी दुविधाएँ छोड़कर आगे बढ़ें।

हाथ व पाँव : मैनिक्योर व पैडिक्योर

मैनिक्योर व पैडिक्योर के संबंध में भी अक्सर महिलाओं को इस भ्रांत धारणा की शिकार हुई देखा गया है कि जब प्रतिदिन स्नान किया ही जाता है तो फिर हाथ-पाँव की अलग से सफाई पर अनावश्यक खर्च व समय की बर्बादी क्यों? ऐसी महिलाओं का तर्क है कि नहाते समय तनिक हाथ-पाँव अधिक रगड़ लो या झाँवे का प्रयोग कर लो तो पर्याप्त होता है। वास्तविकता यह है कि नहाते समय की सफाई हाथ-पाँव को केवल ऊपरी धूल-मिट्टी से ही मुक्ति दिला पाती है। उससे न तो नाखूनों के गिर्द जंगली बूटों से उग आए निर्जीव क्यूटिकल्स से निकलते हैं, न एड़ियों की सख्त व खुरदरी निर्जीव त्वचा। मैनिक्योर-पैडिक्योर उपचार इन निर्जीव और सख्ती से जमे क्यूटिकल्स और त्वचा को नरम बनाकर एड़ियों को सख्त और निर्जीव त्वचा से मुक्ति दिलाने में सहायक होते हैं; त्वचा के पोरों की गहराई में जो मैल जम जाती है, उससे भी मुक्ति दिलाते हैं। मैनिक्योर-पैडिक्योर में नाखूनों को सुंदर शेप देकर आकर्षक भी बनाया जाता है। ये हाथ-पाँव के नाखूनों और त्वचा का पोषण भी करते हैं। नहाते समय की हाथ-पाँव की सफाई व मैनिक्योर-पैडिक्योर की सफाई में बहुत अंतर होता है। इन्हें एक मानना अपना अज्ञान दिखाना है।

बाल : मेहँदी/डाई/हेयर कलर

ज्यों-ज्यों आयु बढ़ती है, त्यों-त्यों बालों में सफेदी आना भी निश्चित ही है। महिला हो अथवा पुरुष, दोनों वर्गों में यह समस्या समान रूप से विद्यमान है। सफेद बालों को काला करने के लिए यूँ तो आजकल बाजार में कई प्रकार के तेल व लोशन उपलब्ध हैं। इनमें से सर्वाधिक प्रचलित हैं—डाई और मेहँदी। इन दोनों में भी लोग अक्सर दुविधा में रहते हैं कि डाई का प्रयोग उत्तम होगा या मेहँदी का। कोई मेहँदी के लाल रंग से डरते हैं कोई डाई के दुष्प्रभावों से।

दरअसल जहाँ तक संभव हो, बालों में मेहँदी का ही प्रयोग उचित होता है। यद्यपि यह सफेद बालों को काला तो नहीं कर पाती, पर उन्हें सुनहरा भूरा रंग देने में समर्थ है और साथ ही बालों का पोषण भी करती है। मेहँदी का प्रयोग बालों को किसी भी प्रकार का नुकसान नहीं देता। बहुत-सी महिलाओं व पुरुषों को यह भ्रांति होती है कि मेहँदी के प्रयोग से पूरा सिर लाल हो जाता है। वास्तविकता यह है कि पूरा सिर लाल केवल उन लोगों का होता है, जिनके सिर के सारे बाल सफेद हो चुके होते हैं। जिनके बाल सफेद होने प्रारंभ तो हो चुके हैं, परंतु अभी पूरे सफेद

नहीं हुए, वे लोग निश्चिंत भाव से मेहँदी का प्रयोग कर सकते हैं। मेहँदी केवल सफेद बालों को भूरा करेगी, कालों को नहीं। काले बाल मेहँदी के बाद भी काले ही रहते हैं, बस केवल धूप में हल्की सी भूरी झलक देते हैं। यह झलक बालों के सौंदर्य को बढ़ाती भी है और आजकल फैशन में भी है।

एक अन्य बहुत बड़ी भ्रांति यह देखने में आती है कि यदि भूरे रंग से भी बचना है और मेहँदी का प्रयोग करना है तो 'काली मेहँदी' प्रयोग की जाए। सावधान! काली मेहँदी का नाम ही मेहँदी है, प्रभाव सभी डाईवाले हैं। इसलिए आप इसे डाई के स्थान पर तो निश्चिंत हो प्रयोग करें, परंतु मेहँदी के स्थान पर नहीं।

जो लोग मेहँदी के भूरे रंग को कतई पसंद नहीं करते और डाई के प्रति आकर्षित होते हैं, वे इस भ्रांति में न रहें कि डाई से प्राप्त केश सौंदर्य उनके बालों पर कोई दुष्प्रभाव नहीं छोड़ेगा। डाई का प्रयोग जहाँ कुछ समय के लिए सफेद बालों को काला करता है, वहाँ काले बालों पर उसका दुष्प्रभाव यह होता है कि उन्हें वह समय से कहीं पहले ही सफेद कर देता है। इससे सफेद बालों की गिनती बढ़ती जाती है और शीघ्र ही पूरे बाल सफेद हो जाने के कारण डाई का नियमित प्रयोग विवशता बन जाता है।

आजकल बाजार में हेयर कलर भी बहुत प्रचलित हो गए हैं। ये कई रंगों में उपलब्ध हैं और डाई की भाँति एकसार रंग देते हैं। कहा जाता है कि डाई की भाँति ये काले बालों को असमय सफेद नहीं करते, परंतु समय के अंतराल ने अनेक लोगों के मन में यह शिकायत उत्पन्न की कि यह सत्य कम और प्रचार अधिक था।

जिन महिलाओं के पूरे बाल अथवा काफी अधिक बाल प्राकृतिक रूप से सफेद हो चुके हों, वे यदि डाई अथवा कलर का प्रयोग करें तो देखने में अधिक अच्छा लगेगा। यदि चाहें तो बालों को पोषण व सुनहरी चमक देने के लिए इसके पश्चात् मेहँदी का भी प्रयोग कर सकते हैं।

देह सौंदर्य : व्यायाम या डाइटिंग

चेहरा कितना भी सुंदर और आकर्षक हो, परंतु यदि वह एक मोटी थुलथुल देह का प्रतिनिधित्व कर रहा है तो उसे प्रशंसा कम, उपेक्षा अधिक झेलनी पड़ती है। अत: एक प्रभावशाली और गरिमामय व्यक्तित्व के लिए यह आवश्यक है कि व्यक्ति की देह भी सुडौल व सुगठित हो। देह एक निश्चित आकार और तोल सीमा के बाहर न फैले, यह स्वास्थ्य और सौंदर्य दोनों दृष्टियों से उचित रहता है। कुछ भाग्यशाली लोग ऐसे होते हैं, जिन्हें इस मापदंड पर खरे उतरने के लिए विशेष

प्रयत्न नहीं करना पड़ता, परंतु अधिकांश लोगों को व्यायाम/डाइटिंग अथवा दोनों का सहारा लेना ही पड़ता है। समस्या तब उत्पन्न होती है, जब लोग ज्ञानाभाव के कारण गलत प्रयत्न करते हैं, दुविधाग्रस्त होने के कारण सही मार्ग का चयन नहीं कर पाते, कुछ भ्रांतियों के कारण न चाहते हुए भी अपने मोटापे को स्वीकार कर लेते हैं।

एक-एक करके अब हम उपरोक्त तीनों समस्याओं पर चर्चा करेंगे।

ज्ञानाभाव व गलत प्रयत्न

ज्ञानाभाव के कारण लोग अक्सर जो गलत प्रयत्न करते हैं, वे इस प्रकार हैं—

गलत व्यायाम

अति श्रम (Over Exert)

अति अल्पाहार (Crush Dieting)

गलत व्यायाम—यह सत्य है कि वजन कम करने के लिए व्यायाम अथवा किसी भी रूप में शारीरिक श्रम आवश्यक है, ताकि उसके माध्यम से शरीर में जमा फालतू चर्बी को जलाकर समाप्त किया जा सके। व्यायाम देह को सुडौल बनाए रखने में अथवा उसे सही रूप देने में महत्त्वपूर्ण भूमिका निभाता है, पर यह संभव तभी हो पाता है, जब व्यायाम सही रूप में किया जाए। केवल समय लगाना अथवा किसी भी रूप में हाथ-पाँव या शरीर के कुछ भाग हिला-डुला लेना पर्याप्त नहीं होता। शरीर के जिन भागों में चर्बी जमा होती है, उन्हें विशेष व्यायाम से प्रभावित करना चाहिए। आवश्यक मांसपेशियों पर बोझ या खिंचाव अनुभव होना चाहिए। यदि ऐसा नहीं होता है तो व्यायाम से अपेक्षित लाभ भी नहीं हो पाता है, परंतु यह खिंचाव मांसपेशियों के लचकीलेपन की सीमा के भीतर ही देना चाहिए। इसी प्रकार कई लोग नियमित सैर को जाते हैं। सैर यदि तेज कदमों से की जाए तो ही प्रभावशाली होती है। हल्का-फुल्का टहलना तो केवल हवाखोरी का काम करता है।

अतिश्रम—अतिश्रम-व्यायाम में जितना आवश्यक हो, उसका नियमित व सही ढंग से होना होता है, उतना ही आवश्यक यह भी होता है कि वह अपनी-अपनी श्रम सीमा के भीतर रहकर किया जाए। कई लोग अक्सर व्यायाम के प्रति लापरवाह व उदासीन रहते हैं, पर जब कभी धुन चढ़ती है तो जुनून में आकर स्वयं को इतना थका डालते हैं कि शरीर की सारी ताकत निचुड़ जाती है। इससे उनकी पूरी दिनचर्या तो अस्त-व्यस्त हो ही जाती है, साथ ही शरीर दुखने के कारण आगे कई दिन व्यायाम हो भी नहीं पाता। इससे स्वास्थ्य की भी हानि होती है और आत्मविश्वास भी डगमगा जाता है। इसलिए यह आवश्यक है कि व्यायाम शारीरिक

श्रम सीमा के अनुपात से ही किया जाए। कुछ समय अवश्य लगता है, पर इससे धीरे-धीरे आपकी श्रम सीमा भी प्राकृतिक रूप से बढ़ जाती है और मांसपेशियों के लचकीलेपन में भी वृद्धि होती जाती है। ये दोनों गुण लाभप्रद साबित होते हैं।

आजकल वैज्ञानिक सुविधाओं के कारण गृहस्थी के कार्य भी पर्याप्त सहज हो गए हैं। इससे शरीर पर अधिक बोझ नहीं पड़ता, समय की अधिकता के कारण खाने में वृद्धि हो जाना और शारीरिक श्रम के अभाव के कारण मोटापे व वजन वृद्धि की समस्या आजकल काफी बढ़ गई है। इसे देखते हुए आजकल स्थान-स्थान पर बहुत से हेल्थ क्लब भी खुल गए हैं। हेल्थ क्लब में अनेक प्रकार की मशीनें होती हैं, जिनसे शरीर के प्रत्येक भाग का व्यायाम भलीभाँति किया जा सकता है, परंतु बहुत से लोगों में हेल्थ क्लब के बारे में यह भ्रांति घर किए है कि हेल्थ क्लब छोड़ने के बाद शरीर पहले से भी अधिक मोटा हो जाता है। यह कोरा भ्रम है। ऐसा केवल उन्हीं लोगों के साथ होता है, जो वर्षों से चढ़ाई चर्बी को केवल दो महीने में घटाने के जुनून में हेल्थ क्लब की सदस्यता भी लेते हैं और साथ ही दूसरी ओर अति अल्पाहार भी शुरू कर देते हैं। फिर हेल्थ क्लब छोड़ते ही कई दिनों के भूखे की भाँति बढ़िया खाने पर टूट पड़ते हैं। अधिक खाना और गरिष्ठ खाना शरीर में कैलोरीज की वृद्धि कर देता है और व्यायाम का पूर्ण अभाव इन कैलोरीज को चर्बी के रूप में शरीर में इधर-उधर जमा देता है। इसका अर्थ यह हुआ कि उनका लौट आया मोटापा उनकी अपनी नासमझी का परिणाम होता है, हेल्थ क्लब का छोड़ना नहीं। यदि हेल्थ क्लब छोड़ने के पश्चात् घर में कुछ समय नियमित व्यायाम कर लिया जाए और खाने में निश्चित कैलोरीज का ध्यान रखा जाए तो इस समस्या का सामना नहीं करना पड़ेगा।

अति-अल्पाहर—अति-अल्पाहर भी स्वास्थ्य पर बुरा प्रभाव डालता है। इससे पाचन शक्ति कमजोर हो जाती है। जब बाद में ठीक खाना प्रारंभ किया जाता है तो वह पचता ही नहीं, जिससे बहुत कष्ट होता है व इलाज करवाना पड़ता है। अति अल्पाहार में शरीर अत्यंत दुर्बल हो जाता है और चेहरे का सारा सौंदर्य निचुड़ जाता है। अत: उचित यह रहता है कि नियमित व्यायाम करें। सही व्यायाम करें और निश्चित कैलोरी सीमा में भोजन ग्रहण करें।

दुविधा

बहुत से लोग इस दुविधा में घिरे भी दिखते हैं कि मोटापा कम करने के लिए कौन सा मार्ग अपनाना चाहिए, व्यायाम, सैर, डाइटिंग, व्रत, उपवास, हेल्थ क्लब

क्या उचित है ? कुछ निश्चय न कर पाने के कारण अथवा पूर्ण जानकारी न होने के कारण वे या तो कोई प्रयत्न करते ही नहीं अथवा कुछ दिन एक तरीका अपनाते हैं तो कुछ दिन दूसरा। फलत: किसी में सफल नहीं होते और निराश हो जाते हैं। आवश्यक यह है कि उपरोक्त तरीकों में से जो भी तरीका अपनाएँ, उसे सही ढंग से करें, सही सीमा में करें, नियमित करें और पूरी लगन और आत्मविश्वास से करें।

आजकल कई लोग दावा करते हैं कि कुछ दवाओं से अथवा उपकरणों के माध्यम से एक ही सिटिंग में पर्याप्त वजन कम कर देंगे। सहज और शीघ्र परिणाम आकर्षित तो करते हैं, पर दुविधा में डालते हैं कि ऐसा करना ठीक होगा या नहीं। इनमें कई माध्यम ऐसे होते हैं, जो शीघ्र ही हमारे शरीर से पानी की मात्रा काफी हद तक निकाल देते हैं, जिससे वजन में प्रत्यक्ष कमी दिखाई देने लगती है, परंतु ध्यान रखें कि पानी की कमी शरीर में बहुत शीघ्र दोबारा पूरी हो जाती है, अत: हो सकता है आपका धन व्यर्थ जाए। व्यायाम चर्बी कम करता है और चर्बी की कमी को आगे कैलोरीज की मात्रा का ध्यान रखते हुए बनाए रखना संभव है। कई उपकरण शरीर से चर्बी को निकालने में भी समर्थ हैं। ऐसे उपचार डॉक्टर की सलाह से ही लें।

यह भी एक भ्रांत धारणा ही है कि हेल्थ क्लब जाना या व्यायाम करना केवल उन्हीं के लिए है, जो वजन कम करना चाहते हैं। अपने वजन को बढ़ने से रोकने के लिए तथा शरीर को अधिक आयु तक स्वस्थ व गतिशील बनाए रखने के लिए भी नियमित व्यायाम (घर में या हेल्थ क्लब में) लाभदायक होता है।

विवशता या पसंद

एक और भ्रांत धारणा आमतौर पर यह भी पाई जाती है कि कोई भी सौंदर्य उपचार यदि एक बार करवा लिया तो बार-बार करवाना विवशता बन जाती है। वस्तुत: ऐसा कुछ नहीं होता। यदि दोबारा न करवाया जाए तो त्वचा अथवा अंगों को कोई नुकसान नहीं होता। वे अपने प्राकृतिक रूप में ही रहते हैं, जो लोग यह सब उपचार नियमित करवाते हैं, वे विवशता से नहीं, अपनी पसंद से करवाते हैं, क्योंकि इनसे शरीर की सफाई भी हो जाती है और सौंदर्य भी बढ़ जाता है।

फैशन या सफाई

एक और भ्रांत धारणा हमारी कई सीधी-सादी महिलाओं में यह है कि यह सब सौंदर्य उपचार केवल फैशनेबल और अत्याधुनिक महिलाओं के लिए ही हैं। ऐसी सोचवाली महिलाओं को यह समझना चाहिए कि शरीर का यह रखरखाव एक

प्रकार से शरीर की सफाई ही होता है। जैसे नहाने से शरीर पर जमी धूल-मिट्टी की सफाई होती है, वैसे ही वैक्सिंग से अनावश्यक बालों की, मैनिक्योर, पैडिक्योर से हाथों-पाँवों की व फेशियल से चेहरे की होती है। यह भी एक प्रकार के अर्द्धमासिक या मासिक स्नान ही हैं। बेशक सीधे-सादे बाल बनाएँ व चेहरे को मेकअप रहित रखें, परंतु किसी भ्रम के कारण नियमित रखरखाव व सफाई से कभी न कतराएँ।

कॉस्मेटिक सर्जरी

आज वैज्ञानिक उन्नति ने सौंदर्य क्षेत्र में अनेक ऐसे उपचार का आविष्कार किया है, जिनकी कभी कल्पना भी नहीं की गई थी। यद्यपि सौंदर्य-सजग वर्ग ने इनका खुले दिल से स्वागत किया है और इनमें अनेक उपचार पर्याप्त प्रचलित हैं, परंतु फिर भी देखा गया है कि बहुत बड़ा वर्ग इन्हें कराने में दुविधाग्रस्त होता है। यह वर्ग सर्जरी नाम से घबरा जाता है। ऐसे लोगों को यह समझना आवश्यक है कि इसमें कई उपचार सर्जिकल होते हैं तो कई नॉन-सर्जिकल भी होते हैं। डर और घबराहट के कारण विज्ञान की इतनी बड़ी देन से स्वयं को दूर रखने के स्थान पर उचित यह है कि अपने डॉक्टर की सलाह लेकर आगे बढ़ें। ध्यान यह रखें कि आपका डॉक्टर प्रशिक्षित और अनुभवी हो। इसमें फेस लिफ्टिंग, स्किन रीसर्फेसिंग, होंठों, नाक, गाल, आइब्रो आदि की शेप ठीक करना, बॉडी शेप ठीक करना, दाँतों की अनेक समस्याओं को ठीक करना आदि अनेक लाभदायक और सौंदर्यवर्द्धक उपचार हैं।

□

कुछ घरेलू लेप व पैक

1. अंडे का पीला भाग	1 चम्मच
बादाम रोगन या जैतून का तेल	1/2 चम्मच

दोनों को मिलाकर फेंटें और चेहरे पर लगाकर पौन से एक घंटे तक रखें। गुनगुने पानी से धो लें। खुश्क त्वचा के लिए लाभदायक।

◆◆◆

2. दूध की क्रीम	1 चम्मच
सूजी	1 चुटकी
हल्दी	1 चम्मच
बादाम रोगन	1/4 चम्मच
शहद	1/4 चम्मच

सबको मिलाकर चेहरे पर लगाकर कुछ पल मसाज करें। लेप को घंटा भर चेहरे पर लगा रहने दें। फिर धो लें। सामान्य व खुश्क त्वचा के लिए उचित।

◆◆◆

3. मुल्तानी मिट्टी	1/2 चम्मच
संदल पाउडर	1/2 चम्मच
शहद	1/4 चम्मच
दही	1/2 चम्मच
संतरा/टमाटर/नींबू रस	कुछ बूंदें

सबको मिलाकर चेहरे पर लगा लें। सूखने पर धो लें। तैलीय त्वचा के लिए उचित। सामान्य व खुश्क के लिए इसमें दो-तीन बूँद तेल या पीला अंडा या दोनों मिला लें तो अच्छा रहेगा।

◆◆◆

4. पाउडर मिल्क	1 चम्मच
बादाम पाउडर	1/2 चम्मच
शहद	1/4 चम्मच
अंडे का पीला भाग	1/2 चम्मच

सबको मिलाकर चेहरे पर लगाएँ। सूखने पर धो लें। सामान्य व खुश्क त्वचा के लिए उचित।

◆◆◆

5. दही	1/2 चम्मच
सूजी	1/2 चम्मच
बेसन या मुल्तानी मिट्‌टी	1/2 चम्मच
नींबू का रस	दो-तीन बूँद
जैतून का तेल	2 बूँद

चेहरे पर लगाकर कुछ देर सूखने दें। आधा सूखने पर हाथों को चेहरे पर गोल-गोल घुमाएँ। 5 से 7 मिनट रगड़कर धो लें। खुरदरी त्वचा को मुलायम बनाने के लिए उत्तम।

◆◆◆

6. खीरे का रस	1/4 चम्मच
आलू का रस	1/4 चम्मच
संदल पाउडर	1/2 चम्मच
चोकर	1/2 चम्मच

मिलाकर चेहरे पर लगाएँ। सूखने पर धो लें। तैलीय त्वचा के लिए उपयुक्त।

◆◆◆

7. मुल्तानी/संदल	1/2 चम्मच
अंडे की सफेदी	1/2 चम्मच
दही	1/4 चम्मच

मिलाकर चेहरे पर लगाएँ। सूखने पर धो लें। तैलीय त्वचा के लिए उचित।

◆◆◆

8. संतरे के सूखे छिलकों का पाउडर	1/2 चम्मच
मुल्तानी मिट्‌टी	1/2 चम्मच
दही	1/2 चम्मच

मिलाकर चेहरे पर लगाएँ। सूखने पर धो लें। तैलीय त्वचा के लिए उचित।

सामान्य व खुश्क के लिए इसमें पाउडर मिल्क या क्रीम मिला सकते हैं।

◆◆◆

5. मुल्तानी मिट्टी — 1/2 चम्मच
   लहसुन का रस — 2 से 3 बूँद
   दही — 1/2 चम्मच
   अंडे की सफेदी — 1/2 चम्मच

सबको मिलाकर चेहरे पर लगा लें। सूखने तक रखें फिर धो लें। मुँहासोंवाली त्वचा के लिए लाभदायक।

उपरोक्त सभी पैक चेहरे के साथ हाथों की त्वचा अथवा शरीर के अन्य भागों की त्वचा पर भी प्रयोग किए जा सकते हैं।

घर में बनाए गए पैक थोड़ी-थोड़ी मात्रा में ताजे बनाना ही उचित रहता है। यदि कुछ बच जाए तो फ्रिज में रखकर कुछ ही दिनों में दोबारा प्रयोग करना चाहें तो किया जा सकता है।

□

बालों के लिए पोषक मिश्रण

1. मेहँदी	100 ग्राम
आँवला पाउडर	50 ग्राम
शिकाकाई	2 बड़े चम्मच
जैतून का तेल	1 बड़ा चम्मच
अंडा (पीला)	1 बड़ा चम्मच
दही	1 बड़ा चम्मच

अंडा और दही छोड़कर बाकी सामान मिलाकर गाढ़ा घोल लें। बालों में लगाने से पहले अंडा व दही मिलाएँ और ब्रश से बालों के हर हिस्से में लगाएँ। एक घंटा रखकर धो लें। इससे बालों को पोषण मिलेगा।

◆◆◆

2. आँवला पाउडर	100 ग्राम
शिकाकाई	2 बड़े चम्मच
आँवले का रस	1 बड़ा चम्मच
बादाम रोगन	1/2 छोटा चम्मच
जैतून का तेल	1/2 छोटा चम्मच
दही	1/2 बड़ा चम्मच
अंडा पीला	1 चम्मच
मेहँदी (मर्जी से)	1 चम्मच

घोल बना बालों की हर लट पर लगाएँ। एक घंटा रखें। धो लें।

◆◆◆

3. आँवले का तेल	1 चम्मच
नारियल का तेल	1/2 चम्मच

बादाम का तेल	1/4 चम्मच
जैतून का तेल	1/4 चम्मच
अरंडी का तेल (कैस्टर ऑयल)	1/4 चम्मच

सबको मिलाकर गुनगुना करें व इससे सिर की मालिश करें। मालिश के पश्चात् भाप उपचार भी दे लें तो लाभ होगा। दो-तीन घंटे या रात भर रखने के बाद धो लें।

◆◆◆

4. कैस्टर ऑयल	1 चम्मच
लैवेंडर ई ऑयल	10 बूँदें
नारियल तेल	1 चम्मच

तीनों को मिलाकर गुनगुना करें व सिर की मालिश करें। खुश्क बालों के लिए अति उत्तम।

◆◆◆

5. कोई हर्बल तेल	1 चम्मच
कैस्टर तेल	1 चम्मच
सिरका	1 चम्मच
ग्लिसरीन	1 चम्मच

सबको भलीभाँति मिला लें। मसाज के बाद और शैंपू से पहले बालों में लगाकर कम से कम 20 मिनट रखें। लगाते समय एक-एक लट पर ऊपर से नीचे तक लगाएँ।

□

बालों के लिए पोषक हर्बल

करीपत्ता—करीपत्ते का खुला प्रयोग बालों को जल्दी सफेद होने से बचाता है। इसकी चटनी भी प्रयोग की जा सकती है व रस को भी लस्सी आदि में मिलाकर ग्रहण कर सकते हैं।

करीपत्ते को नारियल के तेल में तब तक उबाले जब तक बिल्कुल काले न हो जाएँ। इस तेल को बालों में लगाएँ। यह बालों की जड़ों को मजबूत करेगा।

मेथी—दो बड़े चम्मच मेथीदाना रात भर पानी में भगो कर रखें। सुबह पीसकर बालों में लगाएँ। 1/2 घंटा रखकर धो लें। यह उपचार सिकरी में लाभ देगा।

ताजी मेथी की पत्तियों का पेस्ट नियमित रूप से बालों में लगाया जाए तो वह भी सिकरी में सहायता देता है।

भाँग—इसका रस सिकरी में व जुओं को मारने में लाभ देता है।

नीम—नीम की पत्तियों को पानी में उबाले। इस पानी से सिर धोने से बालों का झड़ना रुकता है, नए बालों का जन्म होता है। नीम का तेल जुओं को मारने में सहायक होता है।

सफेद पेठा—इसका बीज व छिलका नारियल तेल में उबालें। इस तेल को बालों में लगाने से बालों को पोषण मिलता है व सिकरी में भी सहायता मिलती है।

गाजर व चुकंदर—गाजर व चुकंदर के रस का नियमित सेवन बालों की जड़ों को पोषण देता है फलतः केशराशि के घने होने में सहायता मिलती है।

अरंडी—अरंडी के तेल की मालिश बालों को स्वस्थ रखती है व सिकरी के उपचार में सहायक होती है।

□

सौंदर्य शब्दकोश

आई लाइन—पलकों के ऊपर-नीचे लाइन देने हेतु प्रयोग होनेवाला।

आई शैडो--पलकों पर लगाया जानेवाला विभिन्न रंगों में उपलब्ध प्रसाधन।

ऑरेंज स्टिक—एक लकड़ी की पतली गोल डंडी जो एक ओर नुकीली व दूसरी ओर चपटी होती है।

इलेक्ट्रोलिसिस—अनचाहे बालों को निकालने का बिजली का तरीका।

एक्टीवेटर—ब्लीच क्रीम में मिलाया जानेवाला पाउडर पदार्थ।

एमरीबोर्ड—नाखून घिसने के लिए बारीक रेगमार की बनी स्टिक।

क्लींजिंग लोशन—चेहरे को साफ करने का एक लोशन।

क्यूटिकल ऑयल—नाखूनों की मालिश हेतु प्रयोग होनेवाला तेल।

क्यूटिकल रिमूवर—क्यूटिकल नरम करने के लिए प्रयोग किया जानेवाला लोशन।

कैलोरी—भोजन में चर्बी का मापदंड।

चिमटी—बाल निकालनेवाला प्लकर।

थर्मोहर्ब—चेहरे पर लगाने का एक विशेष मास्क।

नेल फाइलर—नाखून घिसने का औजार।

नेल पॉलिश बेस—नेल पॉलिश जल्दी खराब न हो इसके लिए नेल पॉलिश लगाने से पहले नाखून पर इसे लगाया जाता है।

नेल पॉलिश रिमूवर—नेल पॉलिश उतारने के लिए प्रयोग होनेवाला लोशन।

प्लकर—बाल खींचनेवाली चिमटी।

फाउंडेशन—त्वचा के रंग का एक लोशन या क्रीम जो मेकअप के बेस

के रूप में प्रयोग होता है।

फुटस्क्रबर—पाँव की एड़ी घिसने का एक औजार

फेस पैक—चेहरे पर लगाने का लेप।

फेस पैक ब्रश—चेहरे पर लेप लगाने का ब्रश

फेशियल सोना—चेहरे को भाप देने का एक यंत्र

ब्लीच क्रीम—त्वचा के रुएँ का रंग हल्का करने के लिए प्रयोग की जानेवाली क्रीम।

ब्लैकहेड रिमूवर—चेहरे की त्वचा से ब्लैकहेड निकालने का एक औजार।

ब्लैकहेड—तैलीय त्वचा के पोरों में सीबम व धूल-मिट्टी का मिला-जुला प्रभाव।

मस्कारा—पलकों को घना दिखाने के लिए प्रयोग किया जानेवाला एक प्रसाधन।

मैनिक्योर सेट—एक बॉक्स जिसमें नेलकटर, नेल फाइलर, ऑरेंज स्टिक, प्लकर, क्यूटिकल रिमूवर, क्यूटिकल नाइफ, ब्लैकहेड रिमूवर सब देते हैं।

रूज—गालों की लाली का प्रसाधन।

लिप पेंसिल—लिपस्टिक के स्थान पर प्रयोग होनेवाली पेंसिल।

लिपस्टिक ब्रश—होंठों पर लिपस्टिक लगाने का ब्रश।

वैक्स—चीनी और नीबू से बना एक पदार्थ जो अनचाहे बालों को निकालने के लिए प्रयोग किया जाता है।

वैक्स हीटर—वैक्स गरम करने का बिजली का उपकरण।

स्कैलपल—छुरी जैसा एक उपकरण जो पाँव से मृत त्वचा निकालने के लिए प्रयोग होता है।

सीबम—तैलीयग्रंथियों द्वारा त्वचा के पोरों से निष्कासित किया जानेवाला पदार्थ।

हाइलाइटर—भवों के एकदम नीचे लगाया जानेवाला आईशैडो।

हेयर कंडीशनर—शैंपू के बाद बालों को मुलायम बनाने के लिए प्रयोग होनेवाला एक प्रसाधन।

हेयर बैंड—बालों को चेहरे पर गिरने से रोकने के लिए प्रयोग होनेवाला प्लास्टिक या कपड़े का बैंड।

□□□